LA GALAXIE DES POCHES

5-7, rue de l'École-Polytechnique, 75005 Paris

http://www.editions-harmattan.fr

ISBN : 978-2-343-24265-1
EAN : 9782343242651

Patrice Lagrange

La galaxie des poches

Roman

L'Harmattan

DU MÊME AUTEUR

L'ÉLECTRON LIBRE MONTE LES MARCHES, roman, L'Harmattan, 2001.

BLUES BLANC, roman, L'Harmattan, 2002.

LE DÉGUSTATEUR, roman, L'Harmattan, 2005.

AU-DELÀ DES CHAMBRES DE QUARTZ, roman, L'Harmattan, 2009.

LA MADONE DE VENISE, roman, L'Harmattan, 2012.

À Noëlle

CHAPITRE I

La scie entame la calotte crânienne, sifflement aigu. Tous les spectateurs veulent les premières loges, mouvement d'avancée vers le cadavre, ne rien rater de l'autopsie. Par exception, on avait admis dans la salle de dissection une audience élargie, le tout-CHU s'empresse, même les mandarins sont là, courbés vers la table où gît le corps nu et cireux. Le bruit mordant de la lame circulaire devient plus strident au fur et à mesure que l'acier pénètre l'os frontal très épais. Le maître de cérémonie, de façon non conventionnelle, a d'emblée commencé l'intervention par la tête du mort. Jour de gloire pour cet officiant qui croupit depuis toujours dans les sous-sols de l'hôpital, solitude aggravée par sa tâche ingrate d'anatomopathologiste sans cesse penché sur l'œilleton de son microscope. Il retire la voûte osseuse comme le haut d'un œuf coque, la dure-mère affleure, vite sectionnée par le scalpel. Sous le scialytique apparaissent les circonvolutions, brillantes et nacrées, ces saillies sinueuses d'aspect banal constituent la raison même de la fièvre scientifique qui agite le Centre Hospitalier. Gestes précis, le célébrant prélève le cerveau en douceur et le dépose sur une plaque d'inox. L'encéphale s'aplatit comme une baudruche pleine d'eau. Suspense à son comble, silence. Bistouri levé, pose bloquée, le maestro attend l'instant d'équilibre pour attaquer la note. La main armée s'abaisse, incision rapide et sûre entre les deux hémisphères, les lobes s'écartent, deux conques mollasses s'affaissent sur le métal, la cervelle n'était qu'une sorte de poche aux parois très minces, la voici avachie et flasque comme un ballon crevé, la substance grise réduite à sa plus simple expression. Combien de neurones encore dans cette écorce cérébrale d'à peine un centimètre ? Et pourtant l'homme vivait normalement, sa fantaisie et sa personnalité avaient même retenu l'attention. Anatomie pour le moins singulière. « Oh ! » unanime d'incrédulité.

Curiosité assouvie, chacun retourne à ses patients ordinaires, la salle se vide. Seuls quelques désœuvrés s'attardent encore aux côtés de l'étudiante stagiaire obligée de suivre les autopsies de bout en bout. Le découpeur de l'ombre jubile, heureux qui comme Landru a dépecé un beau cadavre, triomphe modeste mais exaltation à son comble. Emporté par une sorte de griserie, il décide devant sa jeune externe de finir en beauté, il lui servira sa pitrerie des grands jours, saynète habituellement réservée aux bizutes frêles et plutôt pâlichonnes, son happening de prédilection :

Ouverture de l'abdomen, extraction du foie, il saisit le grand couteau, taille une large tranche bien épaisse dans le lobe et dépose son trophée sur une feuille d'alu ménager, il l'enveloppe et le met dans sa poche : « Pour midi, annonce-t-il en regardant sa disciple. Une poêlée de roi ! ».

La jeune fille, plutôt perspicace, flaire la manœuvre perfide, un bluff pour la désarçonner et lui donner la nausée :

— Ajoutez donc une seconde tranche, et invitez-moi, nous parlerons métier.

Auditoire aux anges. Beau joueur le maître sourit. La belle enfant vient de gagner ses galons.

— Excellente idée, répond-il, je constate que mademoiselle a faim... de connaissances.

Et l'autopsie reprend jusqu'à son terme sans nouvelles découvertes ni facéties.

La presse locale à l'affût du scoop, n'a rien raté de l'affaire et relate l'événement dans le détail, sans toutefois rapporter l'épisode du foie aux oignons :

« Le cadavre a parlé, annonce l'article, Léon Ciboire, notre héros régional est bien le « phénomène cosmique » autoproclamé que nous rencontrions dans notre cité, ne prétendait-il pas descendre d'au-delà des étoiles ? Un homme venu d'ailleurs « pour le bonheur et la paix du monde », disait-il.

Un jour, l'homme à l'encéphale évidé sentit sa fin venir. Pris de fatigue, il décide, comme on dit, de donner son corps à la science. Il connaissait l'état de sa cervelle, découverte fortuite lors d'un scanner pour migraines récurrentes. Dès l'instant de cette révélation, fier de sa matière cérébrale unique, il glorifie cette anomalie : haute opinion de sa personne, sorte de messie, premier d'une nouvelle lignée appelée à un brillant avenir, fondateur d'une dynastie qui réformera et régénérera l'humanité, la Dynastie des Poches, caste destinée à répandre paix et bonheur sur la terre.

Très bon VRP en vins et spiritueux, il devint son propre entrepreneur de pub : interviews dans les journaux, conférences de presse, et même dégustations publiques de ses vins et autres boissons alcoolisées pour mieux faire connaître sa matière grise très spéciale. Sympathique notoriété de canton, la mort l'emporte trop tôt pour qu'il atteigne une renommée nationale, son compte Facebook n'avait encore que peu d'amis. À peine le temps d'étrenner sa célébrité naissante, il n'aura pas la fortune de dispenser la bonne parole. L'humanité attendra.

Après le décès du père, le fils Ciboire, Hippolyte, lui aussi dans les spiritueux, considéra qu'il pourrait tirer profit de la notoriété du premier Poche, il lança et fit connaître ce terme : « Poche », pour qualifier son géniteur, intuition d'une publicité efficace à moindre coût pour son commerce. Bâton de pèlerin en main, le fils apôtre sillonne la région à la gloire du Poche Fondateur et au bénéfice de son négoce. Pensez donc ! Des vins quasi cosmiques. Il se garda bien de scanner sa cervelle, ou en tout cas n'en fit jamais état.

À cet instant de mon témoignage, je crois qu'il est temps de vous circonstancier ma rencontre avec Hippolyte, fils de Léon Ciboire, Poche 1er, fréquentation qui a quelque peu modifié le fleuve tranquille de mon existence. J'ai soixante-douze ans passés, et aujourd'hui seulement, pour la première fois, un événement remarquable s'accomplit sous mes fenêtres, c'était avant l'apparition du covid19. De surcroît, comme vous allez le découvrir, un ami m'exhortera à participer à l'aventure des Poches. En pareil cas : devoir évident de rendre compte sans surseoir. Plus tard aurais-je encore le courage et la faculté d'entreprendre cette chronique ? La mémoire s'effiloche vite à l'automne de la vie, certains détails à coup sûr m'échapperaient. Cette histoire, antérieure donc à la pandémie de coronavirus, se passe juste à la fin du monde d'avant ? Vous apparaîtra-t-elle anachronique et caduque dans le monde d'après ? En tout cas, impossible de la modifier, devoir de vérité, je la transcris telle qu'elle est arrivée. Ce récit vous rappellera ce qui, à l'époque, dans un univers sans angoisse réelle, pouvait engager des individus ordinaires, presque insouciants, à se vouloir utiles dans un environnement qu'ils ressentaient comme liberticide ici ou ailleurs sur notre planète.

J'ai déjà franchi bien des décennies, mais, hormis mon mariage et mes enfants, aucune aventure marquante n'est venue pimenter ma vie, plutôt emportée par un mol abandon au gré du fleuve, prédilection pour une errance modeste et sans relief, éviter le stress, un itinéraire néanmoins précieux, ma propre vie, vaut-elle pour autant d'être consignée ? Comme tous les hommes j'ai coulé des jours plus ou moins agréables, mais l'œil toujours étonné et émerveillé. Au tout début, comme chacun, j'ai pleuré, j'ai tété, pissé et chié, vomi même, dormi aussi, ado j'ai dévoré l'éphémère, j'ai aimé, souvent, coïté donc, travaillé parfois, pas trop, paresse infuse, rêvé, beaucoup, lu et écrit sur le tard, et ri à toute occasion, je pourrais m'arrêter là, mais j'ai souffert aussi, comme tout un chacun, mon meilleur ami s'est tué en voiture à 20 ans, alors j'ai bu, à l'excès, dépression, séquence la plus douloureuse de ma vie. J'ai commencé médecine. L'anxiété ne m'a plus jamais quitté. Certains naissent blonds ou trisomiques, d'autres naissent homosexuels, je suis né anxieux.

Mais assez parlé de moi, je ne suis pas « la matière de mon livre », même si ça et là « c'est moi que je peins » sans craindre que « mes défauts s'y lisent au vif ». En vérité, comme beaucoup j'ai rêvé de tenir un journal ; enfant, je notais déjà mes affaires du jour dans un carnet, indolence et vie banale sont vite venues à bout de mes velléités. Dommage, il n'est sans doute pas de vie indigne de mémoires. Bien sûr, je n'ai pas déambulé comme Saint-Simon dans les allées du Roi à Versailles, ni même à la cour de François Mitterrand à l'Elysée, je n'ai donc pas de divins ragots historiques à colporter, peu importe, maintenant devant la télé indiscrète ou avec un PC fouille-merde, on est plus proche de la fine fleur, des hommes de pouvoir et du roi que ne pouvait l'être la noblesse courtisane, plus rien de la haute société n'échappe à l'objectif des médias, ce qui d'ailleurs agace parfois cette gentry, tout aussi paniquée dès qu'elle n'aperçoit plus de paparazzi alentour. Malgré ce procédé commode de collecte de tuyaux plus ou moins avérés et souvent médisants, hormis quelques tentatives avortées, pas de journal assidu, le présent récit débutera donc ce jour, un 2 janvier. Quelques mots tout de même sur ma personne pour me situer, narrateur témoin de cette affaire naissante.

Pour la police et Big-Brother, je me nomme Patrice Lagrange, né le 24 juin 1948 à Sancerre. Certains m'ont aussi appelé Pat, Boophi, ou Pinoche. Je pourrais ajouter à la manière de Flaubert : « Marcel Berdin, c'est moi. ». Calmos, les amis ! Loin de moi la prétention de le disputer au génie de Gustave, mes quelques romans commis sans succès se traînent très loin derrière le maître, toujours est-il que je serais à même de me confondre avec quelques-uns de mes doubles romanesques tels Olivier Marrow, Aloïs Parlinaud, voire DokMahr le préhistorique, spécimens en symbiose avec mon être. En dépit de leur anonyme obscurité, ils gardent toute ma sympathie, je les ai tout de même engendrés et le renom n'est pas tout. Voilà, c'est tout pour l'instant. En vérité ma présence sera très furtive.

En ce début d'année donc, rue glaciale et grise de lendemain de fête, brouillard têtu, pas de neige toutefois pour adoucir le sombre sépulcre de l'année écoulée, seules des nappes blanchâtres et floues atténuent un peu la cendre terne des immeubles fantômes ; j'aperçois dans cette inanité vaporeuse la chevelure abondante de Francis Marantes encore d'un noir étonnant pour son âge, 72 ans, la classe. Il est emmitouflé jusqu'aux yeux dans une épaisse doudoune. Bonne année, me dit-il, il y a un moment que nous ne nous étions vus. Faisons vœu de nous rencontrer plus souvent.

— J'ai tendance à me replier sur moi-même depuis ma retraite, dis-je, à me retirer dans ma tanière, je tente d'écrire. En outre, mon épouse et moi voyageons beaucoup, parfois de longues périodes vers des contrées lointaines, souvent en Nouvelle-Calédonie, pour y découvrir notre petit fils et nous graver dans sa mémoire, qu'il sache l'existence de grands-parents loin de son île perdue au milieu du Pacifique. Mais je prends aujourd'hui, devant toi, la résolution de renouer avec les amis.

— Entendu Boophi ! Justement, j'ai créé il y a plusieurs mois une sorte de cercle, pas du tout le genre club austère de vieilles badernes, mais plutôt comparable à une confrérie du vin, d'ailleurs on y déguste, ça devrait te convaincre, toi l'amateur de crus recherchés. L'idée m'en est venue à la lecture d'un fait divers étrange, je t'expliquerai. Tentative d'atelier de rencontre et d'échange, sans pesanteur si possible, tu pourrais nous y rejoindre, demain il y a réunion, le siège est à Sancerre, viens en curieux, il y aura un bon sancerre de la maison Paul Prieur.

— Francis, je pars en Nouvelle-Calédonie dans quelques jours, je déciderai à mon retour.

— Non, au contraire, viens, ce voyage sera une bonne occasion de nous rapporter ton expérience, quelques considérations sur l'état d'un monde lointain, nous ne sommes pas que des ivrognes ! Je souhaite établir quelques causeries, et surtout pas du genre docte, mais avec un peu d'esprit et une certaine légèreté libre et féconde. Nous t'exposerons notre démarche. Tu connais déjà bon nombre de participants, il y aura sans doute Didier et Luc, les vignerons, Mickael Cordurin, Marcel Mauloup, Alban Jarencourt et d'autres que tu apprécies de longue date. Déjà une tribu notable.

*

Lieu-dit : Les Ruyaux. Longère berrichonne dans son jus, prêtée par les viticulteurs, ancienne fermette avec son « barriau » à la porte pour que les bêtes du domaine n'entrent pas dans la maison. Un demi-tronc d'arbre brûle dans la cheminée monumentale, des personnes debout, une quinzaine, un verre de vin blanc à la main, autour d'une vieille table de bois blanc, la parité ne semble pas régner, les hommes dominent, des têtes connues, quelques amis, des confrères, le corps médical nettement surreprésenté, moyenne d'âge élevée, je pénètre dans le sanctuaire des Poches.

— Mes amis, annonce Francis de sa voix ample d'ancien professeur, ce soir nous accueillons un nouveau regard, Boophi est parmi nous, beaucoup le connaissent, il vient tester notre nouvelle confrérie, je suis certain qu'il optera bientôt pour un engagement fort envers nos propositions ou plutôt nos utopies, l'avenir le dira. Surtout continuons notre chemin sans nous prendre au sérieux, ce que certains affirment être une faiblesse, ne les écoutez pas, ces personnes sans recul se figurent encore centre du monde dans un univers édifié de toutes pièces pour eux, conforme à leur désir orgueilleux : vanité obscène. Restons dans notre détachement enjoué, sans hésiter à nous critiquer nous-mêmes. Évitons la chose instituée, nous n'avons de compte à rendre à personne, désinvolture, imagination et liberté. N'oublions pas notre devise : légèreté, ébriété. Je me tourne vers le portrait de feu notre fondateur et vers Hippolyte, son fils, notre président d'honneur : Hippolyte, dans cette maxime, ne vois aucune atteinte à la grandeur de ton père qui a toujours été un joyeux drille franc buveur, nous vénérons sa cervelle en baril, je lève mon verre à sa mémoire, notre devancier cosmique, notre modèle, nous marcherons sur ses traces. Au succès de la Galaxie des Poches !

— Beau discours, dit Mickael, plus rondouillard que jamais, l'air de se foutre du monde derrière son épaisse barbe hirsute. Speech un peu ronflant tout de même. Reflète-t-il vraiment l'attente de notre groupe qui se veut affranchi et un peu je-m'en-foutiste sur les bords, tu flirtes trop avec la langue de bois, président. Ne commencerais-tu pas à attacher une importance exagérée à tes propos ? Si tu veux convaincre Boophi, sois moins solennel et moins pontifiant, Professeur ! Reviens à nos élucubrations originelles, parle-lui plutôt de la Charte des Poches, de choses plus fantaisistes. Il y trouvera matière à faire son choix.

— Tu as raison Mickael, je voulais simplement impressionner Boophi, trop d'emphase, retour vers la légèreté et nos calembredaines initiales, point de départ et fondement de notre association. Boophi, nous t'initierons à nos jeux et à nos dogmes qui justement ne doivent pas en être. Tu as sans doute lu comme nous dans la presse l'histoire de Léon Ciboire, l'homme dont le cerveau était réduit à une sorte de poche. Sa vie fut tout à fait normale, presque banale, si ce n'est qu'avec le temps la renommée de sa cervelle finit par dépasser les frontières de son village, et ses affaires devinrent plus florissantes encore. Surtout, il avait une toquade qui nous intéresse au premier chef, dans la mesure où elle dicte souvent les thèmes dominants de nos causeries. Créature cosmique, il disait avoir sur le monde une distanciation qu'il ne retrouvait pas chez la plupart des personnes de son entourage, il ne voulait plus se mêler aux singeries hypocrites actuelles, ce sont ses mots. Nous avons la chance d'avoir parmi nous son fils Hippolyte qui a accepté d'être notre président d'honneur, grâce lui en soit rendue, il est la légitimité de notre confrérie. Il nous a permis d'user du terme Poche. Oui, tu veux ajouter un mot, Hippolyte ?

— Je suis fier de ma nomination à la présidence d'honneur et je souhaite la conserver, j'ai accepté cette dignité avec un bonheur extrême, mais je ne voudrais pas qu'on dénigre la vie et l'œuvre mon père, il me déplairait qu'on discrédite ses mérites et qu'on se moque de sa singularité cérébrale.

— Loin de nous l'idée de ridiculiser notre héros, modèle que nous avons choisi, auquel nous voulons tous nous conformer. Notre seul souci, tu le sais : devenir des Poches exemplaires, apôtres de notre maître à tous, ce qui n'exclut nullement une certaine dérision joyeuse comme le prône son principe de détachement.

— OK, dans ces conditions, je marche avec vous.
Mickael fait un signe vers Francis.

— Mickael tu as quelques remarques à ajouter ? La parole est au Poche Mickael.

— Ne crains-tu pas, président Francis, par l'emploi de mots tels que « maître à tous », « apôtres », de nous entraîner vers une dérive quelque peu sectaire ? Ce n'est pas ce que nous avons envisagé à la fondation du cercle des « Poches et Biberonneurs Émancipés », notre qualification initiale.

— Notre trésorier Mickael s'inquiète bien à tort, les paroles ont souvent une faible portée, chacun le sait, elles s'envolent, même si elles peuvent heurter sur l'instant, elles s'effacent vite comme fumée dans l'espace, seuls comptent les actes. J'ai utilisé ici ces mots, « maître et apôtres », par malice, pour obliger Hippolyte. Ne t'offusque pas Hippolyte, aucune moquerie ni démenti dans mon propos, ce n'est qu'une facétie de Poche, je ne reviens pas sur ce que j'ai dit, ton père est et restera notre grand-homme, je crois que maintenant tu me comprends. Pour ce qui concerne notre qualification initiale, je ne remets pas en cause les principes généraux de notre collectif, même si désormais nous nous en tiendrons à l'appellation « Poches » tout court pour notre tribu, sans y accoler « Biberonneurs Émancipés », nous n'oublierons pas pour autant les bons crus de la région sancerroise ni les autres plus lointains. Sache, Mickael, que notre association a été créée sans esprit de chapelle, notre groupe est ouvert à tous, buveurs ou non, encore que... Relis la Charte des Poches, elle te rassurera. J'en ai quelques exemplaires imprimés. En voici un, Boophi, prend connaissance de ce texte admirable, tu constateras son absence de gravité, l'esprit de sérieux ne présidait pas vraiment à son écriture, nous y sommes cependant très attachés. Je crois maintenant qu'il est temps que nous arrosions nos poches guettées par la déshydratation.

CHARTE DES POCHES

Droits et Devoirs

Article 1 : Les Poches naissent et demeurent égaux et égales.

Ils et elles ne sont doué(e)s ni de raison ni de conscience.

Article 2 : Le but de toute union des Poches est la construction du bonheur dans le respect de la pureté des origines.

Article 3 : Tout et toute Poche a droit à la vie.

Article 4 : La traite des Poches est interdite.

Article 5 : Nul et nulle Poche ne sera percé(e) volontairement, sauf les poches à vin.

Article 6 : Tout ce qui n'est pas interdit aux Poches par les Poches ne peut être entravé.

Article 7 : Les Poches n'interdisent rien.

Article 8 : Nul et nulle Poche ne peut être exilé(e) loin d'un terroir viticole.

Article 9 : La loi des Poches n'établit que des peines nécessaires. En aucun cas ne sera autorisée comme peine la modération en cru sancerrois.

Article 10 : Nul et nulle Poche ne peut être inquiété(e) pour ses opinions, pourvu que sa consommation soit suffisante en vin de Sancerre, le meilleur vin blanc du monde, le Monrachet aussi, l'Yquem itou... Et pis le Chablis.

Article 11 : La libre consommation de vin, au même titre que la libre communication des pensées et des opinions, est un des droits les plus précieux des Poches. Tout et toute Poche peut donc s'aviner librement, sauf à répondre de l'abus de cette liberté devant l'assemblée plénière.

Article 12 : Tout et toute Poche est présumé(e) innocent(e) jusqu'à ce que le contraire ait été légalement établi en assemblée plénière.

Article 13 : Nul et nulle Poche ne sera condamné(e) pour intempérance du matin.

Article 14 : On n'emmerde pas le ou la Poche, on ne porte pas atteinte à son honneur.

Article 15 : Les Poches circulent librement, mais toujours parallèles.

Article 16 : Tout et toute Poche a le droit de cesser l'absorption pour reprendre son souffle.

Article 17 : Tout et toute poche a droit à un terroir.

Article 18 : A partir de l'âge nubile, tout et toute Poche, sans aucune restriction, a droit à sa ration. Toute bacchanale commune ne peut être conclue qu'avec le libre et plein consentement des futurs époux, sauf opposition de l'un d'eux. La famille est l'élément naturel et fondamental de l'excès, vineux ou non.

Article 19 : Nul ne peut être arbitrairement privé de poches à vin.

Article 20 : Tout et toute Poche a droit à la liberté de picole, de pensée, de conscience et religion. Ce droit implique la possibilité de changer de cru et de cépage, seul ou en commun, tant en public qu'en privé.

Article 21 : Tout et toute Poche a droit à la liberté de réunion et d'association œnologique.

Article 22 : La volonté du peuple Poche est le fondement de l'autorité. Cette volonté doit s'exprimer par une consommation ordinaire soutenue en dehors de tout suffrage universel.

Article 23 : Tout et toute Poche a droit au libre choix du travail ou de l'oisiveté. Il sera à l'abri de toute pénurie d'alcool pour l'entretien de ses poches. Quiconque chôme a droit à une dose équitable égale.

Article 24 : Tout et toute Poche a droit à une ripaille de colmatage après sa dernière rincette.

Article 25 : La pochetaille a droit à une assistance spéciale.

Article 26 : L'éducation œnologique de la pochetaille est gratuite. L'accès aux crus supérieurs doit être ouvert à tous sans tenir compte du mérite. Cette éducation doit viser au plein épanouissement des Poches et favoriser l'amitié entre les Poches du monde pour le maintien de la paix. Les Poches adultes ont, par priorité, le droit de choisir les cépages à donner à la pochetaille.

Article 27 : Tout et toute Poche a droit au progrès. Sa dose en crus classés augmentera sans cesse.

Article 28 : Tout et toute poche a droit à l'ordre. L'ordre est parallèle.

Article 29 : Les Poches ont des devoirs envers le Poche plein, l'aider à résister jusqu'aux limites de l'élasticité des parois.

Article 30 : Aucune disposition de la présente charte ne peut servir à faire chier un ou une Poche.

Clause additionnelle :

Le devoir du Poche, indépendamment de vivre en harmonie avec la Charte, est de rapporter, de ses escapades en biotopes extérieurs ignorants de la sphère des Poches, des informations sur les bizarreries de ces zones contaminées par de longues périodes de confusion et d'errements. Les comptes rendus sur ces communautés altérées, pour certaines en voie de déliquescence, seront enregistrés et colligés pour établir le degré de débâcle sociétale, ils seront archivés pour l'édification des générations futures afin de les sortir d'ornières souvent séculaires où est maintenue la majorité des terriens.

Nous sommes au premier matin du monde, une enclave de pureté et de rêve au milieu d'un univers de sociétés en perdition par leurs mœurs absurdes et figées. Le Poche en observation dans ces contrées extérieures incertaines devra s'efforcer, en prenant le recul nécessaire, de déceler chaque écart par rapport à la philosophie de vie des Poches, tenter de mettre au jour toute particularité étrange, toute manière indigne, toute habitude débile, toute langue de bois, tout formalisme stupide, et même toutes les dissimulations perverses des leaders, sans omettre leurs manipulations politiques et culturelles liberticides... et aussi tout phénomène susceptible d'améliorer le bien-être des Poches, il n'y a pas que du mauvais au-delà du pays Poche. Ainsi, le Poche, tout en gardant un sens critique acéré, évitera de sombrer dans la malveillance et la réprobation systématique, il examinera les faits sans a priori avec détachement et jugera selon le principe de distanciation cher à notre guide, Léon Ciboire. Une session d'hypnose facilitera l'acquisition de cette lucidité.

CHAPITRE II

Les Poches tombaient parallèles dans le cosmos.

Longue pluie installée depuis des millénaires. Son origine et sa raison d'être restent plutôt floues. En dépit des nombreuses théories établies par les plus grands astrophysiciens, l'incertitude demeure. La thèse la plus communément adoptée stipule que moins d'un millionième de seconde avant l'instant T, toutes les Poches compactées dans un sac minuscule, plus réduit encore qu'une tête d'épingle, la poche primitive, attendent le Big Clash. Explosion de la « capsule », toutes les Poches se déversent dans le cosmos, cataracte de Poches au milieu des astres naissants. Bizarrerie : elles se déversent dans l'univers en lignes parallèles. De temps à autre une Poche dévie et entre en collision avec sa voisine, les deux s'agrègent pour ne plus former qu'une seule poche hypertrophiée, ainsi au fur et à mesure des télescopages naissent les premières créatures Poches multi-cellulaires, nos ancêtres. Doubles ou triples Poches sont souvent informes, beaucoup ne survivent pas. Le hasard, ou Dieu pour les mystiques, en précipite une partie sur la Terre, bonne fortune, chance de survie accrue, surtout en cas d'immersion dans les océans.

Peu à peu dans le cosmos la pluie des Poches diminue, puis cesse. Plus aucun agrégat n'arrive sur terre. Quelques-unes subsistent un moment sur le sol, mais sont bien vite desséchées par les fortes chaleurs de l'époque. Un petit nombre, tombé en zone humide plus ombragée et riche en nutriments, se maintient plus longtemps, mais finit par être dévoré par les dinosaures maîtres des lieux. Justice immanente du cosmos : une dernière Poche mastodonte, sorte de monstre ventripotent époumoné en retard dans l'espace sur le peloton, vient abattre sa masse dévastatrice sur la planète, effroyable séisme, destruction d'une grande partie des grosses bêtes du crétacé, les quelques tyrannosaures et autres tricératops miraculés meurent à court terme, décimés par l'épais nuage de poussière toxique généré par la secousse. Les Poches océanes s'en sortent mieux, la plupart résistent au cataclysme.

L'Évolution, comme il est d'usage en ce bas monde, fait son œuvre, les métamorphoses se succèdent imperceptibles au rythme lent des millénaires, des nageoires poussent à certaines poches, mobilité nouvelle. Dans la profondeur des mers, elles s'ébattent maintenant comme de jeunes cabris. Moins tributaires de leur zone de nourriture, elles n'hésitent plus à partir explorer les champs de posidonies éloignés, ou à se perdre dans le dédale bigarré des coraux à la découverte d'un monde inconnu inépuisable. Révélation d'aliments inédits, toujours plus savoureux, il n'est toutefois pas encore question de se régénérer au sancerre. Loin des prédateurs, elles vivent ainsi, tranquilles et paisibles tout leur cycle paléogène jusqu'à l'oligocène. Le soir elles s'assoupissent sur les fonds sableux, posées sur leurs nageoires. Appendices de plus en plus robustes et vigoureux, tant et si bien que les plus membrues et les plus hardies, prises d'un désir d'escapade, s'approchent un jour du bord jusqu'à mettre le nez dehors, ébahies par l'existence d'un autre monde, un monde sans eau, très excitant. Les plus intrépides finissent même par s'aventurer sur la terre ferme, devant les yeux terrifiés de leurs congénères. Obligation de regagner assez vite l'élément liquide, la conquête de l'air libre au sortir des eaux, les bébés humains vous le diront, n'est pas chose aisée. Leurs branchies ne sont pas adaptées, asphyxie à bref délai. Au fil du temps, nous parlons là sans doute encore de millénaires, elles s'accoutument à l'aérien et s'attardent plus longuement en terrain sec. A terme, sauf pour quelques nostalgiques de l'amnios primitif, plus aucune envie de réintégrer ce milieu aqueux, somme toute un peu froid, presque poisseux, finalement un peu écœurant et plus difficile à vivre, changement d'herbage réjoui les Poches.

Six pattes palmées, puis quatre, marche plus facile, sans doute processus initiateur de l'ère d'hybridation avec les singes préhominiens, les preuves manquent pour cette étape, sorte de chaînon manquant. En tous cas, encore après une longue période on retrouve les Poches debout sur deux pattes. Prestance audacieuse remarquable, Poche toute d'élégance, couronnée d'un joli minois, d'une douceur naturelle, elle exerce une séduction indéniable, les primates cèdent à la tentation, la greffe prend, interfécondation réussie, naissance d'une nouvelle espèce, notre aïeul en ligne directe. Tout le monde connaît la suite, l'avènement des pré-hominidés et de la célèbre Lucy. Formation de nombreuses branches et sous-groupes dont l'un, par un heureux hasard ou un calamiteux accident, selon son appréciation de l'humanité, aboutira à l'apparition de l'homo sapiens. Nous ne sommes donc pas que les rejetons des grands singes, en nous subsiste aussi quelques brins du génome des Poches sorties des eaux. Impossible de nier la présence de ces composants dans nos chromosomes, héritage des plus féminins transmis par les Poches cosmiques, n'en déplaise aux machos de tout poil. Nous portons tous, certes à des degrés divers, cette part féminine issue de nos lointaines sœurs. Notre embryogenèse individuelle l'atteste, elle nous oriente toujours naturellement au début vers le sexe féminin. La différenciation masculine, non prédominante, ne s'accomplissant qu'en second lieu par l'induction de la détermination sexuelle par le gène SRY du chromosome Y.

Estomac, vésicule, vessie, pour ne citer que quelques témoins de notre patrimoine Poche, sont là pour nous rappeler nos origines, nous tous sans exception, sortis de la poche des eaux. Tous Poches. La perfection étant de parvenir à la Poche cérébrale, tel notre grand maître Léon Ciboire, consécration rare, loin d'être conférée au premier venu.

CHAPITRE III

— Je constate de nouveau avec plaisir que notre auditoire s'élargit à chaque séance, dit Francis. La philosophie poche suscite des adhésions toujours plus nombreuses, un courant s'instaure, il ralliera bientôt toutes les bonnes volontés éclairées par la bienveillance et la générosité, liberté et paix pour tous. Réjouissons-nous, tout devient possible. Incertitude corollaire : y aura-t-il encore suffisamment de sauvignon ?

« Il me plairait que cet enthousiasme ne soit pas un simple feu de paille ! Je forme le vœu que vous tous ici présents ne veniez pas seulement pour la dégustation du sancerre, ce que je ne saurais vous reprocher, mais aussi pour le progrès et l'envol des Poches.

Mickael me pousse du coude :

— Il ne peut pas s'empêcher d'être ronflant. Heureusement l'annotation sur le sancerre tempère un peu le discours.

— Si Mickael, notre secrétaire, veut bien faire profiter la salle de ses cachotteries, dit Francis !

— Je remarquais simplement que tu ne peux pas t'empêcher d'être un poil déclamatoire.

— Tu radotes, mon petit vieux, et un Poche cause comme il lui plaît, je te pisse à la raie et te conchie.

— Réfutation recevable, dit Mickael, je te retrouve. Il éclate de rire. Je t'en prie, continue.

— Ce jour nous avons deux candidats à l'hypnose, Boophi et Élise de Saint-Ange. Toujours partant, Boophi ?

— Oui, bien sûr, ma première expérience de ce type, j'en suis curieux.

— Sorte de rite d'initiation, en mode soft. Après cette séance, vous pourrez vous prévaloir d'une métamorphose essentielle : « Je suis passé du côté des Poches. ». Ne vous inquiétez pas, il s'agit d'une préparation douce, vous n'en sortirez pas dépersonnalisés, libre arbitre intact, en aucun cas un lavage de cerveau, mais vous saurez vous conduire en Poche. Pendant vos sorties exploratrices, vous appliquerez volontiers le protocole idéal. Le sillon à suivre vous deviendra évident, proposition que vous aurez toujours loisir de refuser, simple assistance pour repérer sans peine les vices et autres impérities du microcosme observé, mais aussi les audaces heureuses et bénéfiques en résonance avec notre philosophie.

« Notre hypnotiseur, Alban Jarencourt, est au fait de la conscience et de la pensée Poche. Il connaît son affaire, notre neuropsychiatre, laissez-le conduire son office, vous en sortirez grandis.
« Toujours d'accord, Élise et Boophi ? ».

Nous opinons et je demande la parole :

— Hormis la clause additionnelle, et encore, très vaguement, la lecture de la charte n'est d'aucun secours pour construire et rédiger ces curieux comptes rendus inquisitoires sur les régions visitées, elle n'informe en aucune façon sur les anomalies sociétales susceptibles d'être retenues. Elle ne signale pas les travers ou même les avancées à privilégier pour ces foutus rapports. J'ai bien sûr ressenti l'esprit libertaire de la charte et le tour parfois facétieux, voire farfelu pour ne pas dire louftingue, mais je n'ai remarqué aucune note explicite pour remplir ma mission de procureur itinérant. Conséquence : j'en suis réduit à ne compter que sur mon propre jugement au risque de m'écarter de la philosophie des Poches qui pour moi reste à définir avec plus de clarté.

— Je te sens un poil réticent, nos enquêtes t'inquiètent à ce point ? Tu charries tout de même un peu, nous traiter de louftingues. Eh bien, en vérité, je suis en plein accord avec toi, c'est ce que nous sommes et fiers de l'être.

« Tu as raison la charte ne suffit pas, notre jeune confrérie balbutie, engagements encore trop flous, tout reste à faire, nous commençons tout juste à définir une marche à suivre en contrée extérieure, nous tâtonnons dans le brouillard. Mais pas question de nous poser en procureurs, nous proposerons une procédure respectueuse des communautés visitées, bienveillance impérative pour les mœurs et les usages. Cette retenue n'interdira en rien quelques moqueries inoffensives quant à leurs petites bizarreries un peu ridicules à nos yeux. N'empêche, ta lecture de la charte entre les lignes est tout à fait pertinente, bon décryptage de l'orientation d'ensemble et de l'esprit libertaire général. Rien ne t'a échappé de la signification sous-jacente de ce premier texte Poche loufoque, sans doute notre nature profonde, notre ADN commun venu du fond des âges. Je crois que tu as parfaitement pénétré le génie Poche. Nous établirons bientôt le Manifeste des Poches, un vade-mecum beaucoup plus précis.

« Pour ce qui te concerne, tu pars à Nouméa. Malgré ton allergie évidente au journal de voyage, essaie de nous revenir avec un carnet de route au gré de ton intuition et de ta conscience, tu nous liras tes notes au retour. La séance d'hypnose te sera déjà une aide précieuse, elle te montrera le chemin, insiste peut-être sur le côté étrange des habitudes

locales, tente de te libérer des pensées uniques, je dis bien : des pensées uniques, aussi bien libérales qu'étatiques, démasque si possible tout ce qui te semble entraver la liberté et le bonheur des hommes sur cette île lointaine. Méfie-toi des modèles autochtones existants, peut-être séduisants de prime abord, souvent trompeurs. Le quotidien incolore, parfaitement digéré et familier se révèle parfois une imposture, au mieux un mirage cache misère.
« Bon séjour, Boophi.
— Merci. Promis, je reviendrai avec quelques notes, Poches ou non, vous me le direz.

— Nos deux candidats à l'hypnose, pour leur séance inaugurale, vont maintenant passer dans l'ancienne bergerie devenue notre chambre d'induction, n'y voyez en aucun cas une allusion à Panurge. Le Docteur Alban Jarencourt, notre hypnotiseur patenté ne vous contraindra pas à vous jeter bêtement à la mer, ni à suivre en aveugle des directives contraires à vos propres vues.

En vérité, je n'étais pas très chaud pour ce genre d'épreuve, je préfère épargner ma cervelle et la maintenir en son état primitif, si médiocre soit-il. Garder ma sotte volonté en toute circonstance. Me fourvoyer, pourquoi pas, à tout le moins de mon propre chef. Par hasard j'ai déjà tâté de l'hypnose, expérience lamentable, inconscient inaccessible, je me suis révélé réfractaire : « Mauvais sujet récalcitrant, a dit le servant exaspéré ». Evincé du jeu sous les anathèmes du magicien magnétiseur, je n'ai jamais cédé mon âme à un autre.

Cette fois, je vais tenter de feindre. La séance commune avec Élise m'y aidera. Chère Elise, secrétaire médicale de son état, solide terrienne, habillée de tweed à l'anglaise, une vraie châtelaine, elle se ruine avec ses frères dans l'entretien d'un petit château de famille, perdu dans la campagne berrichonne. Chaque matin elle gobe un œuf frais : « rite ancien de nos ancêtres », dit-elle. Pendant l'hypnose, je serai à même d'imiter ses gestes, ce brave Alban n'y verra que du feu. Je les aime bien mes potes de la confrérie, je cultive facilement l'amitié, leur histoire de Poches me divertit, de là à me laisser décérébrer, faut pas charrier non plus, je ne saurais me mollifier le neurone pour servir la cause. Banco pour l'hypnose simulée, au pire je serai expulsé du groupe.

Vieille bergerie restaurée dans le goût des années soixante-dix, badigeon à la chaux sur les murs, anciennes mangeoires et poutres apparentes vernies, brillant inaltérable.

— Je vous connais déjà tous les deux, dit Alban, la mise en condition et l'induction n'en seront que plus simples. Remarquable, notre réunion d'aujourd'hui, beaucoup de monde, notre confrérie s'étoffe.

— Asseyez-vous dans ces fauteuils. Êtes-vous prêts ?

— Oui.

— Honneur aux dames, je commence par Élise.

Cette délicatesse galante fait bien mon affaire, je m'inspirerai à loisir de son comportement, vieux singe expert en grimaces, je mimerai au plus près chacune de ses expressions au moment de son passage en hypnose.

— Je te fais confiance, Alban, dit-elle, je me prête volontiers à cette expérience, mais je n'ai pas de mémoire, je ne me souviendrai jamais de tout ce que j'aurai découvert pendant cette initiation.

— Ne t'inquiète pas, il t'en restera assez. Si tu le désires, il y aura d'autres séances. Pieds bien à plat sur le sol. Détends-toi. Première séance assez brève. Rapide parcours des grandes orientations.

« Ferme les yeux ».

Il lui lève le bras droit à l'horizontale, et place sa main gauche sous le coude d'Élise.

— Tu tombes en arrière, de plus en plus, tu tombes, tu tombes.

En même temps, il la pousse en arrière, le dossier du fauteuil s'incline, puis brusquement, il la tire en avant.

— Dors maintenant, dors profondément, très profondément, tu dors. Tes jambes deviennent de plus en plus molles.

Elle se relâche, la tête part sur le côté. Je l'observe et je remarque un léger tremblement des paupières, resservir ce détail.

— À nous maintenant, Boophi. Prêt ? Je vais procéder de la même façon, c'est le plus rapide. Pour ce qui te concerne, brève indécision, j'ai à demi hésité, tu me parais moins réceptif. Allez, haut les cœurs ! Cette méthode est très efficace.

Scénario identique. La vache ! Il me tire un coup sec sur le bras en avant. À travers mes fentes palpébrales trémulantes, à peine entrouvertes, je le vois content de lui. Je ne dors pas. Conscience non modifiée.

— Très bien mes jolis, vous êtes détendus. Vous êtes bien. Vous déambulez dans un endroit que vous aimez, une cave ou le salon d'accueil de Didier. Un verre de sancerre à la main, confort idéal. Levez l'index droit pour me dire que tout va bien.

« Vous n'êtes pas seuls, un tas de monde même, des Japonais surtout, venus s'initier à notre culture du vin, ils parlent tous à la fois, très fort, peut-être un peu éméchés par le sancerre, ils rient. Ne l'oubliez pas, vous êtes ici pour les étudier, comme toute personne que vous rencontrerez à l'avenir. N'hésitez pas, posez-leur des questions, épiez leurs faits et gestes, voyez par exemple comme ils tiennent bizarrement leur verre, comme agrippés à un bol de riz, notez tout particularisme éloigné de nos usages. Restez tout de même aimables avec ces faces de lunes, exigence de notre chef, Francis, toutefois fouillez les bien jusqu'à l'os et percez à jour leurs défauts, ils en ont tous, ils regorgent de vices ces bâtards d'étrangers qui voudraient nous faire la leçon. C'est un fait, tous ces métèques, sans parler des émigrés métastatiques et dévastateurs, prétendent nous imposer leurs perversions, voire pour certains leur religion à la nœud. Quand vous irez chez eux ou ailleurs en voyage, n'oubliez pas de relever tout ce qui appelle réprobation et sarcasme, tous ont leurs tares. Dénoncez aussi leur attitude hostile envers nos propres mœurs, leur seul souhait : nous anéantir !

Ce discours me sidère, si éloigné de l'idée que je me faisais de la philosophie des Poches. Francis est-il au fait de ces dérapages ? Pas vraiment réglo le magnétiseur. Il s'obstine et ne désarme pas, le torpilleur de cervelle, il entend nous incruster le neurone de ses atrocités jusqu'à la haine définitive du congénère.

— Visez-moi ces Jauniots qui se gobergent dans nos caves, ces infirmes du goût, d'ordinaire soulés au saké et gavés de pitance infecte, genre calmar cru assaisonné d'un jus fermenté aux relents de charogne. Quelle audace de venir nous provoquer sur nos terres pour s'approprier nos richesses et nos talents ! Et que dire de ces courbettes hypocrites pour éviter de nous toucher, et que penser de leurs bicoques de papier ridicules, en vérité inhabitables. Pour toi qui pars à Nouméa, Boophi, les cases de palmes des Kanaks à l'étanchéité douteuse n'ont certes rien à leur envier. Intéressant parallèle, d'ailleurs, entre Japs et indigènes des îles : d'un côté les fourmis bouffe-tout prédatrices, de l'autre des larves molles parasites, bon voyage mes amis ! Voilà, bref échantillon de vices sur lesquels aiguiser votre regard.

« Catalogue à étoffer bien sûr, à vous de jouer, sollicitez vos capacités d'inquisition. J'ajouterai néanmoins dès maintenant quelques jalons préliminaires pour vous guider à l'aube de votre mission. Liste succincte, non exhaustive, des défauts les plus communs chez les peuplades non-Poches. J'ai ainsi relevé de par le monde force buveurs alcoolos, ils ne connaissent même pas le vin, notre élixir local, que des alcools frelatés, beaucoup d'épaves irrécupérables, malédiction transmise de génération en génération, extension exponentielle qui laisse loin derrière tous les autres opiums divers et variés, religions comprises. Le vin de Sancerre est loin d'être aussi nuisible que leurs sakés et autres vodkas toxiques, encore qu'il y aurait à dire : que de piquettes désastreuses ici et là sur notre territoire ! En tous cas, ces abus d'orviétans impurs, d'idolâtries et d'impostures en tout genre enferment à jamais ces dégénérés dans leurs délires et leurs obsessions enragés, source d'agressivité envers tout ce qui les entoure de près ou de loin, nous-mêmes inclus. Hargne entretenue par un orgueil démesuré transmis à ces pauvres types par des maitres qui leur affirment qu'ils sont l'élite du monde, des hommes de la race des élus, procédé classique employé par les despotes de tous horizons pour réduire les rebelles au silence dans leurs fiefs, le plus souvent gouvernés de manière abominable. Dans ces pays, l'inorganisation tient lieu de loi, loi de la jungle en l'occurrence : abattre l'autre, pour toujours plus d'or et toujours plus de pouvoir. D'ailleurs tous ces dénaturés, mêmes les moins abîmés, n'aspirent qu'à une chose, au moins en rêve, devenir « calife à la place du calife ».

« J'ai gardé le meilleur pour la fin : le sexe. Il domine tout.

« Pulsion sexuelle au zénith, le dictateur désire de la chair fraîche sur le champ. Les putschistes sont aux portes du palais, qu'importe, il soumettra la mignonne et la possédera illico, les ennemis attendront, au risque de les voir envahir sa maison et prendre le pouvoir qu'il avait eu tant de mal à conquérir. Tant que la charge de testostérone n'aura pas diminué — effondrement seulement après l'orgasme incoercible — il restera sourd et aveugle à tous les dangers. La plupart des hommes et parfois certaines femmes se comportent ainsi. Si on les écoutait, la terre serait un vaste lupanar. Heureusement, vous êtes là pour débusquer ces malfaisants du sexe. Vos témoignages nous permettrons un jour de les remettre dans le droit chemin avec les lois nouvelles. Vous êtes les héros de l'avenir. N'écoutez que votre cœur, ne vous laissez pas berner.
« Vous vous souviendrez de tout, demain, dans un mois, dans un an, vous vous remémorerez ce lieu fécond et délicieux où vous avez appris à reconnaître les tares de l'humanité. Vous êtes des enquêteurs de valeur, vous avez de grandes qualités et votre talent est immense, votre regard bienveillant sur les autres, comme le désire notre président, ne vous empêche pas de déceler leurs innombrables défauts, même si Francis ne sait pas ou ne veut pas les voir. Toujours, une petite voix vous rappellera ce que vous devez repérer chez les dégénérés de la terre, vous les démasquerez, je serai toujours là pour vous guider. N'oubliez pas, dans quelque temps, nouvelle élection du chef des Poches, j'exercerais cette fonction aussi bien, voire mieux que Francis.

« Bien, esprit assez affûté, il est temps d'abandonner cet endroit édifiant. Je compte jusqu'à dix et vous vous réveillerez. Vous ne vous souviendrez plus avoir vécu cette séance d'hypnose.

Je regarde comment revient Élise, à huit elle commence à sourire et à tourner la tête, moi à neuf.

— Oui vraiment c'est très sympathique tout ce monde à la réunion, je crois qu'il n'y a jamais eu une telle affluence, conclut Alban.

Je ne comprends pas très bien cette insistance sur l'augmentation de l'auditoire, déjà soulignée avant la séance. J'apprendrai plus tard qu'il s'agit d'un ancrage pour l'amnésie de l'épisode.

En tout cas, il fait fort l'hypnotiseur, il m'épate, je ne m'attendais pas à cette leçon de forfaiture. Je ne sais trop quelle contenance adopter. Réflexe premier : lui crier mon dégoût de sa trahison, ou plutôt lui cracher à la gueule sa saloperie d'infidélité et lui dire mon envie de gerber. Quels sentiments ont pu le conduire vers cette perdition ? Quel dépit ? Quelle jalousie ? Quelle haine ? Toute rancœur ravalée porte l'homme à nuire, Alban a dû subir quelques échecs difficiles à digérer. En manière de vengeance, l'esprit faible et aigri éprouve le besoin de trahir.
Je veux lui dire que je révélerai tout à Francis, qu'il lui faudra répondre de sa déloyauté devant l'assistance ici présente en ce jour d'affluence qui lui donne tant de joie. Mais, encore un peu sonné, je me lève du fauteuil sans un mot. Élise, tout excitée, accapare l'attention d'Alban, elle s'étonne que ce soit déjà fini, ne s'est aperçue de rien, s'informe de son comportement, si elle a été une bonne hypnotisée, si elle deviendra une Poche distinguée et une enquêtrice exemplaire, elle se sent autre... Nous nous dirigeons vers la salle de réunion, je réserve ma dénonciation à l'assemblée des Poches. À l'instant même, éclair providentiel : dévoiler le pot aux roses, la trahison d'Alban, attestera ma propre tromperie, ma volonté de devenir Poche sans jouer le jeu, en refusant le rite. Je serai radié et chassé de la confrérie, ce que je ne souhaite pas pour l'heure. Je décide dès lors de me taire. Je garde le secret, dénonciation remise à plus tard.
Une fois encore, ma lâcheté l'emporte, je redoute les

conflits, toujours prêt à l'abdication la plus honteuse pour esquiver l'affrontement. Préserver une situation de paix s'accommode volontiers d'une dérobade par quelque faux-fuyant minable. Pis encore, j'attribue ma reculade à l'éventualité d'un renvoi des Poches, quand en vérité je crains sans doute plus que tout une seule chose : braver Alban. Je privilégie la fuite, comme de coutume, attitude en accord avec mon état pusillanime ordinaire, procédé pour le moins discutable, la plupart des poltrons l'adoptent, ils musellent leur conscience et endorment leur amour-propre, convaincus de prévenir la tempête. Résignation et servilité, réponses constantes des caractères faibles qui croient ainsi se protéger des désagréments, sinon, comment expliquer, pour prendre un exemple sans doute extrême, une telle floraison de collabos en temps de guerre, acoquinés avec l'ennemi dominateur. Remords sans doute, au début, mais ils pensent que tout s'effacera à la longue, qu'ils oublieront honte et dégoût, de toute façon il s'agissait de sauver leur peau, mais un jour ou l'autre les relents de culpabilité remontent comme des nausées récurrentes et pourrissent l'existence. La fuite opportuniste et la bassesse des pleutres ne sont que corrosion annoncée de l'âme. Planqué derrière ma veulerie j'entre avec un grand sourire dans la salle de réunion.

Éric Wanneau que je connais seulement de renom, finit son speech sur les Allemands. Un politique, belle prestance, notable campagnard, dermatologue à ses heures perdues, front dégarni juste ce qu'il faut pour être pris en considération :

—... leur dynamisme, leur prospérité et leur puissance actuels, n'en doutons plus, procèdent donc en partie de l'effet Hitler et de la seconde guerre mondiale, mais aussi de la célérité de leur collation de midi, pas de perte de temps. Elémentaire : il suffit de se gaver de charcuterie au breakfast et vous abattrez tout le jour un travail de forçat sans mollir.

Enfin, pour conclure, vous l'avez compris, d'ailleurs vous le saviez tous depuis longtemps, l'Allemand est discipliné. Truisme, je vous l'accorde, mais enfin un peuple qui traverse dans les clous, roule à droite sur l'autoroute et ne fait que rarement grève, nous étonnera toujours beaucoup, nous, Poches français. Observance quasi mystique de la règle, procédé que nous sommes incapables d'imiter, jusqu'aux footballeurs de la Mancha qui obéissent à la baguette aux consignes de l'entraîneur, résultat : ils gagnent souvent la coupe. Efficacité teutonne magistrale et indépassable. Et que dire de ces grandes fêtes de la bière, manifestations orgiaques où ils sifflent synchrones d'énormes pintes de Paulaner, lèvent le coude ensemble, avalent d'un trait sans respirer et reposent les chopes vides en chœur, aussitôt remplies par les serveurs, sans aucune injonction cette fois, le donneur d'ordres est devenu superflu tant la pratique réglée de la fête est maintenant ancrée chez le Germain. Notons malgré tout une extravagance sympathique : ils zigzaguent souvent à vélo sur les trottoirs, quelle effronterie ! Cela suffit-il à les racheter ? Non, bien entendu. Je ne crois pas que je retournerai à Munich.

Je vous remercie.

Applaudissements de l'assemblée. Francis se lève et vient auprès d'Éric.

— Bien Éric, le vécu est là, mais encore une fois, comme la plupart des rapporteurs, tu exagères le côté négatif. Je sais, je vous ai demandé d'insister sur les pratiques qui s'écartent de nos coutumes et surtout de cibler toute menace qui traque la liberté et le bonheur des communautés visitées, mais vous dénigrez systématiquement, sans vous attacher à découvrir le moindre aspect positif. Je ne comprends pas cet acharnement. En outre, toi Éric, tu nous abreuves de clichés, sans doute exacts, mais j'aurais aimé une approche plus personnelle. En vérité, je suis surpris par chacune de vos analyses, des avalanches de blâmes, loin de la bienveillance de nos préceptes. Au moins, tu as ajouté un peu de fantaisie, souvent les autres la laissent de côté, aucune folie dans leurs témoignages. Du sérieux, d'accord, mais nous sommes des Poches, ne l'oubliez pas.

— Pourtant j'avais bien l'impression de suivre les directives Poches. J'essaierai de me corriger.

— En tout cas, la conclusion que je viens d'entendre me parait très pertinente, intervient Alban du fond de la salle.

— Ah, nos hypnotisés sont de retour, dit Francis, tout s'est-il bien passé ?

Je continue de sourire bêtement.

— Au mieux, dit Alban, deux sujets parfaits, de vrais Poches maintenant. N'est-ce pas mes amis, vous êtes des nôtres !

— Je me sens transformée, avoue Élise.

— Félicitations à vous deux, conclut Francis qui n'a pas envie de s'éterniser sur les états d'âme des deux intronisés. Alban, pourquoi trouves-tu la péroraison d'Éric si probante, je la juge plutôt sévère et pessimiste.

— C'est bien là le problème ! Tu considères toutes ces contrées corrompues comme parfaites, en quelque sorte des modèles à imiter. Nous les Poches, ne sommes-nous pas là pour dénoncer les défauts de ces peuplades dans le but de les corriger ? Nous, les Poches, ne sommes-nous pas censés défendre notre philosophie, le plus souvent bafouée dans ces zones à la dérive, dirigées par des bâtards débiles qui ruinent la vie de leurs congénères. Tu es trop mou, Francis, il va falloir revoir tes bases sinon nous ne te suivrons pas.

— Quelle violence, Alban ! Il va falloir en effet revenir sur nos fondements. Il est temps de mettre au point notre Manifeste des Poches, nous devons tous œuvrer dans la même direction. Quelle surprise tout de même, je ne m'attendais pas à de telles divergences dans notre assemblée. Au début n'étions-nous pas tous en accord ?

— Evidemment tu décrétais et tout le monde suivait.

— Holà, toutes les idées ont été débattues et approuvées à la majorité, et dans la bonne humeur, paroles bien acerbes tout soudain, tu pourrais au moins garder le côté fantaisiste de la philosophie Poche.

— Gros malin, tu as mordu, tu as tout gobé ! Allez, on arrête là. Mais il faudra tout de même revoir quelques principes lors de l'établissement du Manifeste des Poches.

Tout le monde se lève, la séance s'achève sur cette discorde plus ou moins dénouée. Suis-je témoin de la première crise de jeunesse de la congrégation ? Francis arrive vers moi l'air préoccupé.

— Quel bazar ! J'imagine ta piètre opinion de notre association, moi qui te vantais le côté léger et joyeux de notre groupe. Je te confesse ma stupéfaction face à ce procès. Malgré sa tentative de modération finale, Alban ne jouait pas la comédie, son exaspération n'était pas feinte, colère trop vive, je le connais. Je vais m'efforcer de juguler au plus vite ce mouvement inattendu de dissidence. Il serait dommage de tuer dans l'œuf cette aventure passionnante et chaleureuse... et quasi cosmique. Je prétendais à un collectif sans esprit de sérieux mais tout de même éclairé et vertueux porté par l'altruisme. Montage plus difficile à édifier que je ne le supposais. Je suis vraiment étonné de la réaction d'Alban. La séance d'hypnose s'est bien passée ?

— A priori oui, on ne peut pas vraiment savoir, on ne se souvient de rien.

« Alban avait l'air d'apprécier la nombreuse assistance d'aujourd'hui. Au début et à la fin de la séance quand nous étions éveillés, il a particulièrement épilogué sur cette forte présence, va savoir pourquoi. Faut-il se méfier de lui ? Il ne semble pas vouloir se conformer avec scrupule à la philosophie des Poches. Au fond, le maître es suggestion, n'a jamais subi de contrôle critique de ses séances d'hypnose, peut-être faudrait-il que tu voies ça avec lui, et que tu assistes à une de ses séances.

— Il refuse absolument, il prétend que son intervention en serait faussée. J'ai toute confiance en lui. Nous avons longuement discuté de la ligne à suivre, nous étions d'accord, c'est un type honnête, je le pratique depuis des années, un peu réac, mais d'ordinaire une personne cool et riante.

— Sans doute, mais ne vient-il pas de se montrer plutôt sévère envers ton action, tu devrais peut-être te méfier. A-t-il le pouvoir de désorganiser la communauté, de faire dérailler le train des Poches ?

— Je te trouve bien pessimiste, nous n'en sommes pas là, voilà bien ton côté inquiet. Ne fais pas cette moue, je te connais, tu sais. Je te promets d'être vigilant.

— Certaines personnes s'aigrissent et se délabrent l'âge venant, s'il en était ainsi pour Alban. Aucun ennui récent le concernant ?

— Pas que je sache. Il est beaucoup plus jeune que nous, soixante-cinq ans, je crois. N'y pense plus, quand tu rentreras de Nouméa, tout sera réglé. Notre Manifeste des Poches sera terminé ou en bonne voie, chacun pourra s'y référer, les dissidents seront revenus dans le droit chemin. Et puis un peu d'insoumission sied tout à fait à un mouvement qui se veut ouvert à tous les courants et aux concepts nouveaux, plus encore s'ils sont marqués d'impertinence et de légèreté, ce qui, je le concède, n'était pas le cas de l'intervention d'Alban, mais il a encore toute sa place parmi nous.

— Façon d'enfermer le loup dans la bergerie.

— Combien de temps partez-vous ?

— Deux mois, temps nécessaire pour se remettre du décalage horaire et bien profiter de l'été tropical de l'hémisphère sud.

CHAPITRE IV

Le Centre des Poches sera bientôt un peu exigu pour les assemblées, longère bondée. Je relis mes notes. Je ne suis pas très à l'aise, je n'aime pas prendre la parole en public, je n'aurais pas dû accepter ce rapport sur la Nouvelle-Calédonie.

— Nous t'écoutons, dit Francis.

Le lecteur pressé pourra faire l'économie de cet aperçu sans doute un peu trop long et enjamber ce passage sans regret, il n'apporte rien à l'histoire des Poches, simple exemple de ce que demande le Bureau au retour d'une mission, ou plutôt de ce que je crois qu'attend le Bureau. Passez outre sans crainte, vous ne raterez rien du destin des Poches et vous éviterez les longueurs de ce laïus fastidieux, à moins que vous ne soyez un fêlé de ce bout de terre des antipodes, perdu au milieu du Pacifique, et encore, en ce cas, vous savez déjà tout. Mon épouse Marie et moi y sommes très attachés, fils et petit-fils y vivent.

— Mes amis, je vais tenter de ne pas trop vous faire bâiller, les récits de voyage sont souvent l'occasion d'un ennui profond. Il ne sera pas question à proprement parler de journal chronologique rempli de dates, des impressions plutôt, des anecdotes pour vous faire toucher du doigt l'atmosphère et la vie en Nouvelle-Calédonie. De simples vignettes, dévoiler un peu les relations entre les hommes de cette île, constat du bien-être ou non de la population. C'est ce que tu souhaitais, Francis, n'est-ce pas ?

« Il s'agira surtout de noter ici une entente ou au contraire une discorde entre Blancs et Kanaks, la grande affaire de cette région non encore tout à fait libérée de sa période coloniale. Cela s'entend, je vous ferai grâce de la chronique familiale, quotidiennement consignée, mon petit-fils Nino y tient une large place, ses acrobaties vous lasseraient. Notre étude s'emploie donc avant tout à découvrir le quotidien du Néo-Calédonien dans son pays de rêve égaré dans l'infini de l'océan. D'emblée, la douceur du lieu séduit, climat idéal, jamais trop chaud, jamais froid, hormis les moustiques, nulle agression animale à craindre, profusion de lumière, de couleurs et d'arômes. Seul accroc : les Blancs caldoches, les Zoreilles métropolitains et les Kanaks premiers hôtes de l'île et uniques occupants il y a encore deux siècles. Pour ne vexer personne, citons Asiatiques et autres Wallisiens, minorités qui ont parfois aussi leurs humeurs, mais somme toute plutôt calmes. Comment faire cohabiter tous ces immigrés en paix fraternelle ? Tirage surtout entre Blancs et Kanaks, entre loyalistes et indépendantistes comme ils disent.

« Elections et référendums se suivent et se ressemblent. Les thèses des Blancs l'emportent, pourtant la population électorale kanake est plus nombreuse, une frange kanake se rallie sans doute aux conceptions caldoches. Un bien ? Un mal ? Nous en reparlerons dans notre synthèse après notre visite de ce « Caillou » insolite.

« Arrivée, aéroport de Tontouta, le soir vers onze heures. Toujours ce léger souffle chaud à la sortie de l'avion, plaisir mêlé aux délices des senteurs.

« Distribution des valises, longue attente, valises au compte-goutte sur le carrousel à bagages. Mise en condition, ne jamais être pressé en Nouvelle-Calédonie.

« Première nuit sans sommeil. Décalage. Le lendemain : ravitaillement, marché Moselle près du port, il est midi moins le quart, déjà beaucoup d'étals rangés, juste le temps d'acheter quatre bananes et deux ananas, nous reviendrons. Ici le prix des produits frais surprend, les plus chers de Nouméa, lieu pratiquement réservé aux Blancs, Zoreilles ou Caldoches, coûts sans doute trop élevés pour les Kanaks.

« Repli vers le supermarché. Prodige ! Rude prodige ! Tarifs quasi doublés par rapport à la métropole. La jeune caissière kanake repère immédiatement en moi le touriste empoté avec les francs pacifiques, elle prélève au creux de ma main les pièces nécessaires avec un sourire bienveillant, un merveilleux sourire qui éclairera ma journée. Dépouillés, oui, mais gros coup de jeune, retour aux années cinquante, 150 francs la baguette, 3000 francs le kilo de viande, et des pièces de cinq francs en alu léger. Remarque en passant : toutes les caissières sont kanakes. Les dames blanches de Nouvelle-Calédonie ne s'abaissent sans doute pas à ce travail, probablement sous-payé, et assorti d'horaires détestables.

« D'autre part, innovation technique curieuse dans ce magasin, en tout cas inédite pour moi, une espèce de mouchard électronique s'offre à vous au passage en caisse, trois boutons : satisfait, peu satisfait, mécontent de l'accueil. L'employée kanake, toute à son scanner, apprend-elle le verdict sur le champ ? Quoi qu'il en soit, rien d'une sinécure ce boulot, aussi ne suis-je pas surpris en partant d'assister à cette saynète devant l'entrée du supermarché : une caissière, très en évidence dans son uniforme rouge Ferrari, s'accorde une pause cigarette, en fait elle allume sans hésiter un joint de beau calibre, au vu et au su de tout le monde, sans le moindre scrupule. Nécessité de neutraliser le stress.

« Tout à ma compassion pour cette jeune fille, je frôle avec mes gros paquets un vieux Kanak malingre, le voici tout effrayé de devoir esquisser une sorte d'excuse à peine audible tant la crainte le submerge. Deux siècles de colonisation le terrifient encore.

« Que diriez-vous maintenant d'une visite du centre-ville de Nouméa ? Partons de la maison de mon fils Alex, Quartier Latin près du port Moselle — Eh oui ! Nous sommes encore un peu en France, puis rue Sébastopol vers la Place des Cocotiers. Evitons le soleil brûlant, trottoir de gauche, à l'ombre bienvenue des grands arbres semblables à des manguiers, « de faux manguiers », nous dit Nino le broussard, sept ans, le fils d'Alex, il connait déjà tout de la végétation autochtone et endémique. Plus loin, nous croisons un petit groupe de jeunes Kanaks turbulents, ils m'obligent à un écart. L'un d'eux me dit :

« Pardon le vieux ! ». Un peu froissé tout de même, « le vieux ». Terme vexant, non ? En vérité, marque de respect, selon Alex. En métropole, on n'aime pas trop s'entendre traiter de « vieux » par des ados. Mais bon, adaptons-nous, saluons la délicatesse respectueuse de ces jeunes Nouméens.

« Place des Cocotiers, grande zone herbeuse ombragée. Que des Kanaks, de tous âges, à peine quelques Blancs égarés. Cool, les Kanaks, affalés sur les pelouses, même les grand-mères, certaines se roulent dans l'herbe, chahutent comme des enfants et finissent à plat ventre en riant, d'autres au contraire se tiennent assises, monolithes inébranlables sur le gazon, en robes mission bariolées, enracinées là dans l'éternité, immobiles comme la Winnie de Samuel Becket plantée dans son mamelon sur la scène de « Oh les beaux jours ». Ces femmes massives ressemblent d'ailleurs à des mamelons posés sur l'herbe, proéminences colorées, impassibles. Parfois l'une d'elles étend le bras et sort un repas de son sac ou donne le sein à son bébé. Un peu à l'écart, des ados kanaks s'exercent au hip-hop. Mais pourquoi si peu de Blancs sur cette sorte de forum, genre Central Park, toutes proportions gardées, situé à l'hyper centre de Nouméa, animation commerciale intense alentour, oui, pourquoi si peu de Blancs ? Alex ne sait pas trop, seule explication : les Caldoches et les Métros sont plus occupés, n'ont pas le temps de se poser et de s'attarder Place des Cocotiers. Les Kanaks, souvent chômeurs ou désœuvrés, n'ont rien à faire et disposent d'un temps infini pour attendre leur ancêtre Godot à l'ombre des flamboyants et des cocotiers. Palabres tout au long du jour, activité peu prisée des Blancs, les Kanaks s'approprient dans ces conditions cette oasis de verdure.

« Au bas de la place, sous la statue du Vice-Amiral Jean-Baptiste Olry, gouverneur de la Nouvelle-Calédonie vers 1878 — chef de la répression contre la révolte fomentée par le meneur indigène Ataï —, un homme harangue les passants, un Kanak, émacié, hirsute, genre qu'on n'aimerait pas voir surgir devant soi au détour d'un cocotier dans la forêt tropicale, d'ailleurs même les Kanaks s'écartent, large crochet devant ce visage halluciné : « Allez-vous tolérer encore longtemps cette statue du tyran, tueur de Kanaks, vous promener dessous alors qu'elle vous rappelle toutes les souffrances passées ? Déboulonnons ce monstre et chassons les Blancs de la terre des ancêtres... » Je dévie prudemment.

« Dimanche, Marie et moi décidons d'une journée baignade. Sortie nord de Nouméa, direction plage d'Enghoué, face à l'île Ronde. Choix de hasard.

« Surprise : péage, 200 F. Eau trop chaude, 35-36 degrés, peu de fond, pas de coraux. À l'évidence, zone à Kanaks. Des Blancs arrivent aussi, avec leur bateau en remorque, mais larguent les amarres et décampent aussitôt, cap vers l'îlot d'en face, nulle envie de s'attarder sur ce secteur infesté de Kanacs. Leur attitude ne trompe pas : « Nous, les Blancs, avons tout compris, rois du lieu transitoire sans attrait. Nous savons jouir de la vie, pas comme ces foutus Kanaks qui n'ont jamais eu l'idée ni l'envergure de faire comme nous autres, Caldoches ou Zoreilles : voguer vers l'île Ronde, la magique ». Les Caldoches en définitive partent pour s'éloigner de ces abrutis de Kanaks, indépendantistes indécrottables ; les Zoreilles, eux, souvent fonctionnaires, lèvent l'ancre pour se vanter au retour en métropole d'avoir vécu comme des Princes du Pacifique à la découverte des paradis perdus. Nous observons ce va-et-vient avec un certain dédain. Jalousie aussi, non ? Pfft, les Néo-Calédoniens ne sont que des corps, qui vivent.

Quant à nous, incursion sous les frondaisons de la forêt littorale le long du rivage, Kanaks installés là pour le week-end, à l'ombre des grands arbres, sous des bâches, avec aïeuls et bébés, cocottes en fonte et barbecues, 4x4 et sonos. Ils nous regardent passer l'air étonné... Paumés, les Blancs ! Nous continuons, tout juste à l'aise, à nous aventurer dans cette zone qui en définitive ressemble plus à un camp de réfugiés qu'à un site balnéaire. Chose certaine, l'îlot des Blancs est sûrement plus agréable que ce campement d'abris de fortune. Rien à voir avec nos plages habituelles de Nouméa, la plage du Méridien par exemple à l'Anse Vata, fréquentée par une majorité de Blancs. Belle plage de sable clair animée par un bar lounge tout au long du rivage. OK, il y a comme un relent de colonialisme, serveurs tous Kanaks, baigneurs et clients tous Blancs ou Japonais. À quelques encablures, ballet tout en arabesque des kite-surfs, ils sauvent un peu l'image « plage du Gouverneur », mais il n'y a pas un seul Kanak sur un kite. Le soir, un ami d'Alex nous invite à un cocktail dans l'hôtel voisin du Méridien, Château Royal. Piano-bar avec chanteuse, ambiance palace international de station balnéaire, haut standing impersonnel, identique sur tous les continents, clim un peu fraîche, quelquefois la chanteuse invite un habitué à danser, clientèle blanche, employés Kanaks, les danseurs donnent malgré tout un semblant de vie, languide et désenchantée, torpeur toute coloniale.

Comme l'Anse Vata, il y a au sud de Nouméa quelques lieux privilégiés très prisés des blancs, la Baie des Citrons par exemple, rivage bordé de cafés et brasseries, la grande plage de Nouméa, un des rares endroits avec les supermarchés où le mélange ethnique s'accomplit dans la journée, les Kanaks aiment palabrer dans l'eau pendant des heures sans bouger, autour, les Blancs nagent, ambiance familiale joyeuse et cordiale. Cette mosaïque ne s'assemble pas si souvent, hormis en réalité sur les lieux de travail par obligation, mais la journée finie, chacun rentre chez soi, qui dans son HLM ou son squat, qui dans sa marina. Société apparemment ouverte, à cause de la loi, mais qui a tendance se refermer par convenance des citoyens. Simple racisme larvé, spontané et conventionnel, presque bon enfant.

« Autre éden du sud, Port Plaisance, organisé en marina, bateaux au pied d'immeubles cossus de quelques étages, grandes terrasses végétalisées donnant sur la mer, secteur réaménagé il y a peu, destiné aux faux bobos des îles lointaines, ici Caldoches ou Zoreilles, des visages où se lit une sotte satisfaction de parvenus : nous sommes les rois du Pacifique, au paradis, des princes conquérants, réussite méritée, week-end en voilier entre élus sur notre lagon de rêve, le soir, barbecue entre amis. Aucune injustice, nous avons su mener notre barque, nous profitons à plein de cette île enchantée, pendant que ces couillons de Français dépriment dans la grisaille froide. Si seulement il n'y avait pas tous ces corniauds de Kanaks ! OK, caissières et éboueurs sont nécessaires, mais de là à réclamer toujours plus de subventions, et la totalité des terres, et l'indépendance ! Sans limites, ces rapaces !

Oui, on lit cette morgue sur leurs visages, mais ils la vocalisent aussi.

« Tout séjour sur ce « Caillou » nickelé implique un détour par le Centre Tjibaou dédié à la culture kanake, composante majeure des grands travaux réalisés par la France après les accords Matignons. Transfiguration contemporaine en bois d'iroko des cases kanakes, architecture remarquable de Renzo Piano, les grandes flèches du musée impressionnent par leur beauté majestueuse, édifices élancés vers le ciel comme de grands vaisseaux avançant dans la mer, écrin très approprié pour magnifier la culture et les arts kanaks. « Constatez, petits voyous, on ne se moque pas de vous, on vous a construit un des plus beaux musées du monde ! » : ce qui est vrai. Façon de calmer à l'époque les esprits enflammés des ancêtres courroucés. Après plusieurs visites, toujours le même affectueux feeling osmotique, communion avec le peuple kanak. Pour une fois aucune gêne à parcourir un lieu envahi par les touristes blancs accueillis et servis par des Kanaks, tout est dans l'ordre, les Kanaks présentent leur terre à des gens de passage venus apprécier la civilisation d'un autre groupe d'hommes, en aucune manière assujettis à une autre ethnie.

« Ce musée, aussi beau soit-il, n'est qu'un maillon des grands travaux voulus par la France. Hormis routes et ponts bien nécessaires, on compte aussi de folles réalisations aidées par un système de défiscalisation local, des ouvrages qui ne s'imposaient peut-être pas, comme cet Hôtel Sheraton flambant neuf à Deva : grand luxe, 180 chambres (170 à 500 euros la nuitée), spa et golf 18 trous, le Sheraton New Caledonia Deva Spa & Golf Resort, grands bâtiments aux toits de chaume en V renversé jusqu'à terre pour rappeler l'habitat traditionnel Kanak, pourquoi pas, mais tout de même, un chouïa austère, le palace. Très peu de clients. Comment remplir ces bâtisses fastueuses hors de prix, perdues à 200 km de Nouméa en pleine brousse au milieu des ranchs caldoches ? Lourd déficit probable. Les investisseurs s'en foutent, paraît-il, cette fameuse défiscalisation reviendrait à construire à moindre coût pour revendre très vite à prix cassé, gros bénéfice à la clef. Tout le monde est d'accord : les édiles, le gouverneur et le ministre en visite à qui on démontre le dynamisme de la contrée, d'ailleurs il en profitera pour visiter aussi l'hôtel Paradis cinq étoiles à Ouvéa, en déficit depuis plusieurs années. Le pèlerin français lambda, déjà rincé par le montant du voyage n'a certainement pas une bourse assez garnie pour s'offrir une chambre dans un tel palais. Ces extraordinaires folies touristiques ont toujours fait faillite, les trois Clubs Med y compris. La France renflouera.

« Nous décidons, Marie et moi, d'oublier la ville pour un moment, brève escapade sur l'île de Maré, plus de 95 % de Kanaks, quelques asiatiques et 2 % de Blancs. Une demi-heure d'avion ATR avant d'atterrir sur une terre encore plus paumée que le Caillou. On dit que Maré est la plus authentique des îles Loyautés, encore peu polluée par le tourisme. Début de preuve de cette authenticité dès les premiers pas dans notre gîte à Yedjelé près de Tadine. De loin, bungalow enchanteur, près de la plage. Nous apprenons que les enfants du fondateur ont repris l'affaire et, comme tout Kanak averti et authentique, n'ont fait aucun entretien des lieux même le plus minime. La jeune patronne est fort aimable.

« Emplacement exceptionnel, sable blanc, mer turquoise. Intérieur de la maisonnette en revanche plutôt cracra, murs peu nettoyés, vague essai infructueux jusqu'à hauteur d'homme, la peinture s'écaille par plaque, rien de réparé, les robinets fuient, le porte-serviette tombe, barre de douche cassée, et pour l'eau chaude nous repasserons, chauffe-eau en panne, rideaux des fenêtres tenus par des pinces à linge, et dans la kitchenette, équipée selon les dires pour six personnes : un verre à moutarde, deux fourchettes, trois couteaux, tout de même cinq assiettes, ni casserole, ni poêle, de toute façon la plaque électrique est hors service, le tout pour la modique somme de 80 euros la nuit, il faut bien mettre de l'essence dans le gros 4x4 double cabine de plusieurs dizaines de milliers d'euros garé devant, nous sommes bien dans l'authentique.

« En Kanakie profonde, toujours se satisfaire de ce qu'on trouve... et s'armer de patience. Une journée et demie d'attente pour la mise à disposition de notre voiture de location réservée. Au téléphone, impossible de savoir quand elle sera livrée, chauffeurs toujours partis ailleurs, personne ne sait quand ils reviendront. Nous attendons. Laissons-les vivre le présent sans souci de l'heure ni du lendemain. Quelques milliers de Kanaks sur l'île, l'énorme majorité désire l'indépendance. Question : de quoi vivront-ils une fois la manne de la France envolée ? Très peu de commerces, aucune entreprise, une pauvreté profonde s'abattrait sur eux, comme au Vanuatu depuis l'autonomie. Ils le savent, ils s'en foutent, tout loisir de s'adonner à la vie contemplative si douce, ils ne mourraient pas de faim, la nature est généreuse. Adieu 4X4, adieu PC et portables, télés et congélos, adieu Zoreilles, profs, toubibs et infirmières... Curieusement, j'ai peine à croire que les mères seraient d'accord pour perdre toutes ces commodités, mais la coutume tribale ne leur demande pas leur avis.

« A propos de coutume, des amis kanaks d'Alex, prévenus de notre séjour, nous invitent à partager le bougna, grand honneur d'après Alex. Il nous avait instruits de l'obligation de « faire la coutume » à notre arrivée dans la famille de Naguéré Trévé.

« La famille nous accueille devant sa case. Comme on me l'a stipulé, nous nous avançons et déposons sur l'herbe devant nos hôtes un coupon de tissus très coloré, un paquet de cigarettes et un billet de 500 francs. Je dois déclarer ensuite mon souhait d'être admis en leur demeure. Un peu tendu : ma première prise de parole coutumière.

— Par ce geste de respect, en toute humilité, nous demandons à être à accueilli au sein de votre famille après votre invitation à partager le bougna.

Je ne m'étends pas d'avantage, juste les mots appris par cœur, récités sans fioriture. Ça a l'air de marcher, Naguéré Trévé accroupi, les yeux baissés, pose la main sur l'étoffe :

— Vous êtes les bienvenus, nous sommes très heureux de rencontrer les parents d'Alex, notre ami. Désormais vous êtes nos hôtes et nous vous protégerons.

Le bougna, excellente potée de poulet au goût fumé, cuite dans un four de pierres chauffées à blanc enfouies dans la terre. Quelque chose qui tient de notre potée auvergnate et d'un pot-au-feu de volaille fumée avec force choux-raves relevés d'un goût exotique de coco. Les Zoreilles n'apprécient pas tous ce plat, même les Caldoches, et beaucoup n'ont jamais eu le privilège d'y goûter. Le tout arrosé d'un punch planteur maison, chacun se sert à la louche dans le grand faitout. Les enfants boivent du coca-cola. Avec Naguéré, nous parlons bougna et rhum, puis de la France où il a fait une période militaire, propos sur nos familles, nos enfants, et enfin, punch aidant, sur l'avenir de la Nouvelle-Calédonie. Il me résume ainsi sa position :

— Vois-tu, Boophi, — nous étions désormais des amis — je ne sais pas si les premiers habitants de Nouvelle-Calédonie ont le devoir de chasser les descendants des prisonniers débarqués ici il y a bien longtemps contre leur gré, mais en tout cas, moi je ne suis pas pour l'indépendance, je fais partie de la tendance très minoritaire et incomprise de l'île. Il nous faudra vivre ensemble et partager notre patrimoine commun.

« Retour à Nouméa. Dimanche matin, flânerie vers la grande brocante annuelle Place des Cocotiers. Rue Porcheron, un mélanésien, âge mûr, arrive en face de moi, il me voit et aussitôt fait un brusque écart, prudent et déférent à la fois, il me laisse le trottoir, tout juste s'il ne se fend pas d'une révérence quand je passe près de lui. Toujours le même reliquat ordinaire de siècles de colonisation. Envie de lui dire : « L'époque des missionnaires est terminée ! ». Il pourrait me répondre : « Oui, mais les Caldoches sont toujours là ! ». Je continue ma route, deux grosses jeunes filles Kanaks, embouchées au riz et au Coca, moins de vingt ans, foncent sur moi toute gorge ballottante en avant, elles tiennent la largeur du trottoir, une paire de deux cent quarante kilos au bas mot. Progression fière et conquérante. Au moment de les croiser, je dois descendre sur la chaussée, le rouleau compresseur n'a pas dévié d'un pouce, elles m'auraient jeté bas de toute leur masse. Costaude et glorieuse relève d'après référendum. Nouvelles rebelles ? Ou seulement impolitesse de jeunes contemporaines occidentalisées ? Bon signe dans les deux cas, ces prédiabétiques collent au plus près de leurs cousines ados de France : « Les vieux, faites pas chier, la jeunesse déboule, la force est avec nous, le pouvoir de demain ! ». Tout cela est parfait, dans l'ordre des choses, la génération montante kanake ne semble plus craindre le colon blanc. L'indépendance en marche. Rassuré sur l'avenir de la Nouvelle-Calédonie, je pénètre Place des Cocotiers, noire et blanche de monde bariolé. Il est rare de voir un tel fourmillement à Nouméa où se mêlent à parts égales Blancs et Noirs dans une joyeuse kermesse bonne enfant animée par une marmaille bruyante. Tous fouillent les stands, des centaines d'étalages côte à côte sur l'immense Place, à la recherche de l'objet rare, ça rit, ça se rencontre, ça demande des nouvelles, l'île n'est pas si grande, on croise toujours une connaissance, et souvent d'une autre ethnie, chaleureux melting-pot, un vrai bonheur, l'image espérée de la Nouvelle-Calédonie, d'une certaine façon ce qu'elle est déjà en germe.

« Je reviens chez Alex, arrêt à la boulangerie du quartier, rue Porcheron, je me dispose à demander ma baguette quand entre un Caldoche, belle tête de vieux bagnard buriné, il a « garé » son gros double cabine moteur allumé au milieu de la rue, circulation bloquée, droit au comptoir, il double la file d'attente kanake et me grille aussi, réclame haut et fort son pain, repart sans bonjour ni bonsoir : entourage, je t'emmerde ! Encore un peu de chemin avant une Nouvelle-Calédonie idéale. Certes, arrogance et mépris colonialistes sont ici adressés à la population entière : « Arrière, gueux de la terre, je suis maître chez moi, écartez-vous, je ne saurais attendre mon pain plus longtemps ! ». Cette parade odieuse, en vérité, serait fort possible aussi en France, et partout d'ailleurs, il y a toujours quelque part un mégalo, sinistre connard, pour écraser les autres de sa haine.

Alors, petit paradis, le Caillou ? Vie édénique pour tout un chacun ? J'aurais presque envie de répondre oui. En dépit de doléances bien naturelles, l'énorme majorité ne ressent pas le blues des « Tristes Tropiques ». En Nouvelle-Calédonie, rires et gaieté illuminent les visages, les Kanaks aussi rient de bon cœur. Île Babel où en définitive chacun aménage son espace et trouve son compte, sauf les caïds politiques peut-être, en tout cas ils simulent bien, du grand art, surtout les sénateurs Kanaks qui se doivent de jouer les rebelles mécontents pour justifier leur nouvelle fonction lucrative, l'électeur veille. Question hypocrisie, les leaders Caldoches ne sont pas en reste : « Nous avons construit le pays tel qu'il est, c'est à nous et à personne d'autre de le conduire, bien sûr désormais avec le soutien et l'approbation des Mélanésiens. Les Kanaks répliquent : « Nous sommes sur nos terres depuis plus de mille ans, vous êtes des occupants ». Les Zoreilles, intermittents éphémères, tentent néanmoins de s'immiscer dans le débat, mais sans droit de vote, demeurent des conseillers impuissants : « Nous apportons la modernité à cette bande d'arriérés, ils pourraient au moins nous écouter ». Asiatiques et Wallisiens s'en foutent, ils ont déniché leur havre de grâce, requête première : paix et tranquillité.

Les Kanaks, derniers relégués en vérité, sans réelle maîtrise de la situation, restent les floués de la Nouvelle-Calédonie, même si depuis quarante ans, manne française aidant, leur niveau de vie rejoint peu à peu celui des Blancs, encore un effort et nous y serons. Mais pour les touristes moyens que nous sommes, s'éternise un scandale révoltant : les zones sans fin nommées « squats », rien à envier à nos anciens bidonvilles. Honteuses verrues que personne n'a su cureter. Pourquoi tant de cabanes en tôle sur cette île si prospère ? On allègue le fort taux de chômage, ou une éducation encore insuffisante, et même parfois, pour certains, la mentalité même du Kanak qui, le 4x4 payé, la télé et le lave-linge acquis, préfère cesser le travail plutôt que de s'obstiner dans l'effort pour habiter un logement plus normal. On leur a bien proposé des appartements dans les nouveaux HLM, quelques-uns se sont laissé tenter, mais, paraît-il, la plupart ont fini par déserter leur résidence pour rejoindre le squat douillet de la forêt. Sans doute l'atavisme qui s'affirme, façon de reproduire un simulacre de vie tribale dans ces baraques en ferraille, ersatz des cases ancestrales ? Reconnaissons aussi que certains squats situés en bord de mer, sur des terrains qui se vendraient à prix d'or en France, valent bien les mornes quartiers sans chaleur des HLM. Pourquoi continuer à trimer pour un chez-soi sans attrait quand s'offre à vous une vie balnéaire sereine et oisive dans une nature clémente et généreuse ?

Le principe du travail discontinu selon son gré ne serait pas qu'une légende, mais une habitude bien réelle, même pour les emplois plutôt recherchés de l'Education nationale. Une amie, payse berrichonne, directrice d'un grand collège de Nouméa, très pessimiste au demeurant sur l'avenir des ados Kanaks trop souvent déscolarisés, intoxiqués par l'alcool et la drogue, cette amie, donc, passionnée par sa mission éducatrice, nous racontait qu'il n'est pas rare que les personnes de service disparaissent un beau matin sans explication, pour les voir de nouveau pointer le museau quelques semaines plus tard, certaines ne reviennent jamais. Ces agissements ne contribuent en aucun cas à une gestion performante du personnel, ni à motiver les animateurs qui espèrent encore sortir les Kanaks de leur condition inférieure.

« En définitive, que souhaitent les Kanaks ? Rester seuls maîtres de la terre des ancêtres. Parasites négriers, dehors ! Un référendum ? Pourquoi pas ? Si toutefois ne votent que les colonisés kanaks. « Entendu ! Mais vous deviendriez très pauvres ! ». « Oui, mais dignes comme aux anciens temps. ». Des romantiques idéalistes. Leur imaginaire candide prétendrait même encore à vengeance et réparation.

« Sac de nœuds inextricable ? En vérité, chaos tout théorique, les Néo-Calédoniens, Kanaks inclus, se complaisent en fait dans ces embrouilles politiciennes et composent avec cet état de choses. Surtout, que rien ne change, qu'on ne les prive pas de leurs différends, jamais ils ne daigneraient le confesser.

« Belle lurette déjà que l'identité kanake a été reconnue, Maîtres chez eux maintenant dans leurs provinces, possibilité de vivre comme les ancêtres si ça leur chante, même d'appliquer l'ancien droit coutumier. Insuffisant, l'indépendance ou rien ! Comme au Vanuatu, leur vœu le plus cher, pauvres et bouffés par les Chinois. « Faux ! Nous pourrions très bien vivre des profits du nickel ». Sans doute oublient-ils que la plupart des mines ont dû être renflouées depuis l'effondrement du prix du nickel. Ils croient encore à cette ressource inépuisable : « Dehors, les Blancs ! ». Il faut les comprendre, leur inconscient – dogme ancestral enfoui – leur signifie qu'ils périclitent sur leurs propres terres encore occupées, peut-être même par des partisans de l'esclavage qui pillent leur nickel. Méfiance de l'homme blanc, toujours tangible.

« Mais la raison les invite à écarter ces vestiges et à rester dans le système actuel qui évolue doucement vers un équilibre où chacun aura le respect et les mêmes droits. Clamez votre désaccord, chers Kanaks, simulez de ne pas croire à ce progrès, le jeu politique vous l'impose, mais gardez la « France qui paie », même s'il est difficile de lui pardonner la manne et le confort que n'ont pas vos voisins mélanésiens.

« Entente obligée entre les ethnies du territoire, on imagine mal le départ de Nouvelle-Calédonie d'une grande moitié de la population parce que blanche. Cent cinquante mille Blancs d'un côté, en partie à Nouméa, cent mille Kanaks de l'autre, clairsemés sur le Caillou. Faible population en définitive sur cette île spacieuse. De la place pour tous.

« Encore un effort, Mesdames et Messieurs les Caldoches ! Compatissez ! Répartissez mieux les richesses ! Du nickel pour tous.

« Reconnaissez les progrès, Mesdames et Messieurs les Kanaks ! Fumez le joint de la paix autour d'une jatte de Kawa !

« Compromis impératif, seule manière de sauvegarder une Nouvelle-Calédonie hospitalière et généreuse, pour jouir ensemble de son jardin d'Éden.

« Je vous remercie.

Applaudissements.

— Merci Boophi, dit Francis, voilà qui nous change des rapports négatifs que nous entendons depuis trop longtemps malgré mes exhortations. Je comprends de moins en moins cette propension parmi vous à nous servir des analyses très virulentes presque haineuses comme signées parfois par des Poches parjures. Continuez, et je me fais fort de créer un camp de rééducation, modèle Mao, vous y subirez lavage de cerveau avec autocritique pour dépolluer toutes ces âmes Poches corrompues. Boutade douteuse j'en conviens, mais tout de même, je ne m'explique toujours pas cette espèce de décrochage constant quant à nos engagements. Vous avez franchi de votre plein gré le seuil de l'institution des Poches, signé la charte et subi l'hypnose. Devenus Poches indiscutables vous devriez vous attachez à réagir et à juger en Poche, au contraire vous vous éloignez de jour en jour des fondements de notre philosophie, vous vous coupez peu à peu de notre projet, pensez à Léon Ciboire, votre attitude le désolerait. Que devient votre promesse de bienveillance ? Impliquez-vous avec plus de fraternité dans votre mission. Une seule ambition : le bien-être des femmes et des hommes rencontrés. Restons charitables, solidaires et unis. Évitons la désagrégation et la disparition de notre confrérie.

« Réunion du Bureau samedi, réflexion sur le rapport de Boophi, nous nous y attarderons, pour une fois nous avons de la matière noble et généreuse à étudier. Puis nous passerons aux questions et aux recommandations à émettre avant l'archivage.

« Nous nous en tiendrons là pour ce soir. N'oubliez pas la séance du mois prochain, première lecture du projet du Manifeste des Poches. Il réveillera les consciences négligentes. Je vous rappelle que tous les jours le Centre Poche vous est ouvert, venez entretenir votre nature et votre âme Poche, n'hésitez pas à vous recharger en énergie d'un coup de sauvignon bien frais, notre grand maitre Didier se fera un plaisir de booster vos batteries. Je vous remercie, et réfléchissez au Manifeste des Poches, chacun doit en porter la paternité pour y adhérer sans arrière-pensée. Notre échanson Didier va se faire un bonheur de vous redonner joie et vigueur.

Tous redeviennent aussitôt de bons Poches obéissants et se pressent autour de Didier qui propose ce soir « les Pichons » de son fils Luc, un rouge des « Monts-Damnés » de la dernière cuvée, vin de grande classe encore tout « sur » le fruit.

Alban me dit :

— Ne crois surtout pas que nous soyons tous d'accord avec l'appréciation de Francis sur ton rapport. Il y aura des mises au point à faire en assemblée.

Il s'éloigne sourire aux lèvres.

CHAPITRE V

Opulente demeure bourgeoise du XIXe siècle, hauts cèdres du parc éclairés à giorno par de puissants projecteurs, gentilhommière carrée flanquée de tourelles en poivrière, deux étages, toit mansardé. Le cossu ordinaire d'un médecin renommé après une longue carrière commencée dans les années 70, faste désormais révolu, l'érosion des revenus n'autorise plus les jeunes praticiens d'aujourd'hui à convoiter ce genre de manoir dispendieux d'un autre temps : quand le médecin était encore décemment honoré.

Enorme cheminée dans le hall d'entrée, une maîtresse branche de chêne se consume doucement.

— Un arbre abattu dans le parc, nous dit Alban, le maître de maison.

Ses arbres centenaires lui coûtent beaucoup d'effort, il s'en occupe lui-même. Combien de temps encore ? Impensable, à plus de soixante-cinq ans, de continuer à manier la tronçonneuse tout le jour. Pourtant la nécessité d'entretenir cette forêt, partie intégrante de la propriété, ne disparaitra pas comme par miracle. Sa pension de retraite n'y suffira pas.

— Défaites-vous ! Marie, donne-moi ton manteau. Boophi, Francis n'est pas encore là, il ne devrait pas tarder.

Comme si Francis ne venait que pour moi, je serais son unique curiosité, sa marionnette piquante du moment. Ou alors, c'est le seul de mes familiers ce soir ? Voilà qui m'inquiète plutôt.

Alban nous ouvre la porte d'un grand dressing qui accueillerait volontiers les capotes de tout un escadron. Aussitôt, je revois les Dublinners de James Joyce qui, chez leurs hôtes, le soir de Noël, déposaient leurs manteaux sur le lit de la chambre, avant d'aller déguster leur patate à l'eau. Ici, pas de bat-flanc où jeter ses habits, mais une lignée de portants pourvus de cintres où toutefois chacun se débrouille pour pendre ses effets, l'espace ne manque pas, mais il n'y a plus le valet de pied d'autrefois qui vous débarrassait du chapeau et du paletot. Le bourgeois provincial a encore les moyens de la grosse bâtisse mais ne peut plus s'offrir le personnel afférent, de toute façon cette sujétion serait aujourd'hui plutôt mal considérée, le lointain descendant de la Révolution, d'une génération toute pétrie d'égalité et de droits de l'homme, ne supporte plus ces relents de servitude, le larbin n'est plus en vogue. Chez les notables campagnards provinciaux d'aujourd'hui, même pour les repas de gala, très peu d'extras, cet usage n'est plus de mise, et les maitresses de maison se plaisent à claironner : « À la bonne franquette ! », quand bien même elles ont mis les petits plats dans les grands et passé tout le jour en cuisine. Ce qui doit être le cas ce soir, coup d'œil vers la salle à manger dont la porte est entrouverte, les verres de cristal sont de sortie comme la porcelaine de Limoges et l'argenterie. Nathalie, l'épouse d'Alban, a une réputation de bonne cuisinière, pour nous c'est une première, et d'une certaine façon nous nous faisons un plaisir de dîner à cette table renommée.

— L'autre jour, me dit Alban, j'ai été un peu vif à propos de ton compte-rendu de Nouvelle-Calédonie, très brillant au demeurant, en fait je voulais un peu critiquer Francis sur sa façon d'envisager l'action Poche, rien contre toi ? C'était vraiment un très bon rapport.

Un autre groupe se présente, Alban nous laisse pour accueillir les nouveaux arrivants. Par la double porte du grand salon, je reconnais heureusement quelques têtes. Je n'ai pas participé à ce genre de raout depuis bien longtemps, souvent en voyage avec Marie, ou plus ou moins retiré dans ma tour d'ivoire — toute de béton pour ce qui me concerne, en tous cas un refuge d'où je sors de moins en moins. Il va nous falloir affronter cet essaim d'individus, inconnus pour la plupart, quelques vieilles connaissances bien sûr, mais aujourd'hui oubliées. J'hésite à me jeter dans la mêlée. Une voix un peu criarde mais formellement masculine perce la rumeur : « Boophi, un revenant ! On te croyait mort ! En fait toujours par monts et par vaux. ». Je ne doutais pas de la présence de Mickael ce soir, mais l'entendre me héler si fort à travers la pièce me désarçonne et me cloue au sol, tous les regards se tournent vers moi. « Ne reste pas coincé dans le hall, viens te prosterner devant les anciens, ça fait vraiment plaisir de te revoir ! ».

Je n'ai pas encore salué Nathalie, la maîtresse de maison, et je ne l'aperçois pas dans mon voisinage. Mickael m'apprend qu'elle est en cuisine. Un gentil barbu, Mickael, le secrétaire des Poches, un expansif aussi, il tient toujours à faire profiter l'assistance de ses états d'âme, un bagou intarissable ponctué de rires homériques.

— Tu n'es pas obligé de crier si fort pour m'offrir en pâture aux masses cannibales, dis-je à Mickael.

— Rien que des amis, Boophi, ils ne vont pas te manger. Vous entendez vous autres, Boophi vous prend pour des Papous. Voilà Nathalie, tu vas pouvoir déposer tes hommages à ses pieds. Nathalie, je te présente Boophi, très désireux de te dire des douceurs, mais il craint que tu le nourrisses de chair humaine !

— Ne l'écoutez pas, Nathalie !

— Ne vous inquiétez pas je connais bien mon Mickael, toujours un trait pour attirer l'attention ou une calembredaine pour amuser la galerie. En tout état de cause, mon cher Boophi, pour moi vous n'êtes plus un étranger depuis longtemps, je sais tout de vous, Alban ne tarit pas d'éloge sur vos écrits. Excusez-moi, nous bavarderons plus longuement tout à l'heure, je dois accueillir mes amis, et retourner surveiller en cuisine, je suis un peu pointilleuse question culinaire.

Déjà Nathalie se détourne. Mickael s'est éloigné. Marie discute avec une femme inconnue. Je déambule dans la maison vers le jardin d'hiver peuplé de plantes exubérantes, véritable luxuriance antillaise, je reconnais des oiseaux de Paradis, des frangipanes et des balisiers au milieu d'une flore inconnue, des bananiers aussi, quelques agrumes, citronniers, mandariniers et quantité d'arbres mystérieux. Cette orangerie se termine par l'entrée de la piscine, j'examine le mécanisme ingénieux d'un sas qui permet de commencer sa baignade dans la maison, de passer au-dehors sans quitter l'eau tropicale et ainsi d'éviter les rigueurs hivernales tout en nageant dans l'eau phosphorescente sous les grands cèdres du parc. Que n'ai-je apporté un maillot ? Derrière une sorte de palmier, un peu à l'abri des regards, j'aperçois Alban en conversation avec une femme de beaucoup sa cadette : conversation... c'est vite dit, terme inapproprié, œillades énamourées, frôlements évocateurs, pour ne pas dire caresses, ces deux-là semblent se plaire. Derrière moi une voix : « Eh oui, ce vieux don Juan d'Alban a séduit la petite Pauline, même à son âge il n'est pas encore rassasié. Le vieux beau a encore frappé. Il vient de laisser tomber Laurence notre trésorière des Poches pour la charmante Pauline. Il est certain qu'elle éclipse sans discussion notre comptable dont — sans vouloir diminuer ses charmes — le physique un peu ingrat ne rivalisera jamais avec la plastique de notre frêle infirmière, d'ailleurs plutôt allumeuse dans l'âme... Stop ! Je cesse les potins, « c'est un méchant métier que celui de médire », restons-en-là, toutes ces appréciations demeurent bien subjectives.

— Bonsoir Francis, tu es au courant de tout. Qui est cette belle Pauline ?

— Pauline Lerichot est maintenant pacsée avec Marcel Mauloup, ce prof de français que tu connais déjà je crois, selon toute apparence il ne se doute pas des inconstances de sa chère femme. Ou peut-être a-t-il une raison cachée de laisser toute liberté à Pauline, on le dit homo refoulé. C'est d'ailleurs sans doute l'explication de son union avec cette jolie garçonne aux cheveux courts.

— On fricote pas mal dans le libertinage chez les Poches, semble-t-il. Ta confrérie... une manière de club échangiste !

— Sans doute un peu exagéré, mais il y a du vrai dans ta remarque. Je ferai ton initiation à mesure des rencontres de nouvelles têtes. Ici tout le monde s'aime et se hait gentiment au gré des passades. Quant à Nathalie, elle paraît s'accommoder des frasques d'Alban, en tout cas quand il courtisait Laurence tout se déroulait sans incident, aucune manifestation de jalousie ni de colère, peut-être en raison de quelques prêts, fournis par la riche Laurence, qui auraient permis la construction du jardin d'hiver et de la piscine. Continuera-t-elle à fermer les yeux sur la délicieuse Pauline ?

— Captivant concert de commérages, tes amis Poches apprécieraient !

— Difficile d'éviter les cancans, en tout cas garde ça pour toi, la confrérie des Poches est un creuset de ragots et de calomnies, comme toute société humaine, mais j'espérais que mon propre cercle s'en dispenserait. Je voulais créer une sorte de confrérie idyllique au milieu des vignes, une communauté idéale venue d'ailleurs, une référence dans le village planétaire. Naïveté évidemment.

— D'une certaine manière, la secte modèle...

— Tu charries un petit peu, mais oui, peut-être me suis-je fourvoyé. Tous ces désordres m'ennuient et me culpabilisent bien sûr, ils créent un climat malsain qui rend parfois l'atmosphère des réunions irrespirable. Alban n'est pas le dernier à envenimer les séances. Je me promets une mise au point avec lui entre quat-z-yeux.

« Tiens regarde Nathalie, là, à l'entrée de la serre, qui fait mine de ne rien voir, mais qui tout de même jette un œil discret sur le tandem infidèle. De leur côté, les deux tourtereaux improbables font en sorte de ne pas être trop collés l'un à l'autre, les apparences sont sauves.

— Trop cool, les Poches ! Comme diraient mes petits lardons ! Bouillonnement romanesque, pas de monotonie dans le groupe, je crois que je vais envisager la tenue d'un « cahier médisances » : la Saga des Poches ou l'Odyssée des Poches, non plutôt la Galaxie des Poches, comme tu dis, puisque nous venons du ciel, oui la Galaxie, du fécond à butiner.

— Pourquoi pas ? Suis-moi, je vais te présenter notre ami Antoine Penufin, l'écrivain bien connu, il vient donner une conférence sur les guerres du Moyen-Orient, ici dans notre bonne ville dont il est d'ailleurs originaire. Un non-Poche, mais sa notoriété orne au mieux une table de réception, Alban ne pouvait laisser passer l'occasion, un ami d'enfance. Comme tu le sais sans doute, Antoine est un spécialiste renommé du monde arabe, il sort un nouveau roman : « Mariage à Alep ». Les questions syriennes, israéliennes et arabes en général y sont largement abordées. Je ne l'ai pas encore lu, je suis donc bien placé pour en disserter, je crois qu'il traite de la relation entre une jeune Syrienne d'origine arménienne et un Palestinien rencontré à Paris. La famille arménienne s'était réfugiée en Syrie au moment du génocide de 1915 et tout ce beau monde a de nouveau immigré en France au début de la guerre civile. La jouvencelle arméno-syrienne, plutôt agnostique, entend épouser le beau Palestinien islamiste de plus en plus enclin au djihad, ils repartent tous les deux en Syrie... Vise un peu le bourbier dramatique !

Un Penufin très assiégé, l'homme de la soirée, chacun désire un mot de la star, toucher le maître, certains réclament des dédicaces. Il se prête à l'exercice de bonne grâce. Nous voici au sein du groupe d'admirateurs :

— « J'aime beaucoup ce que vous écrivez », lui dit une grosse dame rougissante, genre groupie juvénile, elle lui tend un livre à signer.

Il répond simplement : « Merci. Quel est votre prénom ? ». Il aperçoit Francis.

— Francis ! Quel bon vent ! clame tout soudain Antoine. Quel plaisir de te revoir ce soir ! Comment vont tes bonsaïs ? Celui qui va sur ses soixante-dix ans, toujours aussi vaillant ?

Il enroule son bras derrière le cou de Francis et lui prend l'épaule, tous deux s'éloignent, laissant là les fans qui acceptent volontiers la suspension momentanée de leur causerie impromptue, conversation privée entre vieux compagnons, préséance légitime. Francis décode sans peine le sens de ce geste d'amitié un peu outré, il donne à Antoine un moment de répit loin des fervents.

— Tout mon petit monde arboricole se porte bien.

— Merci pour ton intervention opportune, je ne savais plus comment clore cet entretien. Ils me supposent capable de les charmer une nuit entière.

— Vérité, il te suffit de débiter quelques banalités, paroles d'oracles, un boniment quelconque bien délayé, ils t'écouteraient jusqu'à l'aube, ensorcelés.

— Délectation infinie d'avoir des admirateurs, ils insufflent la folie de continuer, même si parfois ils te vampirisent aussi, jusqu'à te vider de ta verve, jusqu'à prétendre même à une emprise abusive sur l'intime de ta vie, procédé rarissime il est vrai. Mais par-dessus tout, comme me l'a dit Diane Ducret : « Mes lecteurs ne savent pas combien ils donnent d'amour à l'auteur qui est face à eux ».

J'accompagne Francis et Antoine à quelques pas. Ils pénètrent dans la bibliothèque d'Alban. Rayonnages encombrés pêle-mêle d'ouvrages médicaux. Francis me désigne :

— Permets-moi de te présenter un de tes collègues, tout le monde l'appelle Boophi.

— Bouffi ? Pourtant il ne m'apparaît pas vraiment difforme.

— Historiette ancienne de peu d'intérêt, dis-je. Enfant, je terminais souvent les propos des autres par : « Tu l'as dit bouffi ! ». L'arroseur arrosé : le bouffi, aujourd'hui, c'est moi ! J'ai voulu modifier l'orthographe, B, deux O, P, H, I, tentative idiote en vérité, maquillage raté. Pour ce qui est d'être collègue, moi je ne demande pas mieux, mais je ne suis qu'un amateur, nous ne jouons pas dans la même cour.

— Amateur, professionnel, tout ça ne veut rien dire en matière d'écriture, ce n'est souvent qu'affaire de hasard, certains sortent du lot, la chance leur sourit, le mérite n'a rien à voir là-dedans, la postérité triera.

— Peut-être, mais sans parler de mérite, le talent, qui est de votre côté, joue évidemment un rôle.

— Il m'est très sympathique ton ami, Francis, on subodore tout de suite l'homme clairvoyant : une analyse rigoureuse et juste qui sait excellemment caractériser et étiqueter son prochain.

— Et en plus, il se fout de moi !

— Trêve d'amabilités diplomatiques, vous êtes tous les deux incomparables. Si, si, Boophi, toi aussi ! Antoine, tu t'en souviens, nous avions prévu une visite chez ton neveu, le vigneron, Boophi pourrait t'accompagner, un vrai fan du vin. Séjournes-tu encore quelques jours dans la région ?

— Oui, après ma conférence, nous aurons le temps de le rencontrer ; une vendange d'exception cette année, parait-il.

— OK, repose-toi ici quelques instants, personne ne viendra t'importuner, je t'apporte une coupe de cuvée Henriot, ce vin est remarquable, toujours aussi pointu dans ses choix, le patron ! Relis donc quelques bréviaires de médecine, tu as dû tout oublier depuis le temps !

« Viens Boophi, il te reste pas mal de monde à découvrir. ».

Revue d'une petite dizaine de personnes. Tous ces gens prétendent, sinon me connaître, du moins savoir qui je suis et avoir déjà entendu parler de moi. Moi qui m'applique toujours à passer inaperçu, moi qui me dérobe sans cesse aux autres, moi qui évite toute fréquentation nouvelle, moi qui fuis les mondanités, étonnamment tout de même de découvrir que je ne suis pas un étranger pour tous ces inconnus. Simple politesse peut-être, façon de m'obliger et de me persuader de mon importance. Et s'ils savaient vraiment tout de moi ? Jusqu'à mon dernier vice. En province, dans les petites villes, la commère guette sans relâche aux rideaux, difficile de rester ignoré, même ombre discrète de la rue, impossible de jouir d'incognito, tout se sait, tout se dit et tout est faux. Vive les mégapoles surpeuplées anonymes ! Basta, stop à la parano ! Ils ont plutôt l'air contents de me voir, tous me convient à leur rendre visite, comme cet Éric Wanneau, qui nous a parlé des Allemands, un dermato ancien élu, qui insiste pour que j'assiste à sa prochaine réception :

— Tu es des nôtres maintenant, et je ne parle pas seulement des Poches, tu ne seras pas dépaysé.

— Entendu, j'en parlerai à Marie, mon épouse.

Il aperçoit une nouvelle proie à hameçonner, et aussitôt se précipite.

— Petit cachottier, en fait, tu les connais tous, s'amuse Francis.

— Eux semblent me connaître, moi pas !

— Éric Wanneau est un politicien de droite, il a pris une veste aux dernières élections régionales, il n'a plus aucun mandat. Gros mental, jamais ne montre ni abattement ni amertume. Désormais, il a beaucoup de temps à consacrer aux Poches, il va sûrement chercher à t'embrigader dans sa bande. Voilà, tu as croisé tout le clan, en tout cas le noyau dur. Il est temps que je retourne auprès d'Antoine, sans doute en train de se morfondre dans sa bibliothèque.

J'aperçois Marie, maintenant seule, je la rejoins.

— Qui est cette femme qui bavardait avec toi ?

— Tu ne la remets pas ? Lucienne Cordurin, la femme de Mickael !

— Je ne l'aurais pas reconnue. Sévère coup de vieux, toute grise, rabougrie.

— La pauvre a eu de graves ennuis de santé, elle a fait un infarctus. Vraiment charmante, cette Lucienne, et très énergique encore, malgré toutes ses épreuves. Son farceur de Mickael, ne veut plus rien faire, toujours en ribote à placer ses plaisanteries éculées de garçon de bain, elle se tape tout l'administratif des Poches et même avec Laurence une partie des comptes, une âme dévouée, une bonne poire qui ne sait pas dire non. Mickael a accepté le poste de secrétaire des Poches par gloriole, mais il en refuse la charge, trop contraignante, un histrion, tout pour la parade et les pitreries de bas étage, aucun effort pour contribuer à la marche de l'association.

— Passons à table, annonce Nathalie. Je vous propose de vous diriger vers la salle à manger.

Michael, tout en retenue, aboie à travers le salon : « Madame est servie ! Madame est servie ! Pressez-vous, la soupe va refroidir ! ».

Au passage, devant la bibliothèque, par la porte entrouverte, j'aperçois Antoine Penufin très entouré, il dédicace à tour de bras, encore et toujours.

Salle à manger à la mesure du manoir, une vingtaine de convives autour d'une immense table ovale élyséenne. Des petits cartons, enluminés du A d'Alban et du N de Nathalie entrelacés sur fond de bouleaux, rappellent l'origine de la Boulauderie, leur propriété, ils assignent à chacun sa place, je me retrouve à côté d'Élise de Saint-Ange et de Lucienne. Une petite plume d'oiseau posée sur la nappe à côté de chaque bristol. En vis-à-vis, deux personnes dont j'ai déjà oublié le nom, de toute façon impossible de se parler à cette distance, d'autant plus que mes oreilles devenues paresseuses n'arrangent pas l'affaire. Marie me fait une grimace au loin, flanquée de Mickael à sa gauche et de Marcel Mauloup à sa droite, bonne soirée ma mie ! Lucienne tripote la plume et me regarde d'un air interrogatif.

— Je ne sais pas, lui dis-je, peut-être une coutume locale de déco ?

Personne n'ose demander le pourquoi de cet ornement, crainte de passer pour un rustre.

Tablée installée, tout le monde remarque une chaise vide à côté d'Alban.

— Tu gardes une place pour le pauvre qui va sonner, claironne Mickael ?

—Tu ne crois pas si bien dire, une pauvre enfant que j'ai prise sous mon aile, elle aura quelque retard. Elle est un peu timide, je la tiendrai auprès de moi, vous pourriez l'effrayer, nous dit-il en riant.

— Développe un chouïa ! Quelques précisions, Votre Grâce, réclame Marcel ! Cesse tes cachotteries. On la connaît cette petite ? Nouvelle recrue Poche ?

— Surprise ! Patience... Même Nathalie ne la connaît pas !

— Méfiez-vous Mesdames, je flaire anguille sous roche ! Notre Alban nous réserve une fantaisie à sa façon, annonce Mickael, lourd clin d'œil à l'appui suivi d'un gros rire.

Pauline amante en titre et Laurence, la déchue, se regardent, ébahies, déjà associées contre ce nouvel oiseau de mauvais augure. La Boulauderie va tendre au harem.

— Nous n'avons que faire de tes grossières insinuations, dit Alban. Que vas-tu encore imaginer, Mickael, tu ferais mieux de tourner sept fois ta langue avant de lâcher ce genre d'incongruité, pauvre bouffon !

— Tu as de la veine, mon petit pote, que je sois ton hôte, rigole Mickael. Est-ce ainsi qu'on traite ses invités ? Dois-je subir cette indignité ? Pour autant, « va, je ne te hais point », mais on le connait notre Alban, jamais rien de gratuit dans ses attentions délicates envers une jeune âme solitaire et fragile, Monsieur cherche toujours à charmer à tout prix, procédé inscrit dans ses gènes, quoi de plus naturel que de vouloir être aimé, excuse mon franc-parler, mais c'est parce que moi aussi je t'aime ! Et un rire énorme le saisit.

Silence d'Alban. Quelques secondes suspendues, puis :

— Et peut-être ne viendra-t-elle pas... Antoine, je me suis laissé dire que ton livre démarre en flèche...

Antoine allait répondre, mais il est sauvé par le gong, Nathalie et Marie-jo, son auxiliaire en cuisine, arrivent avec l'entrée. Des senteurs de truffe envahissent la pièce.

— Chaussons aux truffes, annonce Nathalie.

Antoine Penufin attendra, relégué au second plan, tous suivent des yeux et du nez les deux plateaux où s'exhalent les odeurs du fabuleux champignon.

Et chacun penché au-dessus de son assiette, les yeux clos, respire les arômes généreux du « diamant noir de la cuisine ».

Un dîneur inconnu dit : « Une splendeur, ce chausson, une légèreté qui laisse toute la place à la truffe. »

— Tour de main acquis il y a bien longtemps lors d'un stage chez le regretté Verger à Mougins, dit modestement Nathalie.

Table silencieuse, dégustation recueillie.

Je dois convenir d'une expérience nouvelle : le feuilleté se sublime et fond dans la bouche, nuage léger sous le soleil, seul persiste l'arôme truffé, prémisse d'un flot immédiat d'endorphines.

Peu à peu le verbe revient, sidération maîtrisée.

Alban, le premier, recouvre la parole, sans doute plus habitué que ses convives à ce mets d'excellence.

— Dis-nous Antoine, quelles nouvelles de Syrie et de Lybie ?

Coup de sonnette. Miraculé une nouvelle fois, Penufin ; les têtes se redressent, figées, Alban se lève un peu vite, renverse sa chaise et court ouvrir.

— Mais tu es trempée, Aïcha ! Tu aurais dû téléphoner, nous serions allés te chercher !

— Je n'avais plus de batterie, portable inutilisable, je ne voulais pas vous déranger. J'arrive directement de Paris, le taxi ne savait pas trop où me lâcher, j'ai marché un peu.

— Entre, mes amis sont là.

Elle apparaît à la porte de la salle, tous les visages se tournent vers l'apparition, sorte d'épiphanie surnaturelle. Assistance pétrifiée, verre en suspens pour certains, silence. Une jeune Berbère, Kabyle peut-être, apsara aux yeux verts, ses cheveux blond vénitien ruissellent sur ses joues, les hommes présents ont une envie soudaine de la réconforter, les femmes une envie soudaine de ne l'avoir jamais vue, elles souhaitent déjà son départ.

— Bonjour à tous, dit-elle simplement, l'air un peu effrayé.

— Je vous présente Aïcha Bourisis, dit Alban attendri, tout énamouré.

— Marie-Jo montrez donc à Aïcha où se changer, dit Nathalie, donnez-lui les vêtements que j'ai préparés pour elle, je me doutais qu'elle nous arriverait détrempée, ne vous inquiétez pas Aïcha, j'ai prévu plusieurs tailles. Alban était bien incapable d'imaginer et d'anticiper ce genre de mésaventures. Quant à remédier aux conséquences de ces petites infortunes... ! « Pas de souci, m'a-t-il déclaré, Aïcha est une grande fille, elle se débrouillera très bien toute seule ! ». Tu parles ! Après neuf heures du soir, communications réduites à zéro dans nos campagnes perdues, plus aucun bus, quelques très rares taxis pour les plus chanceux !

Tout le monde ne compatit pas avec la même ferveur aux déboires d'Aïcha, les yeux homicides de Pauline et Laurence flinguent à tout va la Vénus sortie des eaux, pourtant ce sont déjà des regards de vaincues.

Danger, augure Alban, le bref exit d'Aïcha risque d'ouvrir la foire aux commentaires, il aimerait couper court à l'interrogatoire et même esquiver toute question relative à sa nouvelle protégée, eu égard aux allusions scabreuses de Mickael, ne pas aggraver sa réputation de libido débridée. Relance immédiate d'Antoine sur la Syrie.

— Où en étions-nous, Antoine, l'arrivée d'Aïcha ne doit pas interrompre ton récit passionnant.

— Je ne suis pas sûr que mes élucubrations sur la Syrie intéressent davantage tes amis que cette jeune Kabyle.

— Ne t'inquiète pas pour Aïcha, nous aurons tout le temps de la connaître, reprends le cours de ton récit, toujours remarquable.

— Si tu y tiens...

Mais déjà, Nathalie revient accompagnée de Marie-Jo, un délicieux fumet les précède.

— Les pigeons de Pologne, annonce Alban ! Explication pour les non-initiés : la bécasse, comme vous le savez sans doute est un gibier interdit à la vente, mais nous avons le privilège de connaître le fournisseur d'une excellente taverne locale dont le cuistot, toujours enclin à régaler ses amis, propose dans une arrière-salle la dégustation de ses succulentes bécasses dénommées alors pigeons de Pologne, affaire de discrétion, histoire d'égarer quelque oreille traînante mal intentionnée. Restaurant aujourd'hui en fermeture annuelle, seulement voilà, Momo notre giboyeur a eu droit dernièrement à une passée de pigeons de Pologne très fructueuse, il eut été dommage de laisser perdre un tel trésor, le roi des gibiers. Tout ceci bien sûr doit rester entre nous. Pour les effarouchés du faisandé ou ceux qui craignent de contrevenir aux justes principes d'une cuisine écologique, Nathalie a prévu, je crois, quelques nourritures plus classiques qui n'attireront pas les foudres du procureur.

— Goûtez, dit Nathalie, puis je vous dirai tout des secrets de la préparation des bécasses. Je vous signale que vous avez le droit, voire le devoir, de manger avec les doigts, les rince-doigts arrivent. Ris de veau ou filet de bœuf pour les récalcitrants.

Si on me demandait de décrire le goût de la bécasse dans un récit, je ne saurais le faire, exercice impossible. J'ai fouillé les ouvrages de tous genres, livres de cuisine et de chasse... je n'ai jamais trouvé de description du goût de la bécasse — beau titre : Le goût de la bécasse. Ce goût participe à la fois des champignons et de l'humus, on y retrouve aussi des senteurs d'une queue d'étang en hiver, le tout réchauffé à la flamme du cognac vanillé. Ces analogies approximatives ne rendent pas compte au vrai de la richesse des saveurs. En fait la bécasse rôtie et flambée sent la bécasse et rien d'autre.

Il y a des années, peut-être même quelques décennies, que je n'ai pas festoyé de bécasses, je me réjouis de goûter à nouveau ce délice défendu. Ma mémoire n'a jamais oublié ce mets de ma jeunesse divinement cuisiné par ma mère façon Bocuse. Ce soir, la recette même de mon enfance. Pour moi, archétype de la saveur française, l'absolu du goût français, je n'ai retrouvé ces arômes dans aucune autre cuisine étrangère, et c'est tant mieux, nous sommes ici au sommet de l'art culinaire français classique. Un aveu cependant, je n'ai jamais dégusté ce gibier en dehors de France, mais je doute que les cuisiniers d'ailleurs soient arrivés à ce summum.

Ouverture des hostilités, certains se caparaçonnent et passent la serviette dans l'encolure, Nathalie est aux anges. Et même les amateurs de ris de veau au champagne ou de filet sauce périgueux n'ont pas davantage l'air affligé, silence dans les rangs, chacun à sa tâche, concentré.

— Je laisse l'ami Mitterrand à ses ortolans, dit Éric Wanneau, ces bécasses solognotes sont un régal et le disputent fort bien en finesse à ces bruants du sud.

Aïcha revient dans une robe blanche. On en oublierait presque les bécasses.

— Vous avez choisi la robe Courèges, dit Nathalie, elle vous va très bien, un peu démodée peut-être, mais toujours seyante, c'est une robe qu'Alban avait offerte à notre fille Claire pour le mariage de son frère Alexis.

— Merci, je porte plutôt des pantalons, je n'osais pas essayer cette robe magnifique, puis Marie-Jo m'a convaincu.

— Tu nous disais, Antoine,...

Alban incite le romancier à poursuivre malgré les souhaits implicites des invités : confidences sur l'ange berbère.

Antoine Penufin, hésitant, tarde à reprendre.

— Mais enfin, Alban, nous présenteras-tu Aïcha, intervient Éric Wanneau, cela frise l'incorrection à la fin toutes ces cachotteries.

— Tu vois bien qu'Antoine a encore à nous dire !

Froissé à la mesure de l'agacement d'Alban, Antoine éprouve le besoin de conclure.

— En définitive, je crois que j'ennuie à tous coups avec mes chroniques syriennes, les fervents du Moyen-Orient pourront toujours venir écouter ma conférence. Je vous en prie, abordez maintenant des sujets qui vous captivent davantage.

— Un sujet maghrébin surtout nous captive, crie Mickael ! Alban, à toi la parole, nous attendons le panégyrique de ta petite protégée, tu ne t'en tireras pas par quelques pirouettes. Gare ! L'anguille frétille encore !

De nouveau son rire en cascade retentit sous le haut plafond.

— OK, je cède, sous la pression d'un parfait emmerdeur, Mickael va me harceler de ses inépuisables goujateries jusqu'à l'aube. J'espérais une soirée un peu littéraire, d'une certaine tenue. Antoine, Boophi, excusez-moi, vaine tentative. J'aurais sans doute eu plus de succès avec une veillée caquetage et commérages.

« Ce soir je voulais épargner à Aïcha un déballage somme toute plutôt déplaisant, lui laisser le temps de s'habituer à vos bobines et à vos bizarreries, si cela est possible, bande de concierges.

— Certes, reprend Mickael, nous sommes sans doute de sales indiscrets, mais que penser d'un être dont la sournoiserie va jusqu'à dissimuler à ses amis des émigrés clandestins à sa table même.

— Mais je ne suis pas une émigrée !

— N'écoute pas Aïcha, ne tiens pas compte des avis de Mickael, c'est un idiot qui veut faire son malin, roi des butors.

— Peut-être suis-je un idiot, Aïcha, mais nous aspirons tous à te connaître mieux. Tu permets que je te tutoie, tu pourrais être ma petite fille.

— Je consens aux deux propositions, Monsieur l'inquisiteur, si Alban donne le feu vert.

— Bien sûr, tu es libre et ici chez toi, tu as toute latitude pour t'exprimer.

— J'ai rencontré Alban dans le cadre de ses activités d'accueil des émigrés justement, il tentait d'obtenir des papiers pour des Soudanais dans un camp de réfugiés en banlieue parisienne, j'étais moi-même présente sur les lieux avec mon association d'aide aux arrivants d'Afrique : le Collectif Refuge Africa. Je suis une troisième génération de beurs, mes grands-parents sont algériens, anciens harkis. Voilà vous savez tout, nous avons sympathisé, Alban et moi, il m'a invité à venir passer quelque temps chez lui.

— C'est un peu rapide, mais c'est exact, dit Alban.

Aïcha attaque sa bécasse avec appétit, mais n'ose y mettre les doigts :

— Je ne sais pas ce que c'est, un vrai festin, comment faites-vous Nathalie, c'est du gibier n'est-ce pas ?

— Tu peux prendre tes doigts, Aïcha, c'est permis pour ce plat. Oui, du gibier, des bécasses. Justement, je voulais initier mes amis une fois le plat consommé, vous allez comprendre pourquoi j'ai préféré attendre que tous aient fini leur assiette. Voilà, je fais rôtir la bête sans la vider, sauf le gésier, à la fin de la cuisson j'étale les dedans finement hachés avec un peu de foie gras sur mes canapés de pain de mie dorés au beurre, c'est cette composition essentielle qui a accompagné la chair succulente de la bécasse. L'une sans l'autre perd beaucoup de son attrait, on ne reconnaît plus ce plat inimitable.

« Pour vous souvenir de cette soirée, j'ai placé à côté de chaque assiette une plume de bécasse, la plume du peintre, ainsi dénommée car elle servait de fin pinceau pour les travaux précis d'enluminure, une seule au sommet de chaque aile de la bécasse.

Aucun des invités n'a la mauvaise idée de faire la grimace à propos des intestins, d'ailleurs ils se sont tous régalés et complimentent vivement Nathalie.

— Nous ne risquons pas d'oublier ce moment, dit Laurence.

— Aïcha, dis-nous tout, insiste Mickael, pas de mystères entre nous, explique-nous comment cet enjôleur d'Alban s'y est pris pour te convaincre de venir t'enterrer dans notre Berry profond plutôt moins attrayant que le gai Paris.

— Je ne connais pas le Berry, je suis certaine qu'il a ses charmes...

— Cesse de tourmenter Aïcha avec tes questions ridicules, se récrie Alban.

— En vérité, Alban m'a proposé un stage en Berry, une sorte de formation sur la façon de traiter les problèmes des émigrés. Il a une longue expérience en ce domaine. Il aurait été absurde de refuser, de ne pas profiter de ses compétences d'expert, un pédagogue très doux, maître de son sujet.

— N'en jetez plus, chante Mickael, prosternez-vous devant notre nouveau canonisé, Saint Alban est parmi nous.

Mickael se lève et va vers Alban :

— Laisse-moi t'embrasser vénérable bienheureux, bienfaiteur de l'humanité, Poche exemplaire. Fais-nous un miracle ici et maintenant, rends-moi moins con !

Et Mickael est aussitôt agité de secousses rythmées par son rire convulsif.

— Il est rigolo ton copain, dit Aïcha.

— Tu trouves, moi il commence à me gonfler, je vais bientôt le foutre à la porte !

— Et voilà, déjà notre saint dérape, le charrie Mickael. Oubliées les belles vertus, patience et bonté envolées, l'auréole se fissure, sainteté piétinée, spectacle navrant.

— Ça suffit Miko, tu ennuies tout le monde, tu as trop bu, Lucienne va te ramener au bercail, douche froide et au lit !

— Admirable ! Que de générosité, Monseigneur ! Museler l'authentique Poche ici présent ! Ne sommes-nous pas censés badiner en toutes circonstances sans nous prendre au sérieux ? Je suis Poche. Regardez-vous ce soir, graves et réfléchis, vous vous croyez encore dans l'autre monde, le monde barbare de la tyrannie, un univers sans facétie, sans la liberté de rire, certes l'autre monde ne prête pas à rire, c'est pourquoi les Poches désirent le modifier par la bienveillance et la jovialité, commençons par nous-mêmes, sans cesse habitons la gaieté, ressaisissez-vous, la philosophie Poche n'est pas réservée aux seules réunions du Bureau, la philosophie se vit au quotidien.

Il rit.

— OK Mickael, nous reparlerons doctrine philosophique plus tard, je te suggère d'aller dormir.

— En aucun cas je ne voudrais rater le dessert de Nathalie, surtout que je me suis laissé dire qu'il s'agit de son fameux Paris-Brest, d'ailleurs le voici qui arrive.

Deux grands cercles de pâte à choux sont déposés sur la table, Nathalie tend un couteau à Francis et Mikael.

— Messieurs, rendez-vous utiles, coupez les gâteaux.

— Très bien, dit Alban, pendant ce temps, Antoine va enfin pouvoir nous éclairer sur les événements en Syrie et nous inciter à lire son dernier ouvrage au succès déjà très flatteur.

— Je ne sais pas si mes considérations sur la Syrie vont intéresser tes amis, quant au bavardage sur mon livre je pensais en garder la primeur pour ma conférence de demain. Et pourquoi ne me parleriez-vous pas de votre confrérie ? J'ai cru comprendre, comme me l'a expliqué Alban, que votre groupe Poche, terme réjouissant, très approprié à votre confrérie d'amateurs de vin, s'attache à défendre les groupes humains de toute tyrannie. Nos actions se rejoignent, j'ai étudié de près la faune despote ici et là, en Lybie, en Syrie et en Iraq, mais sans doute en avez-vous déjà trop entendu parler.

— Ne te fais pas prier, Antoine, tu n'ennuies jamais, dit Alban. Nos amis t'ont souvent vu à la télé, ils connaissent le rhéteur disert, toi aussi tu défends à ta manière des humains persécutés. Pour ce qui concerne la mission de notre confrérie, bande sympathique au demeurant, j'aurais beaucoup à redire, nous aborderons peut-être le sujet plus tard.

— Je ne vois pas ce que tu peux reprocher à votre projet humaniste et généreux, et pour ma part je suis beaucoup moins dans l'action. Je ne fais qu'analyser les événements du Moyen-Orient, cataclysmes incessants sur lesquels je n'ai aucun pouvoir, chaos dont je ne verrai pas la fin étant donné mon âge, comme chacun d'entre vous d'ailleurs, hormis peut-être toi, Aïcha. Que penses-tu de la position de Bachar el-Assad, crois-tu pouvoir vivre un jour le dénouement de cette tragédie entre Bachar et ses ennemis du Moyen-Orient ? Que préconiserais-tu comme stratégie envers ce triste sire et ses adversaires ?

Aïcha devient écarlate.

— Je ne préconise rien, mes connaissances sont insuffisantes, toutes ces histoires de haine me dépassent.

— Désolé Aïcha, loin de moi l'idée de t'embarrasser. C'est que tu me fais penser à ma jeune Syrienne amoureuse d'un Palestinien, une émigrée qui a fui le régime de Bachar. Dans mon récit, elle non plus ne comprend pas ce déferlement de violences absurdes, guerre conduite par des esprits d'un autre temps. Quand la bêtise se mêle de guerre, qui est un de ses plats favoris, impossible de faire entendre raison et d'arrêter les hostilités, à moins que de liquider tous les imbéciles belliqueux, vaste programme, comme dirait l'autre.

« Mais je vous abrutis avec mes élucubrations, si vous m'éclairiez plutôt sur l'aventure de votre confrérie. Vous savez qu'on commence même à parler de vous dans les cercles parisiens.

— J'espère que ce n'est pas pour nous tourner en dérision, dit Alban. Comme je te le disais, il y aurait bien des principes à revoir dans la méthode de notre institution, tout a été décidé un peu vite, je ne suis pas sûr que nous ayons choisi d'emblée la bonne voie. Exemple anecdotique en passant : il était plaisant de bombarder Hippolyte président d'honneur des Poches, une sorte de gag, le fils du Messie sans cervelle. Hippolyte ne relève pas vraiment le niveau de la confrérie, il est tout de même un tantinet ballot, comme son père, voire franchement couillon.

— Tu exagères, comme d'habitude, Alban, objecte Francis.

— Pas tant que ça, Hippolyte Ciboire était ton poulain, tu nous l'as imposé. Normal, tu défends ton protégé, sur le moment tu as choisi la rigolade, pour une confrérie de francs buveurs, ce que nous sommes, nomination fondée, mais notre mission d'enquête chez les peuples opprimés ne colle plus avec un président d'honneur clownesque à la cervelle laminée. Un exemple parmi d'autres pour éclairer Antoine sur certaines incohérences.

— Vous vous comportez déjà comme dans une vénérable tribu bien établie, s'amuse Antoine, querelles intestines de vieux couple entre deux caciques. Félicitations, vous perdurerez. Rassurez-vous, on ne vous brocarde pas à Paris, au contraire on vous jalouse, je crois que vous allez avoir un afflux d'adhérents.

— Délicieux ton paris-brest, dit Lucienne, incroyable légèreté de la crème, et ton praliné, saveur extraordinaire !

— Aucun mérite, dit Nathalie la modeste, je n'ai fait que suivre la recette de Philippe Conticini, une crème mousseline ultra légère, un praliné fait maison avec les noisettes de notre parc, et une pâte à choux au dernier moment, cet après-midi.

— Pour sûr, dit Mickael, facile, je vais m'acheter tous les livres de cuisine... À nous la bonne bouffe ! Lucienne, on va s'en mettre plein la lampe ! Quant au paris-brest, merci pour le conseil important : mieux vaut cueillir pour cette délicieuse pâtisserie les noisettes du joli parc de la

Boulauderie que les noisettes de l'oligarque de la Boulauderie, tu l'as échappé belle, Aïcha !

Incongru, le rire du comique aviné.

— Dehors ! hurle Alban, je t'ai déjà prié d'aller te coucher !

« Je propose aux autres, plus sobres, ou simplement d'une constitution plus forte, de passer au salon. Les fumeurs peuvent aller dans la serre, les plantes apprécient la fumée de cigarette, le monoxyde de carbone est propice à leur photosynthèse.

Nous suivons Alban et Aïcha, accrochée à ses basques. Personne dans l'immédiat ne se permet un détour vers le fumoir tropical, trop de médecins ce soir, nulle envie de recevoir un blâme public humiliant, flétrissure mentale un peu honteuse par les temps qui courent.

Selon les affinités, on se répartit sur les canapés et les fauteuils de la vaste pièce sous les portraits des petits maîtres du XIXe très en vogue chez les bourgeois de province. Marie recherche de nouveau le contact avec Lucienne, son amie de la soirée, reconquête patiente d'une complicité, je les accompagne.

— Et si Macha nous jouait quelques notes, dit Alban ! Le piano vient d'être accordé.

— N'embête pas Macha, réprimande Nathalie, respecte son repos, tu ne soignes pas dans la rue, fiche-lui la paix !

— Quelques notes seulement, quant à ne pas soigner dans la rue, demande aux confrères ici présents : combien de consultations à l'improviste en ville ? Les patients sont des inquiets pressés.

— Faisons plaisir à Alban, dit Macha, quelques notes ne m'épuiseront pas. Je travaille en ce moment avec mes grands élèves du conservatoire une valse de Chopin, à moins que vous ne préfériez quelque chose comme la musique du film « Amélie Poulain », une des bandes originales préférées de Red Hang, le virtuose chinois. Je ne serai pas à son niveau mais je ne la possède pas trop mal, je l'ai dans les doigts.

Marie-Jo apporte les cafés. Alban, tout fier, roule devant lui, tel un landau de bébé précieux, sa cave à cognacs, bijou d'ébénisterie en bois rare.

— J'ai là quelques nectars qui tiennent la route, notamment une fine champagne Delamain hors d'âge à tomber, ou pour les plus curieux, des Borderies moins connus qui me plaisent beaucoup, mon digestif du soir en Suisse. Je vais les chercher sur place, vous m'en direz des nouvelles.

« Que les conducteurs se désignent, ils n'y ont pas droit.

« Je constate que la gent corvéable est plutôt féminine, est-ce bien équitable, anomalie inattendue en ces temps de féminisme florissant ? Les mâles ici présents, vieux phallocrates invétérés, imputeront peut-être ce comportement à notre société machiste multiséculaire qui les incite par tradition coupable à épouser cette conduite malgré eux, diront-ils, depuis des générations. Je crains que dès lors vous ne soyez pas vraiment compatibles avec une ligue progressiste d'émancipation de la femme et de lutte pour l'égalité des sexes, ce que la congrégation des Poches défend en priorité, un des principes fondamentaux, en tout cas j'espère voir cette déclaration en bonne place dans le Manifeste, n'est-ce pas, Francis ? Il me faudra sans doute remédier à ce dérapage par un supplément d'hypnose. J'aimerais bien savoir comment se conduisent nos cadets. Continuent-ils ce sexisme ? Les jeunes filles se dévouent-elles toujours ? Question à étudier.

Alban arrive devant Nathalie, elle lui glisse furtivement à l'oreille une remontrance que, comme voisin, je perçois très bien :

— Mais enfin, pourquoi harceler Macha de cette façon ?

— Je me suis entendu avec elle, il y a quelques jours, elle sait très bien ce qu'elle va jouer, elle a eu le temps de travailler son morceau. En affectant de l'exécuter au pied levé, elle diminue la pression. Elle demandera l'indulgence.

Quand chacun hume son café ou son cognac, Macha s'assied au piano et attaque la musique originale d'Amélie Poulain de Yann Tiersen, la valse d'Amélie.

Une bonne moitié de l'auditoire pianote aussi, mais sur son smartphone, les autres ferment les yeux comme endormis, ou écoutent très recueillis, le regard perdu dans les moulures du plafond. Court extrait, quelques minutes, ce qui ne réduit en rien les applaudissements.

Lucienne dit alors à Marie en battant des mains : « Cette musique est peut-être belle, mais si je me souviens bien, le film que j'ai vu il y a déjà bien longtemps n'était pas un chef-d'œuvre, ni d'un intérêt universel. »

— Exact, répond Marie, il était même d'une extrême niaiserie.

Mickael a été le premier à applaudir dans l'embrasure de la porte et à crier très fort : « Bravo ! »

— Encore là, Mickael, s'indigne Alban ! Dis-moi, ne devais-tu pas aller te coucher ?

— Je ne voulais pas rater Macha. Bravo, Macha, excellente interprétation de cette musique plutôt sympathique, même si le film est à chier et suinte les bons gros sentiments sucrés. Et j'ai une seconde excuse pour mon maintien dans cette auguste demeure : après ton sermon, Alban, pas question de laisser conduire Lucienne, j'attends la baisse de mon alcoolémie, vois-tu quelque chose à redire à cette décision ?

Il rit plus fort que jamais.

— Maintenant je sens que les niveaux reviennent à la norme, je vais me retirer. Aïcha, permets que je t'embrasse, et ne te laisse pas embobiner par ce grand filou d'hypnotiseur.

— Ça suffit Mickael, pour ce qui est de plomber une soirée, tu as la palme, va te coucher. Plus un mot !

— Tu vois Aïcha, il refuse même le droit de s'exprimer.

Alban lève la main comme pour frapper.

— Voyez vous-même, il n'admet aucun dialogue. Bonsoir à tous.

Il sonne la débâcle, les carcasses usées tentent de se lever, les genoux craquent, les dos coincent, il n'est que temps de partir, le troisième âge terrassé par la fatigue a ses horaires, le vieux ne traîne pas dans les réceptions, dernier petit four avalé, il part aussitôt sans attendre son rot, bonheur des extras.

Alban retient Francis par le bras.

— Alors cette rédaction, ça avance ? Dernière main ? La collaboration avec le petit Marcel Mauloup fonctionne bien ? Pauline s'ennuie seule chez elle, vos longues séances s'éternisent, le temps lui dure, une jeune femme délaissée. Souvent elle vient se distraire à la Boulauderie. Nous attendons le Manifeste avec impatience et une certaine inquiétude. N'émoussez pas trop les articles, notre profession de foi doit garder des principes stricts et sans indulgence à l'égard des communautés visitées, ne nous comportons pas en Bisounours, ce n'est ni notre vocation ni notre objectif, les niaises absolutions, ça suffit ! Les peuples sont parfois responsables de leur destin déplorable. Nous devons montrer le droit chemin mais sans excuser tous les comportements débiles et suicidaires, comme de porter démocratiquement au pouvoir un abruti populiste, d'autant que ces masses nocives voudraient nous faire la leçon. Accueillons les réfugiés de tyrannies avérées, installées par la violence, n'innocentons pas toutes les fautes. Ne soyons ni trop complaisants ni aveugles.

— Crois-tu vraiment que les rapports venimeux que nous entendons parfois soient l'œuvre de Bisounours ?

— Oui, la plupart du temps ! Ils laissent presque penser que « tout le monde il est beau, tout le monde il est gentil ».

— Je ne partage pas du tout ton analyse. Lors des témoignages, nous entendons trop souvent, sinon la haine de l'autre, du moins un certain mépris sans compassion pour les mœurs différentes de nos cousins étrangers et une indifférence à l'endroit de l'oppresseur qui les persécute. Cette espèce d'hostilité à l'égard d'un groupe qui souffre me fait honte. Même si comme je l'ai préconisé, en tant que Poche, il est permis de rire des travers des autres, mais la bienveillance doit toujours se manifester derrière les propos moqueurs.

— Tu deviens trop mou Francis, on peut rigoler tout en étant rigoureux, surtout évitons le laxisme source de bien des désillusions.

— Ce n'est pas vraiment mon point de vue, notre mouvement veut juste montrer le chemin de la liberté sans juger. Mise au point définitive dans le Manifeste.

— Les Poches ne te suivront pas, tu vas te faire éjecter, je serai là pour reprendre le flambeau, tu es prévenu. Autre chose, je n'ai pas du tout apprécié la conduite de Mickael ce soir, je ne le supporte plus, ne pourrais-tu pas faire en sorte qu'on l'expulse au moins du bureau, si on ne peut le virer des Poches ?

— Beaucoup de tes injonctions ne me plaisent pas, Alban, je ne te suivrai pas dans cette escalade agressive.

Macha vient interrompre leur discorde.

— Ton Bösendorfer est formidable, c'était un plaisir.

Charivari soudain vers la piscine.

« Manon Ferrajon est tombée à l'eau », crie Élise de Saint-Ange en courant vers le hall d'entrée, Mickael l'a poussée...

Marie et moi laissons les derniers attardés se ruer vers la piscine et prenons congé.

— Alors, comment vis-tu ton retour dans la société ? me demande Alban, les regards tournés vers la serre, impatient lui aussi de rejoindre le bassin où trempe Miss Ferrajon.

— Le microcosme des Poches est riche en péripéties, ce fut un plaisir.

Alban simule un début de baise-main à Marie avant de l'étreindre.

— Marie, je t'embrasse, j'espère que tu as passé une bonne soirée avec tous mes voyous.

— Très divertissante, vous ne devez pas vous ennuyer aux assemblées des Poches.

— Rejoins-nous, viens te distraire.

— Non merci, les associations, ce n'est pas mon truc.

La pluie a cessé. Je regarde les étoiles, l'inquiétante éternité algide, une nova pour chaque Poche tombé du ciel : « L'homme est un Dieu tombé qui se souvient des cieux »[1]

[1] Lamartine, Premières méditations, II.

CHAPITRE VI

Une brume blanche serpente sur la Loire et les pentes du vignoble, au-dessus émerge la Tour des Fiefs sommet du Piton, elle découpe vers le ciel sa silhouette féodale emblématique, Sancerre, ma colline natale, plénitude. Réunion printanière au milieu des vignes, air encore vif en ce début avril. Nouvelle assemblée des Poches, salle du Centre pleine à craquer.

Francis, le président, demande le silence.

— Poches, mes amis, comme vous le constatez, nous sommes victimes de notre succès, notre salle ne suffit plus pour accueillir une réunion plénière, il va falloir chercher un autre lieu. Je présente mes excuses aux personnes debout, Poches vaillants, restés malgré l'inconfort. Je tiens à remercier ici notre nouvelle recrue, Aïcha, pour son travail d'attachée de presse qui est à l'origine de cet afflux d'inscriptions, la toute dernière hier soir, adhésion d'Ibrahim Elbour, jeune homme de 26 ans. Montrez-vous Ibrahim !

Il se met debout, applaudissements. Garçon d'allure encore juvénile, jean et blouson à capuche, très à l'aise au milieu de cette phalange de vétérans.

— Il n'est pas pour autant le cadet de l'assemblée, nous avons aussi reçu Léontine Wanneau, petite nièce d'Éric Wanneau, vingt ans, le bel âge, dit-on, encore que peu d'entre nous en garde un si bon souvenir. Entourons d'égards nos deux jeunes adhérents. Leur jeunesse me réjouit, elle révèle l'attrait de notre mouvement pour la génération montante, j'espère qu'Ibrahim et Léontine sauront convaincre leurs amis de nous rejoindre.

Alban, installé avec les membres du bureau face à l'auditoire, se dresse aussitôt : « Je tiens à signaler que les Poches doivent ces recrues de choix à mon intervention, sans moi, pas d'Aïcha, donc pas d'Ibrahim, ni sans doute de Léontine ! »

Murmure de reconnaissance dans l'assistance, quelques sifflets aussi, on entend même par-dessus le remous : « Elle est mignonne, hein, Aïcha ! ».

Alban continue, insensible au persiflage.

— J'ajouterai qu'Aïcha, encore étudiante en communication, se révèle déjà très compétente, les journalistes donnent beaucoup de retours à ses dossiers de presse. Lève-toi Aïcha.

On frise l'ovation. Déjà très experte en matière de show, Aïcha, debout, lève les mains et les rabat pour calmer l'assistance, elle se rassoit.

Aïcha, en vérité, est une sublime beauté, tout journaliste n'aura de cesse qu'il n'ait réussi à la séduire, comme chaque être humain qu'elle croise sur sa route. La force de la beauté est infinie, mais une grande beauté devient parfois un fardeau, tout le monde vous courtise sans relâche et brigue vos faveurs, une marée d'admirateurs importuns empoisonne vos jours et parfois vos nuits. Mieux vaut néanmoins appartenir au cercle des anges du désir, les laiderons, hommes ou femmes, mais sans doute plus encore les femmes, devront manifester beaucoup de talent pour obtenir reconnaissance et succès dans notre société. Aïcha n'a pas de souci à se faire, partout elle aura le meilleur accueil. Je guetterai comment elle joue de ce privilège.

Francis reprend :

— À l'ordre du jour : le projet de Manifeste des Poches, et enfin devant l'augmentation des inscriptions, voir s'il ne serait pas nécessaire d'adjoindre un associé à Alban pour les séances d'hypnose.

Alban se lève de nouveau comme un diable de sa boite : « D'où sors-tu cet ordre du jour, je n'ai rien demandé, je me débrouille très bien tout seul, je ne veux personne qui vienne polluer mes séances ! Résolution adoptée, n'en parlons plus ».

— Nous en dirons tout de même un mot en fin de plenum à la demande de quelques membres, il y aurait un peu d'embouteillage pour les rendez-vous, même s'il n'y a pas d'urgence.

— Pour moi, résolution adoptée, conclut Alban, furieux !

— Nous avons élaboré, Marcel Mauloup et moi, une ébauche du Manifeste des Poches. Je vais vous l'exposer, puis nous vous distribuerons les brochures de cet essai. Nous pourrons ainsi en débattre une prochaine fois quand vous l'aurez revisité. Je vous en fais une première lecture.

« MANIFESTE DES POCHES

« Quelques temps déjà, « Bacchanale Originelle », une ère nouvelle s'éveillait, mutation historique pour l'amateur de grands crus, l'avènement de la confrérie des Poches. Cette nuit-là, quelques-uns d'entre nous célébraient la mémoire de Léon Ciboire, l'homme à l'encéphale Poche. Les cervelles s'enflammaient, Léon 1er nous guidait. Au matin, lever de soleil sur la galaxie des Poches, vive clarté printanière, une ébauche de Charte déjà se dessinait. La Révélation avait touché nos cœurs. L'exaltation nocturne divinement entretenue par un céleste Château Margaux 90 fut longue à décroître. Allègres, nous allions, un peu étourdis, vers une lumière inconnue. Première fièvre retombée, décision fut prise d'entretenir l'élan et de nous réunir toutes les semaines pour ranimer la flamme de Léon Poche 1er, la garder vivante par une dégustation rituelle de grands vins. Nous étions une demi-douzaine à tester ces crus d'exceptions. Après plusieurs séances, nous nous sommes demandé comment remplir ces joyeux moments de convivialité, le vin d'accord, nous remplissions les verres, mais nous voulions aussi remplir les esprits. De diaboliques questions ontologiques nous obsédaient. Pourquoi les Poches ? D'où venaient les Poches ? Quel était le destin des Poches ? En vérité nous soupçonnions quelques réponses, Léon nous l'avait annoncé : les Poches étaient tombés du ciel pour établir le bonheur et la paix sur Terre, vaste programme sans aucun doute, les défis n'effraient pas les âmes bien nées. Poches, amis de l'impossible.

« La première version de la Charte des Poches, tous les signataires s'en souviennent à jamais, fut ratifiée d'emblée à l'unanimité. Confortés par un Montrachet inoubliable, tous se sont emballés pour ce texte anarcho-bachique au parfum de fantaisie et de liberté. Habeas corpus peu remanié depuis, près de la mouture source, évangile improbable, idéal hors de portée, facétie transcendantale inapplicable et parfaite à la fois, sa force même. Nous ne renierons jamais ce texte fondateur.

« Aujourd'hui, toutefois, il est temps de mûrir et clarifier notre stratégie d'action concernant l'accès des peuples au bonheur, un Manifeste explicite y contribuera. Tâche délicate, allier la libre fantaisie des prémices à une réflexion d'apparence raisonnable : définir un chemin susceptible d'offrir à tous l'éventualité du bien-être, mission qui relève de la quadrature du cercle. Divine providence, Léon Poche 1er veillait, il nous a montré la voie : « Allez de par le monde porter la bonne parole, sans révolution violente, la conquête du bonheur se fera de façon douce, joviale et persuasive. ». Il a voulu nous signifier que petits tyranneaux ou vrais despotes, montrés du doigt par nos opérations, et réprouvés, céderont devant la vague planétaire des condamnations. Utopie ? L'homme, a fortiori le Poche, est façonné pour convoiter un idéal qu'il n'atteint jamais. Obstiné et infatigable, en aucun cas le Poche ne se décourage. Bien entendu, si les opprimés veulent chasser violemment les potentats, libre à eux, l'urgence du bonheur les y autorise.

« Pour les populations trop frileuses, impuissantes à se libérer par la violence, il nous faudra agir, nécessité de nous documenter par nous-mêmes sur le degré de sujétion régnant dans leurs contrées. Aussi avons-nous formé une cohorte de Poches rompus aux enquêtes sociétales, agents envoyés pour investigation dans les pays retenus. Nos voyageurs experts, d'humeur toujours enjouée, sillonnent les territoires sélectionnés et relèvent les situations blâmables quant aux libertés et à la justice, tout en s'efforçant de garder une attitude détendue, voire désinvolte, sorte de farfelus insouciants de nature joviale, seule ambition affichée : goûter la vie, prêcher cette joie de vivre, incruster l'obsession du bonheur partout dans les esprits, à l'occasion recruter de nouveaux adhérents qui serviront de propagateurs de la pensée Poche dans le pays. En aucun cas ils ne devront céder à la calomnie ou à l'hostilité, toujours aborder le citoyen local avec bienveillance.

« Vous qui prenez connaissance de cette adresse au monde, oubliez tout, laissez au-dehors vos préventions. Ébahis par moment, voire déconcertés par certains préceptes jugés délirants, sachez-le, sous des dehors parfois extravagants, le monde des Poches est cartésien. Léger et cartésien. Tout Poche doit tendre vers cet objectif : attitude d'apparence frivole mais esprit appliqué et rationnel, cordialité en toutes circonstances. L'oxymore n'effraie pas le Poche : gaieté sérieuse, rien dans cette alliance n'est à même de perturber un Poche rieur et réfléchi.

« Depuis la Nuit Révélatrice, sublimée au vin de Margaux, de l'eau a coulé sous les ponts et du vin dans les Poches, notre confrérie a prospéré, nos aspirations premières se sont quelque peu transfigurées, à l'exclusive conduite insouciante des débuts s'est alliée une ambition plus noble : le bonheur de l'homme. Mission éminente s'il en est, sans conteste tâche ardue. Risque de chute à chaque pas, tomber et repartir en riant, l'ordinaire de tous les enfants. Cette légèreté est inscrite dans l'ADN Poche.

« Quelles dispositions institutionnelles pour structurer la confrérie ? Quelles procédures et opérations requises pour atteindre nos objectifs ?

« Pas de système Poche à proprement parler. Rien de déterminé, libre plan de marche révisable à tout moment, simple catéchisme pour tenter de parvenir à un monde Poche exemplaire. Pas question de se cadenasser dans le carcan d'un parti politique, nous ne sommes pas un parti politique, aucune ambition de pouvoir, pas d'idéologie, pas de pensée unique. Organisation davantage apparentée à une sorte d'ONG mâtinée de confrérie bachique, dans la mouvance des Droits de l'Homme. Chacun peut s'inscrire dans la communauté Poche, nulle sélection, tout de même, mieux vaut savoir rire et il est presque impératif de goûter le vin. Liberté bien sûr de quitter les Poches selon son gré.

« L'élément dirigeant et animateur de la communauté est le Bureau des Poches, constitué actuellement des membres fondateurs. Une discussion en assemblée s'impose pour établir le mode de renouvellement du Bureau et du Président Francis Marantes, premier président des Poches, fondateur de la confrérie. Le président d'honneur,

Hippolyte Ciboire est en principe inamovible sauf faute grave enregistrée par le Bureau. Voilà pour l'ossature, appareil des plus simples, souplesse absolue.

« La construction de notre monde Poche qui se veut édifiant requerra en revanche une manière de code civique, un guide de bonne conduite, en effet, hormis étudier et maîtriser la reconnaissance des grands crus, un certain nombre de rudiments majeurs sont à graver dans les cervelles des Poches néophytes : gaieté, altruisme et fraternité par exemple. L'ensemble de ces principes reste à définir dans le détail, ils seront inculqués à l'impétrant qui les mémorisera et s'y conformera. Long travail de formation. Enthousiasme et détermination. Toutefois, à chacun sa liberté et son opinion au sein des Poches.

« Dans un premier temps, nécessité d'élargir le groupe Poche, une confrérie ne vit que par ses adhérents. Avant tout, nous faire connaître. Aucune inquiétude d'ailleurs à ce sujet, au rythme des adhésions actuelles, nous serons bientôt une confrérie pléthorique et enviée. Reconnaissons que le champ d'action initial réservé à la dégustation n'est pas étranger à notre succès, cette accession aux grands crus opère comme un appeau infaillible. Pas de brusquerie, sachons aussi étaler le recrutement, évitons la submersion par une déferlante d'affiliés que nous ne pourrions pas initier à la philosophie Poche. Alban Jarencourt, notre hypnotiseur, à l'œuvre pour montrer le chemin, serait vite débordé. Peut-être devrons-nous concevoir d'autres formules aux fins de l'élévation des Poches.

« Nous prétendons à une mutation effective des errements ordinaires des hommes, que chacun respecte l'autre quelle que soit son ethnie, sa langue, sa culture, sa couleur de peau ou sa religion. Vraie révolution, vaste dessein. Le Poche protégera toujours la liberté et le bonheur des hommes, son combat primordial.

« Nous ne prônons pas une révolution violente, mais la persuasion des chefs égarés dans la haine et la fureur, long processus sans aucun doute, qui vaut d'être tenté. Chimère ? À Poche obstiné rien d'impossible. D'autant que la violence n'a pas toujours fait preuve de son d'efficacité, retour de manivelle parfois très douloureux, revirements dévastateurs pour retomber dans un calvaire plus atroce encore qu'aux jours maudits.

« Enfin, nerf de la guerre, le financement de la confrérie. Assuré dans un premier temps uniquement par les cotisations des adhérents, dans un second temps, recherche d'un apport extérieur comme n'importe quelle association non gouvernementale.

« Cette ossature bien en place, nos efforts se concentreront sur nos experts, formés par nos soins, ils sillonneront le monde pour le compte de la confrérie. Ils notent tout manquement à la liberté et à la justice, ils consignent les persécutions de toute sorte, même les petites privations de bien-être. Enquêtes toujours menées avec la plus grande bienveillance envers la population auscultée. Nos maîtres mots : liberté, bonheur et bienveillance. En fil rouge : légèreté cartésienne.

« Ne pas oublier la vigne, elle suit les Poches, nos émissaires y portent une attention toute particulière : quel genre de vin produit le pays visité ? Quelle qualité ? Quelle quantité ? En cas de vignoble fantôme, étudier toute possibilité d'implantation. La vigne s'adapte partout maintenant, de l'Angleterre jusqu'aux tropiques, l'émissaire émettra un avis sur l'espèce de cépage adaptable, pour cette mission, nécessité d'une formation spécifique. Nos agents mettront aussi à profit leur séjour d'observation pour promouvoir les produits viticoles de Sancerre : pinot et sauvignon. Cette passion bachique pourrait s'avérer une bonne couverture-écran. Qui irait soupçonner de manœuvre subreptice un joyeux voyageur qui ne pense que cépage, vin ou arôme. Que craindre d'un simple flâneur en quête de crus inconnus ? Un de ces bons vivants à accueillir chaleureusement.

« Attardons-nous un instant encore sur l'attitude modèle du Poche en territoire d'expertise : altruisme, cordialité et empathie doivent accompagner son périple. Toujours, il fera preuve de bienveillance. Le non-Poche rencontré n'est en aucune façon responsable de l'oppression et des épreuves qui l'accablent. Pour conforter sa compassion envers l'autochtone, notre expert est préparé en toute humanité, par les séances d'hypnose, il adoptera ainsi, animé par une sorte d'instinct, une approche juste de son congénère exotique.

« De retour, l'expert rédigera son rapport selon les directives fournies par le Bureau en attendant un protocole plus formel, prochainement élaboré. Ce vade-mecum guidera le Poche par une procédure harmonisée, établie en concertation, pour bâtir un rapport en conformité avec une modalité prédéfinie. L'analyse des comptes rendus en sera simplifiée. Que la réflexion commence ! Que les idées fusent !

« Rapports ensuite examinés en assemblée plénière. Puis, en dernier lieu, le Bureau statuera sur les amendements et autres redressements à apporter aux malveillances ou aux iniquités nuisibles au bonheur des populations visitées, le Bureau indiquera en outre la méthode proposée pour communiquer le jugement au pays concerné, soit directement aux leaders visés ou par le biais des nouveaux membres Poches recrutés sur place, soit via les recommandations de l'ONU.

« Se pose la question du choix des pays visités. Nos faibles moyens, aussi bien financiers que coercitifs, de toute évidence nous exposent à des échecs potentiels dans certains états despotiques sourds à toutes critiques. Est-ce une raison pour les abandonner ? Les tyrans doivent savoir qu'ils sont repérés, qu'on les garde dans le collimateur. Un jour, ils paieront pour leurs crimes. Jamais les Poches ne les lâcheront, jamais ne cessera notre instance. Bien sûr, dans un premier temps, nous ciblerons plutôt les contrées amendables, à notre image, où nous avons plus de chance d'être entendus. À mesure, nous étendrons notre ambition vers des régimes plus oppressifs. Rien n'arrêtera la vague Poche justicière.

« Quel comportement concevoir vis-à-vis des pays les plus pauvres et asservis à la fois où l'urgence est d'abord de nourrir et de soigner la population, entreprise hors de la compétence des Poches, nos limites, nul n'est parfait. Beaucoup d'ONG remplissent très bien cette mission, apports alimentaires et soins médicaux constants. Mais est-ce là aussi un attendu acceptable d'abandon de ces peuples à l'injustice ? Evidemment non, mais dans un premier temps, par impuissance hélas, nous nous en tiendrons aux pays proches de nous d'un point de vue économique et démocratique, où les motifs d'intervention ne manquent pas, tant s'en faut.

« Enfin, après le déploiement et l'ancrage des préceptes Poche dans les pays en voie d'amendement, ne pas tomber dans le piège de la pensée unique, chaque contrée doit garder son propre génie et son originalité de jugement dans le cadre plus général de la philosophie Poche qui ne détient pas, cela s'entend, toutes les vérités, même si notre vocation est d'établir une internationale Poche homogène, florissante et pérenne.

« Songe d'une nuit d'ivresse ? Rien ne se fait sans utopie. Un mouvement pour le bonheur des peuples ne sera jamais, ni vaine ambition, ni fantasme dérisoire. La moindre loi liberticide doit être corrigée. Enquêtez, débusquez la petite bête destructrice de libertés, parfois presque invisible, aussi discrète qu'un virus des plus redoutables. Devoir infini, œuvre essentielle.

« Voilà, première version du Manifeste des Poches. Si certains parmi vous désirent émettre quelques réserves, nous les écoutons.

— Des réserves, le mot me paraît faible, dit Alban... Une opposition totale en vérité, il faut tout reprendre à zéro. Ce manifeste, un tissu de mièvrerie et de servilité pour ne pas dire de lâcheté. Tes enquêtes sur les peuples à sauver mettent à côté de la plaque. Comme si nous pouvions redresser des siècles de chienlit, de bêtise, comme si nous pouvions devenir des amis de tous ces peuples à la dérive. D'accord pour rigoler et même pour étudier un peu nos voisins, mais laissons faire les états, impossibles de redresser à leur place ce que la médiocrité humaine consolide depuis des siècles, je ne me sens pas apte à amender tous ces peuples et leurs gouvernements, ils nous critiqueront à juste titre de vouloir leur faire la leçon, ingérence, même s'ils le méritent. Évidemment tu n'es pas très chaud pour ces changements de cap, à nous de te faire changer d'avis. Mais ne restons pas sous l'emprise d'un tel manifeste, un truc à faire rire les enfants.

— Outrance, comme à ton habitude ! Pourquoi tant d'hostilité contre ce Manifeste somme toute plutôt mesuré ?

— Et moi, je compte pour du beurre, objecte Mickael, vous traitez les difficultés dans votre coin, entre vous, je pourrais avoir aussi mon mot à dire ! Vous rappeler par exemple un de nos principes essentiels : le caractère enjoué du Poche, que vous semblez oublier.

— Tes observations seront les bienvenues. Vous tous pouvez intervenir, tous les avis importent, le Manifeste doit représenter au mieux la pluralité des courants.

— Tu te mets à parler comme un politicien, remarque Mickael, tu files un mauvais coton, tu n'es plus dans l'esprit Poche.

— Ecoutez, je suis d'accord pour discuter, mais ne commencez pas à critiquer à tout va, soyez constructif. Que diable, il faut bien un chef pour diriger les débats et ma parole vaut bien la vôtre !

— Holà ! Ne t'emporte pas, dit Alban, certes tu es le président, mais chacun doit s'exprimer, et puis, président, tu ne l'es pas à vie !

— Cessez donc de vous chamailler, dit Lucienne, cela ne mènera à rien. J'aimais les Poches, je me sentais bien dans cette famille nouvelle où les membres étaient doux et joyeux où tout se réglait dans la bonne humeur. Que vous arrive-t-il depuis quelque temps ? Vous devenez irascibles. Le gène Poche, tout nouveau tout beau, serait déjà en mutation chez certains ? Un brin fragile, ce patrimoine génétique !

— Lucienne a raison, dit Francis. Alban, dis-nous ton sentiment, mais en douceur.

— Elle en a de bonnes, Lucienne, si Francis ne débitait pas des inepties péremptoires, peut-être pourrions-nous discuter plus sereinement !

— Je crains que mes prochaines inepties ne trouvent grâce à tes yeux, Alban, malgré tes protestations je voudrais dire un mot sur les séances d'hypnose.

Alban esquisse un vague bras d'honneur doublé d'une moue de refus : joues gonflées, mépris aux lèvres.

— Malgré les séances d'hypnose, insiste Francis, les membres rapporteurs sont souvent en porte-à-faux avec la philosophie Poche. Est-ce bien utile de surcharger ainsi notre ami Alban, pour si peu de résultats ? Il a maintenant un gros retard dans son programme à cause de l'afflux d'inscriptions des dernières semaines, et submergé, sans doute n'arrive-t-il plus à insuffler l'esprit des Poches aux candidats ? Aussi, je proposais de lui adjoindre un assistant, solution qui ne semble pas emporter son adhésion.

— Je ne veux pas d'auxiliaire dans les pattes, j'hypnotiserai jour et nuit s'il le faut, mais je resterai maître de mon objet, pas d'incompétents dans mon atelier, personne ne viendra galvauder mon œuvre.

— A ta guise, mais tu sortiras brisé de ce marathon. J'avais aussi envisagé de renforcer tes séances par un travail par petits groupes où on expliquerait la démarche Poche et tout ce qu'elle implique comme devoirs et privilèges. Je pensais également organiser un voyage avec les membres du Bureau, ou même un groupe élargi pour mieux définir la façon d'enquêter sur zone et établir un protocole que nous conseillerons ensuite à tous les Poches. Je demande que nous réfléchissions tous à ces propositions.

— C'est tout réfléchi, mon petit Francis ! Moi, Alban, je continue mes séances d'hypnose, toi, tu remballes tes petits groupes et ton voyage pédagogique, ad vitam aeternam !

Francis, offusqué, lève la séance.

— Comme à son habitude depuis quelque temps, Alban passe la mesure dans ses interventions et cherche surtout à démolir le projet Poche. Devrons-nous le suivre dans cette voie ? Je vous promets de revenir très vite sur ces controverses. Mickael, tu nous dresseras une liste des questions qui divisent. Nous essaierons d'aplanir tous ces différends dévastateurs.

— Tout le monde aux chaloupes ! crie Alban. Si Mickael prend la barre ! ... pour sûr le navire va donner de la gîte !

— Ne perdons pas pour autant notre bonne humeur, conclut Francis, allons honorer notre boisson sacrée, chacun son calice de sancerre régénérant pour neutraliser ces désaccords.

Francis s'approche avec Ibrahim.

— Boophi, je te présente Ibrahim Elbour, anthropologue, il a entendu parler de notre confrérie dans les milieux parisiens et sa curiosité de chercheur, dit-il, l'a attiré parmi nous. Peut-être nous regarde-t-il comme des hominidés mystérieux, chaînon manquant à étudier : d'où venons-nous ? Évolution darwinienne ? Ethnie tombée du ciel ? Ou génération spontanée ?

— C'est assez bien vu, bonnes interrogations. Votre nouvelle tribu a éveillé mon intérêt. Je dois avouer qu'il est rare de voir naître tout à coup ex nihilo un groupe d'hominiens qui relève à la fois de l'anthropologie biologique et de l'anthropologie culturelle. Sans vouloir vous blesser, cette brusque éclosion céleste d'une peuplade inconnue, certes sur un mode farce, a de quoi frapper l'attention et appeler à une tournée d'inspection pour expertise. Partant, il ne faudra pas vous formaliser si je vous examine de très près et vous pose des questions aussi saugrenues qu'indiscrètes.

— Vous savez, pour ce qui me concerne, dis-je, je suis encore en formation, une sorte de fœtus inabouti, peu représentatif de l'ethnie Poche, je ne contribuerai que très peu à la caractérisation anthropologique des Poches, en tout cas beaucoup moins que notre président Francis, démiurge des Poches.

— Toujours est-il que votre intervention sur la Nouvelle-Calédonie dont j'ai lu le compte-rendu était très captivante et généreuse. Elle m'est apparue comme une pure expression Poche. Elle ne peut qu'interpeller et réjouir un anthropologue.

— J'acquiesce en totalité, dit Francis, si seulement il pouvait en être de même des autres Poches, je comprends de moins en moins leur comportement. Pourtant nous étions tous d'accord et sur la même longueur d'onde aux balbutiements de notre confrérie.

— J'ai cru subodorer en effet quelques frictions et dissidences lors de cette réunion, confirme Ibrahim, phénomène plutôt fréquent dans toute société humanoïde.

— Oui, bien sûr, tout de même je suis très surpris de la tournure des relations dans notre groupe.

— Tout s'arrangera, ce merveilleux sancerre saura resserrer les liens, les crises ont toujours une fin.

— Parfois suivie de la disparition de l'édifice communautaire, ici emporté par le vent mauvais de la discorde, et le sancerre n'y pourra rien, conclut Francis.

CHAPITRE VII

Place Saint-Pierre presque vide, pas d'apparition du Pape ce matin de mai. Déjà le soleil donne sur le dallage et nous réchauffe, j'imagine l'étuve l'été, les fidèles tassés coude à coude sous un soleil de plomb, atmosphère surchauffée, exaltation, l'homme submergé par sa ferveur brûlante, fragilité aggravée, même et surtout devant le grand mandataire de la divinité, un jour caniculaire, pas de miracle : pâmoisons en chapelet.

Aujourd'hui, rien de ce genre. Nous flânons chez le Pape à notre gré, atmosphère douce et tranquille. J'ai fini par accepter d'être du voyage à Rome, Francis voulait à tout prix que je donne mon avis sur le protocole à venir pour rédiger les rapports. « Je me sentirai moins seul, m'a-t-il dit ».

Je n'étais pas spécialement enthousiaste à l'idée de folâtrer au Vatican, la Mecque du catholicisme ne m'attirait pas plus que ça. Force m'est d'avouer que je ne regrette pas cette incursion au cœur du Saint-Siège, site grandiose, l'immensité de la basilique Saint-Pierre en met plein la vue et, comme on dit dans les guides, les quatre chambres de Raphaël à elles seules méritent le voyage.

Nous sommes là, nez au vent, à traverser l'esplanade Saint-Pierre de Rome quasi déserte en cette heure encore matinale. Francis nous dit :

— Prenons le bus jusqu'à la piazza Venezia, on se met à une terrasse et on regarde vivre les Romains en sirotant un « espresso ».

— Pas besoin de flemmasser à une terrasse pour saisir l'inconséquence du peuple italien, ricane Alban, des zèbres capables périodiquement, sans même s'en rendre compte, de porter au pouvoir un régime fasciste, sont des tordus !

— Englué dans tes préjugés, comme d'hab, tu sais toujours tout d'avance, rétorque Francis. Les membres des Poches, eux, avant de cataloguer un étranger, devront suivre un protocole d'enquête serré, ils ne s'engageront pas dans une prospection, comme toi, déjà pétris d'a priori !

— Soit, allons-nous asseoir et regardons !

Nous nous installons au fond de la place Venezia face au gigantesque Vittoriano, édifice dédié à Victor-Emmanuel II, énorme pâtisserie de sucre blanc évoquant une colossale machine à écrire posée là par quelque Gargantua, objet familier grossi mille fois par un maître du pop art.

À peine servi, Alban lâche une première appréciation.

— Constatez ! Pays effarant : défilés de soutanes et colonies de bonnes sœurs à tous les coins de rue !

— Je te l'accorde, scènes urbaines un peu déroutantes pour nous, dit Francis, mais quoi de plus naturel à Rome, des professionnels en voyage d'affaire, tenue appropriée pour se rendre au Vatican, tout comme les Tyroliens coiffés d'un feutre à plume se baladent en culotte de peau, dans leur campagne.

— Cet étalage d'appartenance religieuse me hérisse le poil, tous ces signes bondieusards froissent ma laïcité. Les Tyroliens ont juste l'air con !

— Chacun a le droit de vivre sa foi comme il l'entend.

— Et de nous infliger sa soutane comme un étendard, ce défilé de prêt-à-porter ecclésiastique me donne la nausée. De la même façon que les deux autres piliers pervers de l'Italie, mafia et football, l'Eglise est un des vices de ce pays, et je passe sous silence cette folie pour les macaronis. De surcroît nos petits ritals insatiables étoffent sans arrêt la panoplie de leurs turpitudes, il y aurait même un vocable nouveau pour expliquer une dérive vers des errements délétères proprement transalpins : le « Magarisme ». Mot bizarre dont l'origine m'échappe. À ce terme s'attache un comportement qui serait un mélange entre optimisme d'esprit et opportunisme d'action, si prisés des Italiens, attitude poussée jusqu'à l'outrance, en tout cas, c'est ce qu'affirme le philosophe Vincent Cespedes. Constatez en passant, je chiade sévère mes voyages, comme dirait mon neveu étudiant. « Magarisme » existentiel, donc, qui n'est autre que leur propension bien connue à la « dolce vita », pervertie d'un certain réalisme cynique qui leur permet de surmonter les aléas et autres cactus de l'existence, souvent au prix de quelques arrangements avec la loi, priorité aux petits bonheurs de la vie quoi qu'il en coûte en crapulerie. Sorte de gangrène qui a même gagné la sphère politique clientéliste pour instaurer un « Magarisme » quasi institutionnel : les travers populaires instrumentalisés par les démagogues ont peu à peu estompé le sympathique optimisme latin occulté par un obscurantisme égocentrique général qui fait le lit du fascisme. Obscurantisme si absolu que les défauts des populistes se sont transformés en qualités auprès de leurs électeurs. Ainsi, l'inexpérience des nouveaux élus est la preuve qu'ils sont proches du peuple et qu'ils n'appartiennent pas au clan corrompu des notables ; de même, leur incompétence : la preuve de leur authenticité ; de même, les dommages produits au plan international : la preuve de leur indépendance. On bascule in fine vers un gouvernement où la fiction et la réalité se superposent et finissent par se confondre. Et les Italiens n'y voient que du feu, aveuglés par le mensonge des imposteurs. Impossible de contrer ces charlatans aux ordres des caprices de la foule.

— Servez chaud ! dit Mickael un peu perdu. Tu vas me faire rôtir la cervelle !

— Ce que tu soutiens n'est pas entièrement faux, dit Francis, mais comme à l'ordinaire tu exagères un peu et généralise sans vergogne. Tous les Italiens ne sont pas tels que tu nous les décris et n'adhèrent pas comme un seul homme à ce « magarisme » national. Qu'en penses-tu Boophi ? Viens à ma rescousse, Alban est reparti dans un délire intolérant, et avec une sacrée habileté, bougre de rhétoricien !

— Moi, dis-je, si on ne m'importune pas et qu'on n'entrave pas ma liberté, chacun fait ce qu'il veut, nu ou en soutane, même si depuis ma plus tendre enfance j'ai toujours eu un peu peur des curés en robe noire. Dans ma famille on ne côtoyait pas ce genre de freux lugubres, je les ai donc toujours vus comme peu fréquentables et peut-être même un peu dangereux. Ici je les tolère. Et je ne crois pas qu'ils soient responsables des montées du populisme. Quant au « magarisme », je ne suis pas très au fait de la question, il me faudra y réfléchir, je ne sais pas si c'est un réel danger. Oui, sans doute retrouve-t-on un tel état d'esprit chez certains partis extrémistes de droite en France ?

— Libre à vous de ne pas voir la menace de cette engeance. Église et magarisme, entreprises dévastatrices, gangs laveurs de cervelles, prêts à tout pour soumettre et asservir la population. Son objet : faire entrer dans les crânes, coûte que coûte, des histoires de messie et autre résurrection, exalter les égoïsmes et les corporatismes, façon de broyer les méninges, crétinisation des masses à grande échelle. Synergie toxique entre Église et Magarisme. Résultat : les populistes raflent la mise.

— Te voilà devenu bien contempteur, je t'ai connu plus tolérant, ou pour des raisons hypocrites tu cachais ton jeu. À l'idée d'une telle nature enfouie en toi, je ne t'aurais jamais entraîné dans l'aventure des Poches.

— J'étais évidemment le même. Quand tu m'as décrit ton projet, il y a deux ans : enseigner aux peuples en péril comment agir pour redevenir des nations dignes et fréquentables, j'étais certain que nous fustigerions toutes ces graines de fachos et leurs leaders, accusation en communion avec tes concepts et ceux des Poches.

— Il y a donc eu malentendu dès le début. Je n'en voulais à personne, je souhaitais seulement montrer aux éprouvés sous domination de quelque brute nuisible comment se sortir de ce guêpier.

— Tu as toujours exclu que ces populations, lorsqu'elles tombent dans cet état d'asservissement, ont la plupart du temps des torts : fascination débile pour les agitateurs populistes et appréhension déformée du réel.

— Je veux bien admettre une mauvaise lecture d'un contexte social pourri, mais les citoyens n'en sont pas responsables, on ne leur a jamais donné les outils pour analyser cet univers corrompu et toxique, et c'est une de nos missions, à nous les Poches de les aider à redécouvrir cette réalité parfois empoisonnée.

— Je reconnais bien là ton angélisme et ta foi inébranlable dans le genre humain.

— Et j'en suis fier, même si notre projet paraît utopiste, rien ne se fait sans croire en la bonté naturelle de l'homme.

— Le retour du bon sauvage, Monsieur Rousseau va être aux anges !

— Eh oui ! Principe de base ! Raison pour laquelle il faut voir les opprimés comme des victimes innocentes et éviter tout a priori. S'asseoir, écouter et regarder vivre ces infortunés, sans préjugé, au contraire de ta méthode. Premier précepte du protocole pour les rapports de mission : noter ce qu'on a vu et entendu sans prévention.

— Je vais te dire ce que doit être le précepte initial du protocole : ne pas foncer tête baissée vers le premier bourbier démago-totalitaire venu, histoire de guérir un peuple qui s'est lui-même infecté par pure connerie.

— Mais ici en Italie ce n'est pas le cas !

— Crois-tu qu'un peuple, qui à intervalles réguliers porte au pouvoir un parti populiste, soit digne qu'on se démène pour le sortir de la mouise ? Il fallait être des citoyens atteints de cécité ou dégénérés pour mettre un Mussolini au pouvoir ou un Salvini dans le fauteuil d'un ministre !

— OK, de telles élections peuvent paraître insensées, mais est-ce une raison valable pour laisser tomber les Italiens qui sont des gens charmants et qui ne votent pas tous pour des populistes.

— Des gens charmants qui rêvent d'entrer dans la mafia, parier au Calcio et aller à la messe pour se faire pardonner leurs fautes !

— Que des clichés ! Parle avec eux, tu changeras d'avis.

Quelques grosses gouttes de pluie commencent à exploser sur le trottoir, odeur de chien mouillé.

— Et de surcroît, il pleut, quel pays pourri !

— Pitoyable dérobade, mauvaise foi exaspérante ! Impossible de te faire entendre raison.

La pluie redouble, nous quittons rapidement notre poste d'observation de la piazza Venezia.

— Je vais avec Ibrahim faire une course, nous dit Aïcha, la pluie ne nous fait pas peur.

Ils partent en direction inverse de la nôtre.

— Veux-tu que je t'accompagne, demande Alban ?

— Non, inutile de te tremper.

— D'autant que je dois rentrer pour mes médicaments, dit Nathalie, viens avec moi, Alban, je suis fichue de me perdre.

— Toi et tes stupides poudres de perlimpinpin, grogne Alban. Tu ennuies tout le monde. Et de surcroît un sens de l'orientation désastreux. Je ferais mieux de partir seul en voyage. Et cette Aïcha qui n'en fait qu'à sa tête, je me demande pourquoi s'encombrer de poids morts incapables de respecter la discipline de groupe pendant un séminaire ! Des mufles autistes qui se la jouent perso.

À l'hôtel la pluie a déjà cessé. Nous prenons la décision de visiter le lendemain le Panthéon et le Colisée. Quartier libre jusqu'au dîner, chacun se disperse vers ses toquades irréalisables en bande, sauf si vous avez résolu d'ennuyer le reste de la troupe. Éric Wanneau opte pour la visite du musée de l'Aviation en périphérie de Rome. Alban préfère rester, il attend sans doute le retour d'Aïcha. Lucienne et Nathalie se prononcent pour le shopping, Marie et moi optons pour une incursion au musée d'art contemporain MAXXI. Dispersion générale.

À mon retour Alban est d'humeur massacrante. Au bar, il écluse spritz sur spritz, ébriété avancée.

— Aïcha n'est toujours pas rentrée, la garce ! Où se croit-elle ? En vacances ? Nous sommes en mission, bordel ! On suit les directives, on s'intéresse à la mission du collectif, on ne disparaît pas pour se baguenauder à son gré.

— Elle aura été entrainée avec Ibrahim vers des sites intéressants, un peu plus longs à visiter que prévu, dis-je.

— Qu'est-ce qui peut intéresser cette bourrique écervelée dans la Ville éternelle ?

Francis revient du musée du Design, son portable joue l'Hymne à la joie dans sa poche de veste.

— Oui, Aïcha... Où ?... Prenez votre temps, nous vous attendrons demain à l'hôtel. Bonne soirée.

— Où sont-ils, demande Alban ?

— À Tivoli, ils ont visité la Villa Adriana. Ils n'ont pas vu le temps passer. Il n'y a plus de bus pour revenir, ils dorment là-bas, ils ont dégotté une chambre d'hôte.

— Évidemment, tout énamouré, les yeux dans les yeux, on ne se rend plus compte de rien. Ni de l'heure, ni du jour, ni de la nuit. Ils s'imaginent sans doute que nous engageons nos deniers dans un voyage d'études pour qu'ils aillent batifoler où bon leur semble, voire tâter du vice. Continuez ainsi, chers petits pervers, et je me casse, je ne cautionnerai pas ce genre de dépravations intolérables.

— Ne gonflerais-tu pas un chouïa le forfait ? Comme toujours. Ils ne font rien de mal. Prendre un peu de bon temps à leur âge, n'est-ce pas ce que tu recherchais ?

— Peut-être, mais je pensais aux autres. Je ne soumettais pas la vie du groupe à mon égoïsme dissolu. Nous réglerons cette question dès demain matin. Je vais me coucher, journée éreintante.

Petit-déjeuner dans le patio de l'hôtel. Humeur revenue à la gaieté, rogne de la veille oubliée, Alban plaisante sur l'accoutrement de Marcel Mauloup et de Mickael Cordurin qui, loin de chez eux, adoptent des défroques peu discrètes de touristes sans scrupule, aisance et liberté privilégiées par cette chaude matinée de printemps. Mickael, chemise à palmiers et short militaire de la dernière guerre : plus la culotte est large, plus l'homme est fort. Marcel, bermuda saumon et polo de même ton, succès assuré auprès des séminaristes aux pulsions encore indécises. En tout cas c'est ce qu'affirme Alban qui ne cesse de se moquer de leur tenue. Il semble avoir oublié ses griefs contre Aïcha et Ibrahim. En réalité, le rieur matinal ne se conduirait-il pas comme le suicidaire qui, une fois sa décision prise, revient dans le monde, presque enjoué, projets à profusion pour donner le change, simulation d'un retour stable dans la société après un abattement passager, mais qui a tout préparé pour son départ imminent, Alban ne nous réserverait-il pas une crise à sa façon, concoctée et mûrie dans la nuit, masquée jusqu'à l'explosion du raptus ?

Si fait, l'attaque sera subite et venimeuse

Aïcha arrive avec Ibrahim comme nous finissons la « collazione ». Sans même les saluer, Alban apostrophe les fugueurs, sévère engueulade. Savon du matin purifie le libertin maghrébin.

— Bravo, les acolytes ! Inséparables, on s'acoquine ! Cul et chemise dans le vice, vous êtes l'image même de la faiblesse humaine, de ces gens que nous avons pour mission de sortir de l'ornière, vous n'êtes plus dignes de figurer parmi les Poches, vous serez chassés de notre confrérie. Je me suis trompé à ton sujet, Aïcha, tu me déçois ! Il est bon de rester en phase avec le groupe de temps à autre, nous étions à Rome pour un voyage d'études – même si je pense que c'est en pure perte – et non pour gambader ici et là chevelure au vent entraîné par une étrange concupiscence de la chair vers je ne sais quelle débauche inavouée. Trop tard maintenant pour regagner la communauté mes petits cœurs, le mal est fait, vous êtes percés à jour, il faut payer le prix de l'insubordination et de la dissidence, votre place n'est plus chez les Poches.

Pantois, les petits cœurs.

Aïcha se reprend la première et contre-attaque.

— Pauvre acariâtre en décrépitude, je crains que tu ne sois qu'aux prémices de ta déception. Nous voulions justement vous prévenir que nous envisagions, Ibrahim et moi, de profiter de notre séjour à Rome pour descendre jusqu'à Naples découvrir Pompéi. Ne serions-nous plus libres de nos mouvements ? Nous interdire ce périple serait, je crois, contraire à la doctrine Poche qui prône plutôt la liberté. D'autre part de quelle débauche ou de je ne sais quelle abjection oses-tu nous accuser ? Tu ne parviendras pas à nous faire exclure des Poches avec tes stupides calomnies, évidemment non fondées. Nous partons à Naples.

— Sur les deniers des Poches, pas question ma chérie ! Rembourse d'abord les frais engagés pour ton voyage à Rome, je te l'ai déjà dit, l'organisation n'a pas vocation à t'offrir une balade italienne pour divaguer où bon te semble, tu étais ici en mission, toi et ton Ibrahim en avez trop pris à votre aise. Je comprends maintenant pourquoi tu m'as dit : « Je pars avec toi si Ibrahim nous accompagne ! ». J'exige dès aujourd'hui ton renvoi des Poches, le Bureau ici présent va voter votre exclusion. N'oublie jamais que tu es devenue Poche par ma seule volonté.

— Basta cosi, l'accusateur, réquisitoire dégueulasse ! Je ne suis pas ta chose, ni même un laquais des Poches, je garde la liberté de mes actes, nous allons à Naples, un point, c'est tout ! Nous rentrerons par nos propres moyens !

— Tu t'en repentiras petite peste, après tout ce que j'ai fait pour toi ! Ta carrière est flinguée ! Je t'ai sortie du ruisseau, tu me dois tout !

— En tout cas, ce n'est pas toi le maître des Poches, et moi je m'y sens bien chez les Poches. Je ne te dois rien, je me suis faite toute seule, par mon mérite et mon travail.

— Demande à Francis s'il va supporter encore longtemps ces désobéissances répétées. Tu n'es qu'une minable belle gueule, et tu sais ce que durent les roses, « l'espace d'un matin », flétrie tu ne vaudras plus un clou ! Enfin quoi, dis-lui, Francis, pour elle, les Poches, c'est cuit !

— Les histoires privées entre membres ne doivent pas interférer avec la marche du groupe, intervient Francis. Vous réglerez votre différend entre vous. Bien sûr chacun est libre de mener sa vie comme il l'entend, c'est une règle de base chez les Poches, même si nous préférerions qu'Aïcha et Ibrahim restent parmi nous.

— Je te reconnais bien là Francis, toujours un peu couille molle. Tu ne sais pas tenir tes troupes.

— Tes paroles, n'est-ce pas, dépassent ta pensée. Soyons charitables, imputons ces injures au dépit et à la colère, mais tout de même, nous ne pouvons plus continuer ainsi !

— Exact, impossible de s'éterniser dans cette chienlit, je quitte cette mascarade, je décampe ! Nathalie, fais les valises, nous partons !

Il se lève et abandonne l'assemblée.

— Excusez-le, dit Nathalie, il est dans un mauvais jour, parfois un peu soupe au lait, je vais tenter de l'apaiser et de le faire revenir sur sa décision.

— Aïcha, on se revoit en Sancerrois, conclut Francis, suis tes envies, bon voyage à Naples.

« Pour ce qui concerne notre étude, je ne sais dans ces conditions s'il est bien judicieux de persévérer, l'ambiance n'y est plus, sérénité perdue, déclin de l'ardeur, les efforts deviendront improductifs. »

— Sortons faire un tour jusqu'à la Fontaine de Trevi, dit Marcel, elle n'est pas loin de l'hôtel. Allons consulter les fantômes de la Dolce Vita, ils seront sûrement de bon conseil : ils nous souffleront la bonne résolution.

À la fontaine nous nous comptons, l'effectif s'amenuise, reste Francis, Mickael et sa femme Lucienne, Marcel Mauloup — Pauline sa pacsée n'est pas venue —, Laurence, Éric Wanneau et Élise de Saint-Ange qui ne se quittent plus, Marie et moi.

Contrariété à notre arrivée près du bassin, nous ne verrons ni Anita Ekberg, ni Mastroianni, ni même les grandes statues, comme d'habitude cachées par une foule dense inexpugnable, défendue par des chevaux de frise hérissés de perches à selfie. Revenir de nuit peut-être, mais pour le bain de pied de minuit, c'est niet, impossible d'imiter Anita et Marcello, le gardien ramasseur de menue monnaie a entouré la pièce d'eau d'une barrière, éviter le vol de son trésor, les touristes lancent leurs fonds de poches dans le bain lustral fellinien, pas question de laisser perdre ce pactole.

— Je crois que les Dieux antiques sont définitivement contre nous, se lamente Francis, nous ferions mieux de quitter Rome.

— Nous ne pouvons tout de même pas déserter la Ville éternelle sans le salut obligé au Colisée, dit Mickael !

Nous avons suivi Mickael. Nous longeons l'immense mur extérieur du Colisée, cohue, les files d'attente nous effraient. Voyage des déconvenues, échec complet, toute tentative vouée au fiasco, nous décidons de rentrer à l'hôtel. Faire le point et essayer de retenir Alban.

Francis monte dans la chambre d'Alban.

Dix minutes plus tard, retour dépité, pas moyen de faire entendre raison à l'ulcéré, il a déjà retenu ses billets d'avion.

— Dans ces conditions, je ne vois pas pourquoi nous traînerions plus longtemps ici, se désole Francis, le mieux est d'interrompre ce séminaire lamentable, je n'ai plus l'envie de continuer. Seriez-vous d'accord pour cesser cette épreuve ?

— Moi, je ne souhaite pas laisser tomber, dit Mickael, de toute façon, perdu pour perdu, autant finir en beauté : « Vacances romaines », à nous « La Dolce Vita » ! Deux films sympas à raviver.

— Notre joyeux drille se réveille, toujours prêt pour la fiesta, dit Laurence, notre trésorière, mais les finances Poches ne suivront pas, cette sortie est un gouffre, si nous pouvions diminuer un peu la facture.

— De toute façon, ajoute Éric Wanneau, quel que soit le dénouement de ce voyage, il sera critiqué par Alban et ses soutiens, plus personne ne voudra en entendre parler.

Son amie, Élise de Saint-Ange opine.

— Votons à main levée, dit Francis.

Seul Mickael est pour la poursuite du périple.

— Si toi aussi tu m'abandonnes, Lucienne, ma douce, je me plie à votre décision, mais vous ne savez pas profiter des hasards de la vie, je suis le seul à savoir encore rigoler, le plus Poche des Poches, un jour on reconnaîtra ma pureté et je deviendrai calife à la place du calife ! Pourquoi fais-tu cette tête, Monsieur le président ?

Il éclate de rire.

CHAPITRE VIII

Salle comble, le retour d'Italie attire les foules, nouveau local, salle des fêtes louée dans une petite commune de la périphérie de Sancerre.

Le Bureau est au complet, Alban tout sourire, Mickael papillonne dans les rangs de l'auditoire pour amuser la galerie, Marcel Mauloup dénombre présents et nouveaux venus, Laurence et Lucienne sont très absorbées par leurs paperasses comptables, Francis relit son discours. Aïcha et Ibrahim revenus de Pompéi n'ont pas voulu rater l'assemblée. Fusionnels désormais, jamais l'un sans l'autre.

— Mesdames et Messieurs, chers Poches, je serai bref, annonce Francis, je ne vous parlerai pas d'Italie, ce voyage, j'ai le regret de vous l'apprendre, fut un fiasco. Mauvaise image pour notre tribu Poche. Mésententes dans le groupe, impossible de définir un protocole consensuel, divergences sur les points fondamentaux, et survenue de conflits d'ordre privé extérieurs à la chose étudiée, tous ces incidents ont en définitive anéanti notre tentative d'élaboration du protocole. Nous reportons donc la mise en place de ce protocole sur les rapports de mission. Déception bien sûr, mais soyez sans crainte, ce vade-mecum verra le jour, je m'y engage, une procédure commune harmonisera la façon de traiter nos observations, nous travaillerons d'un même élan à la liberté des peuples asservis. Je cède la parole à Alban Jarencourt, notre hypnotiseur, qui a demandé à s'exprimer.

— Mon cher Francis, j'ai bien compris à qui s'adressaient tes reproches de mésententes et de divergences, mais laissons cela, je dirai seulement qu'il faudra bien finir par agir démocratiquement au sein de cette communauté qui se veut un exemple, nous saurons enfin ce que désire la majorité Poche, ce qu'elle souhaite comme axe pour nos actions d'aide aux populations soumises à l'arbitraire de despotes cinglés et lunatiques, en définitive j'aspire à une congrégation Poche à la souveraineté partagée et libre de son destin. Je milite pour la constitution d'une société Poche pondérée et juste, modèle probant et magnétique pour les peuples à réformer. Je te rejoins sur un point, Francis, des divergences se sont fait jour sur la finalité et les méthodes de notre action. Élaborons chacun notre projet, enfin, les Poches qui le désirent, et mettons aux voix.

— Travail titanesque, mon cher Alban, il faudra du temps pour colliger toutes les propositions, mais pas d'opposition de ma part, contrairement à ce que tu crois, je suis un démocrate, encore que ce ne soit pas la solution que j'aurais choisie, je préfèrerais des commissions en petits groupes et une synthèse finale à proposer aux suffrages.

— Bien sûr, pour que tu gardes la haute main sur ces comités, façon de les orienter selon ta volonté. Vois-tu, je privilégie ma méthode plus démocratique.

« D'autre part je suis un peu étonné de voir au premier rang Aïcha parader avec son acolyte Ibrahim qui sont tout de même à l'origine du fiasco italien. Il eut été judicieux d'instaurer pour eux une sorte de juridiction suprême, il est nécessaire de juger s'il est bien opportun de conserver au sein de notre groupe ces individus en rébellion contre les idées Poches et bien décidés à n'en faire qu'à leur tête.

— Entendu, Alban nous reparlerons de tous ces griefs en comité restreint pour déterminer quelle suite donner à ces affaires.

— Si ces deux perturbateurs sont présents à la prochaine assemblée, c'est moi qui entrerai en dissidence.

— Toutes ces doléances sont notées, Alban. Maintenant laissons la parole à notre trésorière Laurence.

— Peu de chose à signaler, si ce n'est que l'afflux d'inscriptions a nettement amélioré notre trésorerie, il faudra décider comment nous pourrions placer cet argent.

Mickael se lève :

— Moi je sais comment investir le magot : acheter des grands crus, trésor de guerre de la confrérie. Si nos choix sont bons, ce dont je ne doute pas, ces bouteilles prendront de la valeur, ce qui n'empêche pas de faire quelque ponction de temps à autre pour redynamiser nos Poches qui raffolent de ce carburant divin ! D'ailleurs, je voudrais souligner que depuis un moment déjà, je me demande si les Poches ne manquent pas de cette bienfaisante potion magique, tant je peine à retrouver les rires d'hier, on ne s'esclaffe plus beaucoup chez les Poches, j'aimerais que nous revenions aux fondamentaux de notre histoire : gaieté et fantaisie étaient les maîtres mots. Tu as raison Alban, parfois Francis n'est plus en osmose avec les Poches. Que de gravité, Monsieur le Président ! On ne vous reconnaît plus. Certes, avec le succès, les devoirs de votre charge augmentent sans cesse, mais il faut te ressaisir, l'ami. Nous exigeons de retrouver la jovialité passée, ne prendrais-tu pas le melon, Monsieur le Président ? Toutefois, Alban, je pense que ta responsabilité n'est pas négligeable concernant la détérioration du climat chez les

Poches, tu devrais te montrer plus conciliant, je précise que c'est toi qui nous as amené la précieuse Aïcha que tu veux maintenant virer, aurais-tu des troubles de la mémoire ? Je ne sais pas ou plutôt ne je veux pas savoir quelles rancunes tu nourris contre Aïcha, mais tu devrais te montrer plus amical, elle fait du très bon travail pour les Poches. C'est elle, l'embellie des inscriptions, nous lui devons beaucoup. Que chacun fasse son autocritique — pas devant l'assemblée, nous ne sommes pas chez les maoïstes, mais dans sa Ford intérieure, tranquillos au calme — et nous retrouverons notre bienveillance et nos liesses d'antan. Pour des Poches enjouées, hip hip hip hourra !

— Merci, Mickael, dit Francis, avec une petite moue. Décidément, c'est un peu ma fête aujourd'hui, nous essaierons de ne pas oublier cette leçon primordiale et nous prenons note de ton idée de placement bien dans l'esprit Poche. Nous allons entendre maintenant Lucienne Cordurin, elle a la bonté de remplacer notre secrétaire qui n'est autre que son mari Mickael, un collaborateur qui préfère me critiquer et prendre du bon temps plutôt que de remplir sa mission, merci Lucienne de remédier à ses carences, je crois que tu as quelques infos à nous communiquer.

— Bonjour à tous, bienvenue à nos nouveaux adhérents, qu'ils ne soient pas effrayés par ces quelques passes d'armes, la plupart du temps tout s'arrange en fin de session, le sancerre a cette vertu de remettre la Poche cérébrale en équilibre homéostatique jusqu'à un état de bien être total, les dissensions s'apaisent, les offenses sont pardonnées, chacun oublie ces querelles dérisoires dénuées de tout fondement raisonnable, tout rentre dans l'ordre. En vérité, il est vrai que nous ne devrions plus connaître ces discordes regrettables au sein des Poches, même s'il est naturel de les voir éclater dans toute communauté, à cela près que nous aimerions nous distinguer des groupes humains ordinaires et nous conduire selon les préceptes de la morale épicurienne et tolérante des Poches, hors de toutes ces disputes gauloises déplacées et grotesques.

« Nos rangs grossissent chaque jour, et je m'en réjouis, nous recrutons même dans la société la plus choisie, quelques personnalités remarquables du monde politique et des arts viennent de demander leur inscription, signe que notre communauté séduit aussi ce qu'il est convenu d'appeler « les beaux esprits », nous nous en félicitons, souhaitons seulement qu'ils soient aptes à la métamorphose Poche.

« Brève remarque en passant : avec ce succès, mon travail devient de plus en plus lourd, j'aimerais que le bureau étudie la possibilité de m'octroyer un assistant autre que Mickael pour les raisons que vient d'exposer Francis.

« Venons-en à un point plus excitant, Olga de Mogatt, notre très éminente cinéaste Poche vient de terminer la réalisation d'un documentaire sur la naissance du courant Poche, membre depuis l'origine, elle en a tracé l'évolution depuis le berceau jusqu'à maintenant, j'ai eu le privilège de visionner les rushes, ce film nous offre un éclairage inattendu, parfois étrange, souvent drôle et donc en adéquation parfaite avec l'univers Poche des origines, une mise en perspective qui en étonnera plus d'un, même parmi les Poches fondateurs. Cerise sur le gâteau, ce film a retenu l'attention du comité de sélection du festival de Cannes, il est en situation d'être invité dans la série documentaire, si tel est le cas j'exhorte tous les Poches à venir le soutenir le jour de la projection, et bien sûr le Bureau sera de la montée des marches. Absente aujourd'hui, Olga, en repérage sur les côtes africaines, milieu de la genèse des Poches, met une dernière main à quelques scènes relatives à l'éclosion des Poches premières, et si par bonheur elle s'intéressait à vos propres Poches, je vous engage à bien accueillir sa caméra. Je vous remercie. Je redonne la parole à Francis qui a encore une proposition qui j'en suis certaine vous réjouira tous.

— Merci Lucienne. Nous irons nombreux sur la Croisette. Oui, je tenais à vous signaler un projet tout aussi grisant, dans un autre domaine, nous envisageons un voyage d'études en milieu viticole, hors Sancerre. Tout Poche s'en réjouira. Nous n'avons pas encore fixé notre choix sur le vignoble, pour l'instant se détachent le Rhône nord et les coteaux de Bourgueil, Chinon, en poussant jusqu'à Saumur-Champigny. Le Rhône Nord a un défaut majeur : le prix des vins, ils atteignent des sommets prohibitifs ; aussi, nos cousins ligériens de l'ouest, plus humbles et plus pondérés tiennent-ils la corde, production digne d'attention, excellence et typicité au rendez-vous. En vérité, je le concède, Sa Seigneurie syrah, cépage porté aux nues partout dans le monde, démontre sa primauté absolue en Rhône nord où elle dispense comme nulle part ailleurs ses parfums d'ambroisie confite, délicates douceurs de confiseur céleste, sans doute les meilleures syrahs du monde, nectar sublime pour imbiber toute cavité, alvéole et autre vésicule asséchées d'un Poche en mal de force vitale galactique. Il est des hermitages et des côte-rôtie à se damner. Me viennent à l'esprit des crus comme, « La Chapelle » de Paul Jaboulet, un hermitage que j'ai encore très présent en bouche, arômes de pivoine dans un berceau de tanins soyeux, ou encore le côte-rôtie de Guigal : « la Landonne », je revois ses reflets violets d'encre, et sur mes papilles je perçois pour toujours sa rondeur et son onctuosité incomparables appariées à un bouquet de petits fruits noirs confits relevé d'une pointe de poivre et de réglisse, exquises gâteries qui se paient au prix fort. Est-ce à dire que les cabernets francs de Loire doivent courber le pampre devant Sa Majesté syrah ? Que nenni, mes bons ! À Bourgueuil, Chinon et Saumur-Champigny, tous manifestent de grandes qualités, il y a des splendeurs, leur saveur crayeuse est un délice, goût de tuffeau que j'aime tant. Que de noblesse dans le vin de la « Croix Boissée », sève prodigieuse de Bernard Baudry, minéralité terrienne venue du crétacé, du gras, un fruit rouge très mur, une merveille. On retrouve la même magnificence au creux des tonneaux des Roches-Neuves, cru « Les Mémoires », chez Thierry Germain en Saumur-Champigny, des vignes de cent ans, parfums de baies rouges, pointe de menthol, du velouté, vins somptueux. N'oublions pas non plus à Saint-Nicolas de Bourgueil « Les Malgagnes » de Yannick Amirault, une marmelade griotte-tuf-graphite de toute beauté, du grand plaisir sans la ruine. Mais je m'emballe, je m'emballe, j'arrête là mes dithyrambes de groupie Poche toujours le nez et la papille aux aguets, nous y serions encore cette nuit, nous aurons tout le temps de nous faire une idée plus précise sur place. En tout cas, à vos starting-blocks, Rhône ou Loire, ça vaudra le coup.

« Maintenant je vous invite à passer sous la cannelle des vins de Didier et Luc, notre référence, notre élixir de vie premier. Et encore merci de votre nombreuse présence. »

Alban s'avance vers moi, verre de sauvignon en main.

— Cette nouvelle cuvée des Monts-Damnés est divine. Je viens vers toi en mandataire, mon ami Antoine Penufin, ton collègue des belles-lettres, après sa série de conférences sur la Syrie à propos de son dernier livre, a besoin de décompresser quelques jours au vert chez son neveu, Quentin Melnard, le vigneron sancerrois. Rituel retour aux sources. La dernière fois votre visite a été reportée, il me prie de te transmettre une invitation pour la découverte de la propriété du jeune Quentin, un de nos meilleurs vinificateurs sancerrois. Ledit Quentin a ajouté : « Forte pluie ces derniers jours, cueillette de girolles au programme ». Antoine compte sur ta présence, il semble plutôt content de te revoir, tu as fait bonne impression.

— OK, j'en suis ravi, il m'a séduit lui aussi, et découvrir un nouveau cru et son vigneron est toujours un agrément, en outre, j'adore les girolles.

*

Le temps s'est remis au beau. Sous le soleil, la terre encore humide et chaude dégage une forte odeur d'humus, on imagine dans le sous-bois une nuée de chanterelles, milliers de pépites à la merci de notre cupidité de goulus.

Chez le neveu Quentin, j'ai la surprise de retrouver Aïcha et Ibrahim. Le fils Ciboire, Hippolyte, notre président honoraire, est aussi de la partie.

— Je ne pensais pas vous retrouver tous aujourd'hui dans ces vignes, dis-je à Aïcha, agréable surprise.

— Antoine, que j'ai rencontré à Paris, du temps d'Alban, m'a invitée à découvrir le domaine de son neveu. Ibrahim, en bon Poche curieux de vin, a accepté de se joindre à nous. Alban n'est pas dans la confidence, il aurait pu en vouloir à son ami Antoine.

— Alban ne digère pas le fiasco italien, qu'as-tu fait pour qu'il t'en veuille à ce point ?

— Rien de bien méchant, il trouve simplement que je le délaisse un peu trop depuis, disons, ma connivence avec Ibrahim, il ne décolère pas. Je n'ai sans doute pas assez répondu à ses avances, toujours correctes au demeurant, un gentleman, mais un brin collant, genre : « Viens donc habiter chez moi, tu seras mon soleil chaque matin », et tout le toutim, le dragueur à l'ancienne, je me suis laissé prendre, puis je l'ai envoyé balader, il ne désarmait pas, nécessité de mettre les points sur les i. Mortification, puis chantage, genre tu me dois tout. Ibrahim s'en est mêlé et lui a fait comprendre qu'il frisait le harcèlement, que tous ces enfantillages devaient cesser. Depuis il fait la gueule et tente de nous exclure.

— Aucun risque vous avez le soutien de Francis. Et toi Hippolyte, comment vas-tu ? Tu respires la pleine forme. Ton rôle de président d'honneur des Poches te convient-il toujours ?

— Pour ce qui est de la présidence, ma mission de potiche me satisfait très bien, je me permets juste d'être le garant de l'honneur de mon père, je m'assure qu'on ne porte pas atteinte à sa dignité.

— D'ailleurs on ne t'entend pas beaucoup pendant les assemblées, dit Aïcha.

— C'est vrai, je ne me mêle pas beaucoup des affaires des Poches, et pourtant je sais des choses.

— Quoi ? demande Aïcha, nous voulons savoir, tu en as trop dit, Hippolyte.

— C'est un peu gênant, vous ne direz pas que c'est moi le cafeteur ! En faisant une livraison de grands vins dans le cellier à côté de la salle d'hypnose, j'ai entendu des propos bizarres de la part d'Alban. Il engageait ses hypnotisés à ne pas être sympa avec les non-Poches visités, à l'opposé des recommandations que je connais, Francis les répète souvent. Voilà, c'est tout. Étonnant, non ! Je ne vous ai rien dit ! Je ne veux pas perdre ma fonction.

« Mes affaires marchent du tonnerre, vous ne pouvez imaginer, avec toutes ces recrues chez les Poches, je suis débordé, je n'arrive plus à satisfaire la demande, je suis devenu le fournisseur de tous ces nouveaux membres, des mecs bien dans la ligne Poche, ils entretiennent au mieux leur mécanique Poche : apport régulier de carburant vineux, surtout du sancerre. Votre monde des Poches, pour moi, est une manne inépuisable. Demandez à Quentin, mes commandes ont décuplé chez lui. »

— Exact, dit Quentin qui vient de nous rejoindre, votre club est un nouveau débouché qui ne fait qu'augmenter, merci les Poches.

— Boophi, je te présente mon neveu Quentin, excellent vigneron, dit Antoine.

— Antoine m'a déjà parlé de vous, reprend Quentin : vous êtes fin connaisseur en vin, assure-t-il, et écrivain comme lui.

— Deux assertions flatteuses, sans doute loin de la réalité, quoi qu'il en soit, merci Antoine.

— Tous dans les vignes, profitons du beau temps. Ensuite direction le bois, les girolles doivent pulluler, dit Quentin. Mais d'abord tour du domaine. Nous finirons l'après-midi par une dégustation de la production.

« Notre vignoble compte vingt-quatre hectares, essentiellement en sauvignon, et environ quatre hectares de pinot noir. Comme souvent à Sancerre nous sommes ici sur du calcaire kimméridgien qui donne cette expression très particulière au sauvignon. Nous avons aussi quelques hectares d'argiles à silex au nord de Sancerre qui nous offrent des « choses » plus minérales. Ici aucun désherbant, ni insecticide, ni anti-pourriture, que du bio. Petits rendements, pas plus de trente hectos à l'hectare pour nos pinots noirs âgés de 50 ans et évidemment pas plus de cinquante hectos pour nos sauvignons. Vendanges manuelles bien sûr. Et très peu de soufre.

Nous sillonnons les rangs près du chai. Les ceps tordus soutenus par leur échalas de châtaignier poussent leurs rameaux annuels de sarments le long des fils de fer, la floraison des grappillons commence à peine. Les collines encore brunes il y a peu, désormais couvertes d'une guipure verte en vagues, semblent avoir été dessinées par un maître de marqueterie, assemblage d'une mosaïque en camaïeu de jade et d'émeraude.

— J'aime beaucoup ce paysage de douces collines breughéliennes, dis-je. Calme et sérénité, tableau inchangé depuis des siècles, permanence rassurante.

— Très juste, dit Quentin, nous nous le répétons souvent avec Sandrine, ma compagne. Plus de quinze générations de Melnard ont admiré ces collines, rien ne bouge.

Quentin nous montre l'orée de la forêt.

— Sauf peut-être le bois que nous apercevons là-bas, les vignes peu à peu le grignotent, nous essaierons d'en garder un peu, pour les girolles, un coin fabuleux. Je vous le ferai découvrir si vous savez tenir un secret, trahir et vendre la mèche vous vaudrait la perte de mon amitié et un bannissement à vie de ma maison. Ici on ne plaisante pas avec « les caches aux girolles ». Allons les débusquer ces discrètes. Petite grimpette jusqu'au bois, elles se méritent nos belles blondes.

— Je n'ai jamais été un bon cueilleur de champignons, dis-je, je ne sais pas les voir.

— Ne t'inquiète pas ici tu les verras, je sais exactement où poussent nos chanterelles, toujours au même endroit. Attention tout de même de ne pas écraser celles qui se cachent sous les mousses et les feuilles, elles se déploient souvent le long d'une veine mycélienne, il faut la repérer puis la suivre. Voilà nous arrivons. Regardez toutes ces petites têtes d'or, elles ne passent pas inaperçues.

— Tu viens de les repiquer exprès pour nous, dit Ibrahim.

— Tout juste, je voulais vous faciliter la tâche. Petit détail, prenez ces couteaux et coupez les pieds sans les arracher, vous pouvez les nettoyer et enlever les résidus de terre avec le petit pinceau au bout du couteau. Ne marchez pas sur les girolles, soulevez quelques feuilles à chaque pas. Bonne cueillette.

Paniers vite garnis, je n'avais jamais ramassé autant de champignons en un temps si bref. Dans ces conditions, la chasse aux champignons, un vrai plaisir, sinon dénicher de façon sporadique un spécimen véreux pour tout potage lasse bientôt le cueilleur.

Retour dans le chai, chacun tient un verre, rangs de tonneaux alignés tels des moines pansus en bure havane couchés dans leur dortoir. Quentin, longue pipette de verre en main, s'approche d'une barrique, retire la bonde et plonge le tube transparent dans le tonneau. Le vin monte dans la colonne qui prend une teinte dorée. Chacun recueille le liquide brillant au creux de son verre.

— Secteur de « L'Orme au Loup », dit Quentin, des caillotes, humez ce discret parfum de bourgeon de cassis, typique du sancerre, les plus pointilleux compléteront par agrume et fruits du verger, ajoute-t-il, en souriant. Tout le monde acquiesce, pas question de contredire le maître. Et tous nous roulons le vin sur la langue comme il se doit. Par refus d'une ébriété éventuelle, je recrache ma gorgée dans le récipient proposé à cet usage, gare aux giclures, jet net et précis, le vin rouge surtout ne pardonne aucune embardée. Aïcha avale tout, inconscience d'une ivresse possible, ou crainte d'éclabousser, ou regret de rejeter ce breuvage délicieux, elle ne perd pas une goutte.

Deuxième fût. Chacun le nez dans son verre essaie de définir les arômes.

— Terre à silex, annonce Quentin, « les Hauts de Chagny », nous sommes sur de la minéralité plus tendue, ce goût si prisé de « pierre à fusil » est bien présent.

Celui-ci me plairait davantage — cette impression de caillou — j'ai toujours préféré les blancs de tonalité minérale, d'une belle pureté, des vins droits comme on dit aujourd'hui. Je ne révèle pas cette préférence, heurter personne et surtout pas Quentin qui ne manifeste aucune prédilection, je me contente de neutralité, pas d'arbitrage :

— Ce silex est aussi fabuleux que le premier vin !

— J'aime te l'entendre dire, la plupart du temps les clients élisent plutôt le premier, plus rond, plus fruité, les amateurs, eux, donnent souvent une meilleure note au silex.

Aïcha ne recrache toujours pas et même redemande à goûter le premier vin pour comparaison. Ses joues prennent une jolie teinte vermeille, élocution et rire plus sonores, longues goulées franches pour son retour au vin des caillotes.

Des profondeurs d'une nouvelle barrique, la pipette réapparaît d'un beau rouge grenat jaspé de reflets violets. Quentin nous conseille de contempler la couleur dans la lumière puis de bien faire tourner le vin dans le verre pour libérer les arômes. Aïcha obéissante... tourne et tourne la liqueur cramoisie... une gerbe s'échappe hors du verre, chemisier blanc aspergé tout empourpré.

— Bon pour la lessive, dit-elle simplement, en riant.

— Moi qui suis amateur de rouge, dit Hippolyte, je retrouve là l'ampleur d'un pinot de grande classe, bravo Quentin, ces arômes de griottes et de réglisse, un régal.

— Merci Hippolyte. Et toi Antoine, tu ne dis rien, elles ne te plaisent pas mes cuvées ?

— Oh que si ! Mais devant tant de science et de savoir je m'incline, j'écoute et prends note.

— Vous reprendrez sans doute ces instants dans un de vos livres, demande Ibrahim ?

— Peut-être, j'aime me nourrir de mes belles rencontres, dit Antoine.

L'euphorie envahit maintenant tous les esprits, le plaisir dès lors l'emporte, on recrache avec parcimonie, sauf Hippolyte et moi ; Ibrahim, lui, avale désormais une gorgée sur deux, sa volonté s'effrite : « Trop bon pour les égouts, je craque, avoue-t-il ! ».

Nous continuons sur des millésimes différents. Je saisis ces moments de chaleur et d'entrain pour soulever en toute innocence un lièvre qui me travaille depuis tout à l'heure, j'attaque l'air de rien :

— Dis-moi, Hippolyte, s'ils sont réels, les propos que tu as entendus dans la bouche d'Alban lors d'une hypnose, ne pourraient-ils pas être de nature à intéresser la confrérie ?

— Bien sûr qu'ils sont vrais, je ne suis pas sourd, j'ai bien reconnu la voix d'Alban !

— Peut-être alors faudrait-il en informer Francis discrètement.

Maître faux-cul dans ses œuvres, je ne suis pas très fier de moi.

— Je ne me mêle pas des affaires du Bureau et des Poches en général, répond-il, mon rôle est juste décoratif, je ne veux pas d'ennuis à cause d'histoires comme ça !

— Voilà bien Messieurs les hommes, lance Aïcha en riant ! Continuez, les pleutres, fuyez vos responsabilités, question d'habitude ! Toi Hippolyte, tu te fais du tort en te taisant, tu aides même peut-être Alban à prendre le pouvoir, et chef, il ne te fera pas de cadeaux.

— Dans tous les cas, j'aurai des ennuis. Alban ne me pardonnera pas de cafeter et Francis ne me croira pas, il m'accusera de vouloir semer la discorde, je n'ai pas de preuve.

— OK, dit Aïcha, joyeusement déchaînée, je vois bien que je n'obtiendrai rien de vous, petits dégonflés, je m'occuperai moi-même de mettre Francis au courant, nous ne pouvons pas continuer à laisser faire ces actes, préjudiciables à l'intérêt des Poches.

— D'accord avec toi, dis-je.

Aussitôt je le regrette.

— Alors pourquoi refuses-tu d'informer Francis, tu serais plus crédible que moi, Francis va penser que je veux me venger d'Alban en racontant des calomnies.

— C'est que... vois-tu, je travaille souvent avec Alban, il serait très fâcheux qu'il apprenne mes trahisons.

— Mais tu n'as rien à attendre d'un type comme Alban. À l'abordage les gars ! Le carburant de Quentin a ravivé notre énergie, souquons ferme vers le combat, je me charge de tout, suivez mon panache noir, la femme triomphera et dominera les couilles molles !

Elle reprend sans attendre de la cuvée silex et entonne Le Chant du Départ :

« La victoire en chantant nous ouvre la barrière... Tremblez ennemis d'Aïcha »...

— Bon, je crois que nous allons arrêter la dégustation, dit Quentin ! Hippolyte, tu es désigné pour reconduire Aïcha et Ibrahim. Et n'oubliez pas, les girolles poêlées sont cuites quand elles ne rendent plus d'eau, bon appétit, elles seront excellentes avec un verre de sauvignon.

CHAPITRE IX

Hall de marbre, miroirs, plantes vertes à foison, vaste ascenseur. Résidence fort bourgeoise, cher Francis. Réunion informelle d'après-midi, thé-discussion en petit comité, il y a là, Laurence la trésorière, Alban, Mickael le pseudo-secrétaire et son épouse Lucienne, et un binôme inattendu en présence de l'hypnotiseur, Aïcha et Ibrahim. Que cherche Francis ? Conflagration inévitable. Clash garanti entre le couple et Alban. Intention de catharsis ? Action purificatrice, où lui, Francis, démiurge de la comédie Poche et médiateur, dominerait les débats jusqu'à entière libération émotionnelle des intervenants ? Démarche audacieuse, grand risque.

— Je vous ai conviés pour traiter plusieurs points, dit Francis. Primo aborder le planning de la montée des marches puisque le film d'Olga, La Galaxie des Poches, a finalement été retenu dans la sélection de Cannes. Sacré coup de projecteur sur les Poches, retentissement national voire international, mais obligation d'assurer devant la presse du monde entier, rayonnement considérable, reconnaissance définitive de notre univers, veillons à ne pas commettre d'impair. Nous n'avons que très peu de temps pour l'organisation, à peine quelques semaines. Olga, la réalisatrice va nous rejoindre dans quelques instants. Passons sur la terrasse, par ce beau soleil j'ai pensé que nous y serions au mieux pour discuter.

Toit en terrasse, nous nous installons sous un dais blanc en regard du chevet gothique de la cathédrale, extrémité de l'abdomen d'un gros insecte de pierre calé sur ses pattes en arcs-boutants, solides jambages, sauvegarde millénaire des croisées d'ogives de la cathédrale Saint-Etienne.

Alban conserve un air souriant malgré la présence d'Aïcha. Remarque sèche tout de même :

— Je ne comprends pas très bien ce qu'Aïcha fabrique ici, je pense que tu vas nous éclairer sur cette anomalie.

Offensive lancée.

— Ne commence pas, dit Mickael, vous règlerez vos comptes ailleurs !

— Exact, nous avons à examiner le planning des Poches avant tout, dit Francis. Nous entreprendrons peut-être plus tard d'aplanir votre léger différend.

— Je t'en foutrais du « léger différend », lourd contentieux, oui ! À régler au plus vite !

— Plus tard, Alban, tout d'abord, je voudrais, en attendant Olga, que nous abordions le voyage à Bourgueil.

Alain se renfrogne.

— Chacun ses priorités ! dit-il, et se place de côté, manière de désintérêt.

— Plus tard, Alban, plus tard... Pour notre déplacement dans le vignoble, j'avais envisagé de confier à Boophi de déblayer le terrain. Serais-tu d'accord ?

— OK, qu'attends-tu de moi ?

— Que tu nous indiques les circuits à privilégier et les étapes. Sélection de quelques caves pour les dégustations.

— Je vous prépare plusieurs programmes, vous choisirez.

— Merci Boophi. Soigne-nous cette sortie aux petits oignons, je sais que tu nous proposeras des domaines de premier choix.

— Je reviens vers toi, Alban. Olga n'arrive pas, parlons d'Aïcha. Pourquoi l'ai-je invitée ? L'envie de vous réconcilier.

— D'accord pour effacer le contentieux, dit Aïcha, ces enfantillages ont assez duré.

— Oui, ces divagations d'ados hystériques en rut n'ont que trop duré ! Aïcha va quitter les Poches, et tout rentrera dans l'ordre, rétorque Alban.

— Ne ruine pas la discussion d'emblée, dit Francis. Es-tu incapable de compromis ?

— Comment rester modéré et transiger avec ces arsouilles lubriques ? Et désormais il la suit partout, un chaperon, Ibrahim n'a rien à faire ici. Qu'il s'occupe de ses sauvages, l'anthropologue ! Qu'il déguerpisse lui aussi ! Regardez-les, ces deux-là, à se courir après, attrape-moi si tu peux, des gamins en puberté furieuse, exhibition répugnante. Qu'ils disparaissent, ces possédés du démon ! Les Poches valent mieux que ces recrues de bas étage !

— Consommée, la diatribe, lâche Aïcha ? Fin du numéro ? Par chance, le ridicule ne tue pas ! Crois-tu que ton dépit de vieil éconduit soit plus ragoutant ? Oui, j'aime la présence d'Ibrahim, et cela ne te regarde pas. Nous agissons comme il nous plait, et ce n'est pas toi qui me feras quitter la communauté, il faudra t'habituer à ma présence si tu veux demeurer parmi les Poches.

— En tout cas, en voilà deux qui ne monteront pas les marches ensemble, dit Olga en arrivant, vous seriez capables de vous battre sur le tapis rouge !

« Mon film se veut le reflet d'un groupe enjoué et harmonieux en marche vers une société apaisée, un exemple pour tous, quelque chose comme l'avènement de l'homme nouveau venu de l'espace, naissance d'une vie inédite descendue du ciel comme par enchantement, une utopie qui rallierait tout le monde dans une fraternité universelle. Vos disputes sur les marches discréditeraient immédiatement mon travail, avant même la projection.

— Olga a raison, dit Francis, cessez vos bagarres qui ne riment à rien, attitude contraire au pacte Poche, aucun de vous ne montera les marches.

— Très bien, dit la trésorière, ces évictions tombent à pic, impossible d'emmener tout le monde, notre budget ne le permet pas.

— Vous délirez, mes amis, crie Alban, personne ne n'empêchera d'accompagner Olga. Dis-leur, Olga. Je te tiendrai le bras vers le grand auditorium Lumière. De toute façon, à cette date, Aïcha, exclue, n'aura plus droit de cité chez les Poches. Sérieuses économies, ma chère Laurence, seule l'élite des Poches foulera le tapis rouge.

— Assez ! Tu dérailles, dit Francis ! Je constate que toute discussion est encore impossible, laissons cette question en suspens pour l'instant.

— Dommage dit Aicha, j'aurais aimé faire la paix avec Alban.

— Va te faire foutre, ma belle, l'amitié est morte, tu m'as dupé, disparais de ma vie !

— Accorde-moi alors une ultime question, ne me laisse pas dans le doute, un bruit court : tes séances d'hypnose seraient entachées d'une sorte de manquement à l'esprit Poche, fâcheuse tendance à dresser les Poches contre les communautés non-Poches, regrettable propension à encourager les enquêteurs à ne rechercher que les tares et les vices, à tout dénigrer chez l'étranger, de toute façon toujours nuisible. Conduite pour le moins éloignée de la règle Poche.

— Des ragots, d'où tiens-tu ces calomnies ?

— D'un témoin sûr, permets-moi de ne pas révéler son nom, je garde à ton égard une certaine méfiance, réactions redoutables et parfois violentes.

— Que nous chantes-tu là, Aïcha, s'étonne Francis, qu'est-ce encore que cette histoire ? Boophi, as-tu connaissance de ces commérages, quelqu'un d'autre ici est-il au courant ? Graves accusations, Aïcha !

— Peut-être, mais je n'invente rien, n'est-ce pas Boophi, dis-lui ce que tu as entendu !

— Vrai, Boophi, tu es au courant, s'étonne Francis ?

— Une vague rumeur, oui, mais rien de plus.

— Mais enfin Boophi, s'emporte Aïcha, tu l'as entendu comme moi chez Quentin, malgré ta surdité, tu as tout entendu, hypocrite !

— Comment ça, chez Quentin ! Vous étiez ensemble chez Quentin, s'inquiète Alban ? Les chiens ! Antoine et Quentin vont entendre causer du pays !

— Hé, là ! Reprenons tout depuis le début, dit Francis, j'ai l'impression d'être le cocu, le dernier informé.

— Que des racontars sans fondement, crie Alban, tu ne vas pas croire cette bande de dégénérés !

— Il faudra me dire qui est ce témoin mystérieux, mes petits, sermonne Francis, j'ai le droit de savoir.

— Ne t'inquiète pas, s'il existe, ce semeur de fausses nouvelles, je le saurai vite, dit Alban ! Je m'en vais te les travailler au corps, ces sournois de Quentin et d'Antoine qui, derrière mon dos, organisent des comités de délation. D'ailleurs je file illico démêler cette manœuvre diffamante, une attaque des plus dégueulasses. Adieu, Aïcha, petite peste, il vaudrait mieux que tu aies plié bagage à mon retour.

Collecte rapide de ses affaires, lunettes, smartphone et chapeau, puis s'échappe à grands pas comme un coupable pris sur le fait.

— Mais je dis vrai, affirme Aïcha !

— Laissons cela, il n'est plus là pour se défendre, je vais réfléchir à la façon de conduire discrètement cette affaire sans provoquer le scandale qui nous éclabousserait tous et même mettrait notre monde Poche en péril. Revenons plutôt à la montée des marches.

« Olga, combien de personnes admises sur les marches ?

— Je n'en sais rien, je me renseignerai, mais j'ai déjà vu des équipes au grand complet, plus de quinze personnes.

— Très bien, mettons le Bureau, plus tes proches collaborateurs et peut-être quelques Poches tirés au sort.

« Mais enfin, Boophi, as-tu entendu ces allégations sur Alban, oui ou non ? »

— Tout à ma dégustation, je n'ai pas prêté attention à tous les propos, d'autant que certains d'entre nous déjà éméchés commençaient à débiter des blagues plus ou moins fines, mais oui, il me semble qu'il a été question à un moment de certains écarts d'Alban.

— Olga, peux-tu t'occuper de trouver une résidence pour loger tout le groupe de la montée ?

— Bien sûr, Francis, encore que ce ne soit pas chose facile pendant le festival, peut-être y aura-t-il quelques kilomètres à faire.

— Sans importance. Je m'occupe de recenser les membres du Bureau candidats au tapis rouge. Mais bon sang ! Me direz-vous enfin qui est ce témoin si important pour l'avenir des Poches ?

Envie de savoir trop forte, Francis, l'esprit assiégé par la révélation très indigeste d'Aïcha, revient sans cesse sur le chapitre.

— Est-il vraiment crédible, ce cafard ? A-t-il vraiment entendu Alban proférer aux Poches ces injonctions dissidentes ? Ce qui expliquerait d'ailleurs en partie tous ces manques de bienveillance dans les rapports des enquêteurs... Sauf toi Boophi, serais-tu insensible à l'hypnose ? Mais enfin Aïcha, dis-moi son nom !

— Je ne peux pas, j'ai promis le silence.

— Si vous n'avez plus besoin de moi, demande Olga qui sent venir l'orage, je m'esquive, encore de longues heures de travail pour peaufiner le montage.

— Attends, j'aimerais avoir une idée du nombre de participants à la montée des marches, dit la trésorière, mon budget n'est pas élastique.

— Et toi Boophi, interrompt Francis, revenant encore sur la question qui l'obsède, chez Quentin, tu n'as pas promis le secret ? Allez, casse le morceau !

— Non les ragots ne viendront pas de moi, je ne veux pas m'immiscer dans ce jeu de délation. Et puis je te l'ai dit, je ne suis pas sûr d'avoir bien entendu.

— Cesse de te foutre de nous, dit Aïcha, tu as parfaitement entendu, tout le monde a entendu, et toi qui a tout recraché, tu devais même avoir l'esprit très clair.

— Olga, tu peux regagner ton banc de montage, dit Francis, Laurence va t'accompagner, vous établirez ensemble le budget de Cannes.

Ne demandent pas leur reste, les deux dames Poches, se retirent presto, soulagées de fuir l'atmosphère inquisitoriale plutôt stressante.

— Je ne vous comprends pas, continue Francis, notre tribu est en danger et vous refusez de la sauver. Que redoutez-vous bande de lâches ? De toute façon, je saurai tôt ou tard ce qui s'est dit et qui l'a dit.

— Tu as tout à fait raison, dit Lucienne, mutique jusque-là, pas la peine de savoir si Boophi a entendu quoi que ce soit. Si Aïcha l'affirme, il s'est dit quelque chose, nous finirons par l'apprendre. Alban n'est pas du genre fidèle, tout à fait capable de trahison, un maître en la matière.

— Ne te mêle pas de ça, ma douce, restons en dehors, intervient Mickael, porte ouverte aux emmerdes, danger, dérives contraires à la philosophie Poche. Je n'arrête pas de le répéter : ne nous prenons pas au sérieux, restons gais et futiles, raison pour laquelle je suis devenu Poche. Avec toutes vos conneries, voilà où nous en sommes aujourd'hui ! Tu n'as pas su tenir tes troupes, Francis !

— Assez ! J'en ai trop entendu, s'écrie Francis, je ne vous retiens plus, foutez le camp, je n'ai plus la tête à préparer quoi que ce soit, je vais m'atteler dès maintenant à nous sortir de ce merdier. Je ne vous remercie pas et je ne vous raccompagne pas, vous connaissez le chemin.

— Doucement ! Je ne suis pour rien dans cette histoire, proteste Mickael. Viens Bichette, fuyons ce chef injuste, regagnons notre paradis du rire crétin, allons-nous fendre la gueule ailleurs. Il part à rire de toutes ses belles dents artificielles, bridges et implants brillent sous le soleil.

À la sortie de l'immeuble, Aïcha me regarde et hausse les épaules, elle part vite en sens inverse sans me saluer.

— Aïcha te fait la gueule, me dit Mickael, pourquoi ne l'as-tu pas soutenu.

— Parce que je suis un dégonflé débile.

CHAPITRE X

Emblème originel, au fur et à mesure de la montée vers le siège sancerrois des Poches, la découpe du piton et du château de Sancerre se dessine par degré sur le bleu du ciel, séquence initiale de mon enfance et fondatrice sans aucun doute, pour toujours gravée dans ma mémoire de têtard encore dans les limbes, renaissance à chaque ascension au milieu des vignes vers le quartier général des Poches. Réunion restreinte ce matin pour soumettre mes propositions de circuits dans le Chinonais et à Bourgueil, petit comité avec Francis, Laurence la trésorière et Lucienne la secrétaire.

Effervescence inhabituelle autour de la maison des Poches, spectacle inattendu en ce lundi matin, plusieurs véhicules de gendarmerie stationnés devant la porte, certains, le gyrophare encore allumé. Des agents cherchent et furètent alentour, nous avons été victimes d'un vol, pensé-je, un de plus, une bande écume la région depuis quelque temps.

Francis s'avance vers ma voiture.

— La femme de ménage a trouvé Alban mort dans la maison des Poches ce matin, elle a appelé les gendarmes. Je ne comprends pas, je l'ai quitté hier, ici au Centre, vers minuit, après un copieux repas qu'il nous avait offert, trop plantureux pour son diabète, mais il allait très bien.

La mort surprend toujours, mais lui, Alban, en pleine forme, si énergique, si combatif... du diabète, bien sûr... Je reste cloué dans la voiture.

— Un vol qui a mal tourné, demandé-je ? Pauvre Alban !

— On ne sait rien, les gendarmes ne disent rien.

Un gradé se dirige vers nous, accompagné d'une grande femme rousse tout de rose vêtue, tailleur Chanel, semble-t-il.

— Capitaine Berleau, se présente-t-elle, mon assistant, lieutenant Jacques Marnier. Je vous demande de ne pas vous éloigner, je suis à vous dans quelques instants, j'aurais quelques questions à vous poser. Elle repart vers la maison.

— J'ai déjà eu droit à l'interrogatoire, me dit Francis, ils pataugent complètement, j'ai l'impression qu'ils ne savent même pas si c'est une mort naturelle ou une mort violente.

Deux types de l'institut médico-légal sortent un brancard chargé du corps enveloppé dans une housse mortuaire noire. Suit le Docteur, Charles Mendès, médecin légiste, un ami. Difficile de détourner le regard du sac noir, pourtant j'ai souvent vu la mort. J'entends Charles Mendès me héler dans ma demi-torpeur, impossible de lui répondre, impossible de m'arracher à cette forme sombre inerte, jusqu'à ce que les brancardiers referment la porte du fourgon ? Je demeure sonné comme un boxeur qui n'a pas vu venir le coup. Étreint par une espèce de sentiment de culpabilité étrange, je lui en voulais, la mort l'absout sur le champ. De manière étonnante, parfois la mort rachète des fautes à peine pardonnables. Charles arrive près de moi.

— Evénement navrant, la mort semble naturelle, aucune blessure hormis quelques égratignures aux mains, l'autopsie nous en dira plus, de toute façon comme tu le sais, je n'ai pas le droit de t'en dire davantage. On se voit plus tard, je rejoins mes gars.

La rouquine réapparaît et se dirige vers moi. Un gendarme tout rose, ce mannequin Chanel détonne un peu dans le paysage de vignes, encore que ce rose aux nuances mauves violettes crée un contraste complémentaire des plus harmonieux avec le vert tendre de la colline, je sors de ma Peugeot.

— Monsieur Lagrange, je présume ? Vous connaissiez bien Monsieur Alban Jarencourt ?

— Comme tous les membres de notre association.

— Vous faites partie, vous aussi, de cette espèce de secte ?

— Secte ?

— Oui, cette communauté bizarre, au nom ridicule : Les Poches. Groupe pour le moins farfelu, ce qui m'étonne, c'est le nombre de médecins, moi qui croyais cette profession constituée de gens plutôt équilibrés, il faudra m'expliquer ce concept de Poche. Nous verrons cela plus tard. Connaissiez-vous des ennemis à Monsieur Jarencourt ?

— Non pas spécialement, de quoi est-il mort ?

— C'est moi qui pose les questions. Quand l'avez-vous vu pour la dernière fois ?

— Il y a une semaine chez Francis Marantes.

— Oui, le chef de votre tribu, Monsieur Jarencourt vous paraissait en forme à ce moment-là ?

— Oui, pourquoi ?

— Décidément vous ne comprenez pas vite dans cette clique, votre chef aussi veut tout savoir, c'est moi qui pose les questions, compris !

— Compris capitaine !

— Vous passerez demain à la gendarmerie faire une déposition.

Elle repart dans son nuage de jasmin. Francis revient vers moi.

— Pas moyen de savoir ce qui s'est passé, dit-il, la rouquine ne veut rien cracher. Soit dit en passant, le recrutement chez les flics devient très classe, ils embauchent même chez les top-modèles maintenant, mais pas facile à manier, la walkyrie, une discrète, elle ne lâche rien. Nous n'avons pas le droit de rentrer dans la grande salle, nous pouvons nous installer dans l'ancien cellier. Je n'ai pas pu voir Alban, aucune idée de ce qu'il lui est arrivé. Voilà Laurence et Lucienne, je les ai prévenues par téléphone, je crains que nous n'ayons plus besoin ni de secrétaire ni de trésorière aujourd'hui, elles ont tout de même voulu venir. L'odeur de la mort attire toujours.

« Nous allons annuler notre réunion, il ne serait pas convenable de continuer, nous reporterons le voyage à Chinon ».

— Où est Alban demande Laurence ?

— À la morgue, répond Francis.

— Les yeux de Laurence se voilent.

— J'aurais tant aimé le voir une dernière fois. Nous avons eu de très bons moments ensemble, bien sûr c'était un coureur, mais quel homme incomparable, je l'ai aimé, ne le dites pas trop à Nathalie, bien qu'elle le sache, ce serait quelque peu inconvenant en ces heures douloureuses, une épouse modèle. Mon bel Alban, de quoi est-il mort ?

— Mystère, les enquêteurs ne veulent rien dire.

— Pourquoi tous ces gendarmes ?

— Nul ne le sait.

— Qui est cette grande bringue rousse qui vient vers nous ? La dernière conquête d'Alban ? Ils étaient ensemble cette nuit ?

— Le capitaine de gendarmerie chargée de l'affaire, dis-je.

— Bonjour, Mesdames, suivez-moi jusqu'au fourgon, nous allons relever vos identités et j'ai quelques questions à vous poser.

Nous nous dirigeons avec Francis vers l'ancien cellier laissé à notre disposition. Une table et quelques chaises, quelques verres aussi. La porte du fond donne sur l'escalier de la cave où Hippolyte Ciboire nous livre le vin.

— Que dirais-tu d'une bonne bouteille, me demande Francis ? Alban aurait aimé boire un cru recherché à la mémoire d'un ami. Descendons.

— Était-il vraiment encore ton ami ?

— Bien sûr que oui, un ami de plus de quarante ans !

— Vos disputes ne donnaient pas cette impression.

— Simples discussions franches et un peu vives, explications sans filtre entre compères de longue date. D'accord il lorgnait la place de président et aurait tout fait pour y parvenir, mais toujours dans la plus stricte observance démocratique.

— Si tu le dis...

— Evidemment ! C'était un Poche convaincu, toujours soucieux de vivre dans la règle.

— Et les allégations rapportées par Aïcha, ton enquête chez Quentin a éclairé ta lanterne ?

— Bien sûr, Quentin m'a tout de suite dit que notre Hippolyte, un peu éméché, parlait à tort et à travers, peut-on faire confiance à ce pauvre Hippolyte quand de surcroît il a un coup dans le nez ? Il a dû passer la mesure et en remettre une couche, je comprends maintenant que tu n'aies pas voulu le charger. Hâbleur dans l'âme, Hippolyte, un peu irresponsable, toujours à la parade, exemple parfait du V.R.P., comment accorder quelque crédit à ses médisances ?

Je reste muet. Il cherche dans les casiers une bouteille à son goût.

Il en déniche une, me la présente. Un sauternes, château Suduiraut 2005.

— D'accord, Alban aurait aimé, mais tout de même tu ne fais pas dans le bas de gamme !

— La mémoire d'Alban vaut bien un minimum de qualité, et puis j'ai choisi un sauternes parce qu'il est à peine 10 heures, ce sera plus doux pour l'estomac.

Quand nous remontons, Laurence et Lucienne entrent dans le cellier. Francis essuie quatre verres.

— Je ne crois pas que je boirai maintenant, dit Lucienne.

— Tu ne vas pas refuser un verre à la mémoire d'Alban tout de même, ce ne serait pas très révérencieux ! La meilleure façon d'honorer son souvenir. Que vous a demandé la capitaine ?

— Peu de chose dit Laurence. Nos identités, si quelqu'un pouvait lui en vouloir et s'il était en bonne santé.

Nous trinquons tous à la mémoire d'Alban, même Lucienne.

— Arômes de chèvrefeuille et fruits confits, dit Francis.

En bouche, un grand sauternes dans toute sa splendeur botrytisée, gras et puissant, on retrouve aussi des notes de noix de coco.

Après quelques secondes de réflexion, verre levé dans la lumière, regard perdu dans les reflets bouton d'or, l'esprit ailleurs, loin dans l'éternité, Francis ajoute d'une voix tendre :

— Ananas et caramel... Alban l'aurait aimé.

*

Quelques jours plus tard, la maréchaussée m'invite de nouveau, super-rouquine ne saurait vivre sans moi, convocation urgente. Derrière une cloison vitrée, j'aperçois Francis aux prises avec la capitaine, la belle toison flamboyante s'agite autour de l'interrogé, lui aussi tout empourpré.

On me fait asseoir à l'écart dans un réduit. J'attends.

Une demi-heure, Francis passe devant moi, plutôt abattu, encadré de deux gendarmes.

— Elle me met en garde à vue ! Préviens notre ami Olivier Marrow...

Il est brutalement poussé par les gendarmes.

— Interdit de communiquer, lui lance le plus âgé ! Avancez !

On me conduit dans le bureau de la capitaine. Je la salue à peine, j'attaque un plaidoyer immédiat.

— Je vous assure que Francis n'est pas coupable, incapable d'actes répréhensibles, surtout contre Alban, de vieux amis...

— Vous ne m'assurez rien du tout, je ne crois pas vous avoir autorisé à discuter mes décisions. Je n'ai pas souvenir de votre appartenance au corps de la gendarmerie et encore moins de vous compter parmi mes supérieurs, donc en aucun cas vos états d'âme et vos injonctions ne m'intéressent, contentez-vous de répondre à mes questions. Laissez-nous faire notre travail. À l'avenir, évitez ce genre d'intercession intempestive et les moutons seront bien gardés comme on dit dans votre Berry.

— J'attends vos questions, capitaine.

— Etiez-vous à la soirée du Centre des Poches la nuit de la mort de Monsieur Jarencourt ?

— Non, je n'ai rejoint le Centre que le lendemain, réunion restreinte à quatre personnes seulement, pour l'organisation d'un voyage des Poches, comme vous le savez, on venait de découvrir le corps d'Alban.

— Savez-vous qui était présent à cette soirée pour le moins pantagruélique, j'ai la note du traiteur, de la mangeaille pour un régiment, et pas de la daube, jugez vous-même : aspic de foie gras, huîtres, opéra, filet en croûte, et je vous passe les vins, était-ce bien raisonnable ?

— Non, je ne sais pas qui assistait à ce repas, quelques convives seulement, Francis était présent il me semble, une sorte de repas de médiation je crois, définir la future structure de la société des Poches où chacun aurait sa place et une situation bien définie à sa mesure, histoire de faire taire quelques menues querelles inutiles, réunion très informelle et privée entre amis, tous conviés par Alban dans nos locaux, il aimait beaucoup donner ses rendez-vous là-bas, y organiser des dîners. C'était un gourmet un peu ripailleur, il s'adressait toujours aux meilleurs traiteurs de la région, un bon vivant.

— Oui, et même des rendez-vous galants d'après les témoignages, Monsieur Jarencourt papillonnait beaucoup d'une femme à l'autre, un vieux Casanova.

— Oui, il recherchait beaucoup la compagnie féminine, perversion condamnable selon vous ?

— Je ne suis pas là pour juger, mais je suppose que cela devait compliquer les rapports entre les membres de la secte, car il piochait volontiers dans la cohorte Poche, n'est-ce pas ?

— Pourquoi la secte ? Nous ne sommes pas une secte, et les femmes de notre association ne sont pas un cheptel de péripatéticiennes où l'on fait son choix, je vous trouve bien sévère.

— Laissez-moi libre de mon opinion, simple constat de la conduite de la gent féminine, disons du clan pour vous être agréable, en tout cas certaines femmes de l'entourage de Monsieur Jarencourt se comportaient de façon bien volage, les témoignages sont là.

— Va pour le clan, nous ne sommes pas une bande de fous furieux sectaires. Pour le reste, ces dames apprécieront.

— Belle bande de siphonnés tout de même, j'ai survolé votre charte et votre manifeste, on voyage dans un doux délire, au fond plutôt sympathique, force est de le reconnaître. D'autre part, depuis plusieurs jours j'interroge vos comparses, l'irrationnel prend souvent le dessus dès qu'on aborde la genèse de la confrérie Poche, comme un flottement dans le cartésien, du mou dans la cohérence, ce qui rend d'ailleurs l'enquête difficile, peut-on ajouter foi aux affirmations d'aliens aussi farfelus, quelque peu alcooliques, me semble-t-il ? Quand bien même certains, comme vous, donneraient presque l'impression d'une certaine rationalité. Du reste vos écrits ont retenu favorablement mon attention.

— Merci.

— Ne vous réjouissez pas trop vite, car vous le savez nous pensons que Monsieur Jarencourt a été assassiné et vous faites bien sûr partie des suspects au même titre que Francis Marantes, et une kyrielle d'autres Poches. Reconnaissez-le, à l'encontre des belles résolutions d'instituer le bonheur de chacun, le monde des Poches offre plutôt l'image d'un panier de crabes. Vous êtes un crabe comme les autres.

— Mais enfin Capitaine, je n'étais même pas de la réception d'Alban la veille, soirée cinéma avec mon épouse, vérifiez ! Et ne l'oubliez pas, Alban était diabétique et cardiaque, accident possible, mort naturelle concevable.

— Soyez sans crainte, vérification sera faite. Mort naturelle, peut-être... ou complotée par un esprit malfaisant mais habile, le diabète a bon dos, trop de coïncidences bizarres : repas très copieux, chaises renversées, téléphone et insuline inaccessibles enfermés dans le cagibi impénétrable... N'est-ce pas un peu trop ?

Elle donne le sentiment de récapituler pour elle-même à voix à peine audible, sans se rendre compte de mon ignorance des faits. Qu'elle est cette histoire de chaises renversées ? Je ne me hasarde pas à la questionner, crainte d'une engueulade.

— Etrange, vous ne demandez rien, seriez-vous déjà au courant de ces événements ? Cela vous désignerait de facto suspect numéro un.

— À la moindre question, vous me mouchez ! Et quand je ne demande rien, vous m'accusez ! Si j'osais... ce procédé pourrait attester d'une certaine perversité.

— C'est ma façon de conduire les enquêtes, manière de déstabiliser le suspect. Vous, le retors, avez su déjouer la manœuvre. Bravo, cher déluré ! Toutefois, je vous sens tout de même perturbé, mûr pour cracher la vérité. Je vous écoute.

— Je voudrais bien savoir quel mobile j'aurais eu de vouloir faire disparaître ce pauvre Alban.

— Oh, j'en trouverai, j'en ai découvert pour nombre de Poches. Dans votre clique, on ne s'entend pas aussi bien que le voudrait la doctrine des Poches... tous ces adultères entre amis, ces combats pour devenir calife à la place du calife...

— La présidence des Poches, c'est là votre argument majeur pour mettre Francis en garde à vue ?

— Oui, pour Francis Marantes, c'est un mobile fort, sans sa tribu c'est un homme fini, les Poches emplissent maintenant toute sa vie de veuf. Voilà pourquoi il tient la corde des suspects. Toutefois, la liste des outsiders reste longue. Ainsi, prenez cette petite Aïcha, elle semblait très remontée contre Monsieur Jarencourt, j'ai cru comprendre qu'il l'avait en quelque sorte courtisée puis humiliée après l'échec de ses avances... et toutes ces maîtresses délaissées, et l'épouse trahie, toutes criminelles en puissance ! Sans compter les hommes, les cocus justiciers. Vous le constatez, les attendus ne manquent pas, je finirai par en trouver pour vous, d'ailleurs cette histoire de fausse hypnose, que vous refusez de reconnaître, me donne à penser et mériterait d'être épluchée, je n'ai pas encore saisi tous les tenants et aboutissants de cette affaire, votre manège m'échappe encore, j'éluciderai ce déni énigmatique et votre rôle dans cette rumeur calomnieuse contre Monsieur Jarencourt. Reconnaissez-le, j'ai déjà quantité d'infos sur votre féroce petite clique puisque secte il n'y a, je connais maintenant mes Poches comme... ma poche !

« Trêve de plaisanterie, une fois de plus ma méthode par recoupement et raisonnement déductif appliquée aux indices collectés, parachevés d'une sage extrapolation nous ouvrira le voile de la vérité ; et au final ne pas omettre de confronter cette lumière naissante aux faits regardés comme collatéraux et accessoires, trop souvent ignorés, qui, venant s'ajuster en toute logique aux événements majeurs indéniables confirmeront et scelleront définitivement cette vérité qui nous livrera l'évidence recherchée et l'auteur du forfait. ».

Je l'avoue, abstraction faite de son topo nébuleux sur sa façon de mener une enquête qui me passe largement au-dessus, elle m'épate, la pythie rousse. Comment a-t-elle flairé l'anomalie de mon comportement à propos des séances d'hypnose falsifiées ? Je suis le seul à savoir que je n'ai pas été hypnotisé, pure divination de sa part. Je ne demande rien.

— Éventail de suspects beaucoup trop large, reprend-elle. Et si vous étiez tous coupables dans ce panier de crabes ! Tous unis contre Alban. Qui le supportait encore ? Avez-vous lu « Le Crime de L'Orient-Express » ? D'accord nous ne sommes pas dans un roman de cette chère Agatha, mais toute hypothèse est bonne à regarder. Il n'empêche, Francis Marantes reste mon suspect préféré, Alban représentait un danger permanent : détrôné par cet hypnotiseur, et c'était lui, Francis, l'assassiné, sa vie foutue.

— Pourquoi toutes ces confidences, demandé-je, peut-être fausses, peut-être imprudentes, vous qui d'ordinaire refusez les questions ?

— Décidément, vous êtes des plus madrés, vous vous méfiez de tout. Voyez-vous, vous seul n'avez pas de mobile évident parmi les proches d'Alban, cela m'agace, alors j'essaie de vous embobeliner et de vous désarmer par ma cordialité confiante, de vous pousser à la faute, vous croyant hors de cause par ces confidences, vous allez relâcher l'attention et commettre des maladresses, d'autre part je sais que vous répéterez toute cette conversation à vos amis, ça va s'agiter chez les crabes : faux pas probables, trahisons, dénonciations. Et peut-être tout simplement m'êtes-vous sympathique. Débrouillez-vous avec ces données conjecturales. Je ne vous retiens pas. Restez à notre disposition.

CHAPITRE XI

Olivier Marrow, je l'avais un peu perdu de vue. Il avait enquêté pour moi comme privé sur une histoire de vol, très bon détective. Sancerrois de naissance, fidèle au pays natal depuis la fin de ses voyages pour le compte de la CIA, recruté comme agent à la suite d'un succès éclatant dans une affaire locale d'espionnage militaire. Pour l'agence américaine, souvent il partait en mission par le monde. Maintenant, depuis un moment déjà, agent dormant, il coule des jours tranquilles au milieu des vignes de Sancerre. J'ai recueilli incidemment ces infos top-secret par des indiscrétions de son père, bavard impénitent de mes amis. Me voici devant la longère d'Olivier, nichée au bas de Sancerre, dans le val, à quelques encablures à vol d'oiseau du Centre des Poches. Je l'avais revu à l'occasion de vernissages, il peint, fort bien, désormais son activité principale.

Je sonne, pas de réponse, il ne peut être loin, sa vieille Volvo tilleul l'attend dans la cour, couleur verte de plus en plus passée, me semble-t-il. Je contourne la bâtisse, son atelier est derrière dans les dépendances, la porte est entrouverte, je l'appelle.

— Entre Boophi, je t'ai aperçu par la fenêtre, je suis en plein turbin novateur, précurso-futuro-artistique, je me bats depuis ce matin avec les pigments sans résultat, mais je le sens, la lumière va jaillir, je ne lâche pas la brosse, elle obtempère enfin, et me guide cette fois à coup sûr vers l'évidence.

J'entre. Surprise ! Atelier bien plus clair et plus vaste que naguère.

— Travaux récents ici, n'est-ce pas ? Remarque réflexe avant tout salut.

— Exact, j'ai dû agrandir et proposer à ma nouvelle recrue un espace plus lumineux et persuasif, je tiens à ce qu'elle continue d'ensoleiller ma vie.

Dans le fond, j'aperçois Claire, elle aussi devant un chevalet.

— Claire s'est remise à la peinture ? Il y a un moment que je ne l'avais vue. La dernière fois, je crois, c'était à la grande fête chez Bob, vous reveniez de Venise ?

— En effet nous étions à cette fête. Claire a fini par souhaiter rester Sancerroise, quelques missions encore, pour les musées ou le ministère, mais en vérité, adieu Paris, bonjour la campagne où elle est revenue à ses premières amours, la toile traditionnelle sur châssis, elle est très brillante. Mode artistique périmé pour certains, recul vers le passé assurent-ils, partisans des installations supposées d'avant-garde. La toile : l'avenir pour nous, nouvelle odyssée infinie. Le rêve de toute façon, ici dans mon atelier, je séquestre mon égérie, qui dit mieux ? Mais j'imagine que tu n'es pas venu pour m'entendre me réjouir de vivre avec Claire. Tu t'es fait rare ces derniers temps, pour ne pas dire fantôme. Je termine ma dernière envolée de brosse, validée cette fois, et je suis à toi. Nous allons arroser ton retour, je descends à la cave, blanc ou rouge à cette heure de la journée ?

— Choisis, je sais que ce sera parfait, tu as été à bonne école avec ton père.

Pendant son absence, je n'ose déranger Claire en plein élan créatif, j'examine le travail d'Olivier, il a encore changé sa manière, je ne sais pas s'il se trouvera un jour.

— Je ne suis pas séquestrée, j'ai juste trouvé chez Olivier la sérénité nécessaire pour me redonner le désir des couleurs, me dit Claire, toute proche derrière moi.

Nous regardons ensemble le tableau d'Olivier. Grandes traces circulaires sur la toile à coups de brosse large, des grands formats sans doute suscités par l'extension de l'espace atelier.

— Il me fait penser à la manière de Fabienne Verdier, dis-je. Magnifique ! On retrouve ces grandes traces qui rappellent parfois la calligraphie chinoise grossie mille fois, impression d'énergie complètement maîtrisée, le geste est contenu, touches souples et mouvantes, contrastes de couleurs primaires, mes alliances de prédilection.

— Déjà en train de gloser ensemble dans mon dos, nous lance Olivier, une bouteille en main.

— Pas du tout, nous admirons ton travail. Une révélation pour moi, ces sillages en courbes comme des fleuves de vie sur la toile immense, des pinceaux sans doute moins balèzes que ceux de Fabienne Verdier, mais tout de même tu ne mégotes pas sur la largeur de la brosse, ton graphisme me plaît infiniment.

— Alors, qu'est-ce qui t'amène en ces contrées perdues ? Tu n'es pas venu m'acheter un tableau ?

— Va savoir, je suis tenté, j'aimerais me laisser dériver dans tes méandres calligraphiques, suivre tes boucles et volutes ellipsoïdes, me promener dans cette quintessence du réel... Je suis mandaté par Francis Marantes. Tu le remets ?

— Dame oui ! Le sais-tu, je suis Poche depuis peu. Il ne me semble pas t'avoir aperçu dans les assemblées honorées de ma présence.

— Quelques voyages m'ont éloigné de notre Berry.

— Francis, je le connais depuis longtemps, bien avant sa présidence des Poches, un de mes meilleurs acheteurs, figures-toi ! Il me voit comme une espèce de marginal archaïque, mais mon travail lui plaît. Il m'a même exhorté à continuer sur la toile à une époque où je lorgnais vers l'installation, histoire de donner dans le contemporain. Il a eu raison, je suis trop retardataire, périmé même, pour me lancer dans cette expérience à trois dimensions, pour tout dire je n'y comprends rien. Je ne suis pas le seul. La plupart du temps on a le sentiment que même les tenants de cette forme d'expression ne comprennent pas toujours ce qu'ils ont conçu, ils essaient tant bien que mal de t'expliquer la finalité de leur montage mais le plus souvent ne servent que des commentaires impénétrables pour nos neurones apoplectiques... Stop ! C'est plus fort que moi, dès qu'on aborde ce sujet, installations et autres performances visuelles mutantes, je me cabre bêtement, vieux croûton incapable d'ouverture d'esprit, honte à moi, à mon âge, tu ne répéteras à personne mes inepties. Tout de même, je dois l'avouer, ces pseudo-intellos de la beauté apostasiée, alchimistes de l'art, eux aussi essoufflés du neurone, tout à la fois me déchirent et m'envoûtent, je les envie : eux, dans la lumière des sunlights encensoirs, moi le tocard attardé, proscrit dans mes terres lointaines. Mais trêve de niais bavardages abscons à oublier sur le champ, que me veut ce cher Francis ?

— Tu as suivi l'affaire Alban Jarencourt ?

— Bien sûr ! Sale coup pour ce pauvre hypnotiseur !

— Les gendarmes penchent pour un homicide, mise en garde à vue de Francis, suspect numéro un, il demande ton aide, le sortir de ce guêpier.

— J'ai très peu connu Alban Jarencourt, juste pour cette hypnose dont l'utilité d'ailleurs m'a échappé.

— Tu n'as rien remarqué de bizarre pendant cette séance ?

— Non, tout s'est très bien passé. Pour ma part, je n'ai vu aucune différence avant et après. Alban Jarencourt s'est révélé gentil, bref interrogatoire en préliminaire sur mon activité et mes motivations d'adhésion, un épisode récréatif dans une bonne ambiance de camaraderie Poche.

— Tu n'as jamais fait de rapport ?

— Non et je n'y tiens pas, comme tu le sais mes voyages ne me permettent pas de m'amuser, je suis très occupé pendant ces voyages d'affaires. Pourquoi une garde à vue pour Francis ? Un meurtre, tu y crois ?

— Il avait pas mal d'ennemis dans son entourage, de là à le tuer...

— Je ne vois pas très bien ce que je peux faire pour Francis ?

— Il désire sans doute que tu enquêtes sur l'affaire pour l'innocenter.

— Depuis quelque temps, j'ai délaissé l'agence, pas une seule enquête depuis six mois. Eh oui, je me consacre à la peinture !

— Ça te suffit pour vivre ?

— Ne fais pas l'innocent, tu sais très bien que j'ai des revenus annexes, mon père m'a tout révélé de vos conversations scélérates.

Un soir de ribote, seuls tous les deux, épouses occupées ailleurs, émus par une bouteille de Criots-Bâtard-Monrachet du domaine Blain-Gagnard de 1997, superbe de complexité, Charles Marrow m'avait tout déballé de la vie de son fils Olivier. La CIA, le métier d'espion, le compte suisse, régulièrement approvisionné, même en période de dormance. Serment de tenir ma langue. De la nuit qui compte dans une vie.

— Tu n'as pas perdu la main, tu peux faire un extra pour Francis.

— Oui bien sûr, je lui dois bien ça, mais il va me falloir reprendre l'enquête à zéro. L'idéal, ce serait que tu m'accompagnes dans mes investigations, tu connais bien l'environnement Poche d'Alban Jarencourt, les interrogés accepteront plus volontiers, mes questions en ta présence. Qui s'occupe de l'enquête de gendarmerie ?

— La capitaine Anaïs Berleau.

— Anaïs ! Je la connais bien, elle ne laisse pas indifférent. Nos enquêtes se sont parfois chevauchées, elle n'aime pas trop d'ailleurs, un jour je t'expliquerai pourquoi. Un peu sèche comme ça, mais en réalité une brave fille. Dans son milieu, encore très macho, nécessité d'une certaine dureté pour asseoir son autorité. Très à cheval sur le règlement et l'éthique professionnelle, mais paradoxe, elle m'a quelquefois communiqué des infos plutôt confidentielles. Incertitude quant à l'état d'âme actuel de Madame, à moi de jouer fin.

— Oui, un peu teigne sur les bords, mielleuse ou agressive, souffle le chaud et le froid, soupçonne tout le monde.

— Je la reconnais bien là. Sa méthode, faire la gentille pour mieux te ferrer sec. Essayer de la prendre à son jeu avec doigté, seule façon d'avoir la bride sur le cou et l'espoir de glaner quelques infos.

— Je n'ai pas encore compris si elle me croit innocent ou coupable, parfois douce et complaisante, elle me raconte tout de ses cogitations et me gave de ses hypothèses, et tout à coup, changement de décor, elle m'assène que je ferais un bon assassin.

— Parfait ! Elle est en pleine forme. J'achève au plus vite ma toile en cours, rendez-vous demain matin, six heures au centre des Poches avant une éventuelle venue des gendarmes. C'est bien là qu'on a retrouvé Alban Jarencourt ?

— OK, j'y serai.

— Très bien, nous pouvons maintenant arroser ton retour, vieux lâcheur, et notre nouvelle collaboration. J'ai déniché cette bouteille que je gardais pour une occasion favorable, un sauvignon de chez feu Didier Dagueneau, déjà quelques années, ça ne lui fait pas peur. Une rareté, ce vin n'existe plus, un Clos du Calvaire 2008, le dernier raisin que Didier aura vu mûrir. Accroche-toi, avec ce Monsieur on s'élève haut, par-delà les nuages.

Nous regardons nos verres dans la lumière, limpidité brillante, or pâle, reflets verveine. Je laisse Olivier nous le commenter.

— Arômes de fruits exotiques et d'agrumes.

Il goûte et roule une gorgée.

— Grande précision, tension. Maturité, densité, minéralité, tout est là. Quelle longueur incroyable.

Il nous ressert, Claire derrière nous ne dit rien.

— Nous ne t'entendons pas beaucoup, dis-je.

— De toute façon, dans ces circonstances, vous êtes sourds.

— Me permets-tu de jeter un œil sur ton travail.

— D'accord, mais je ne veux que du positif, de l'éloge bien senti !

Dans le fond de l'atelier, trois toiles sur chevalet, je n'aperçois que les revers, châssis de bois et grain du lin tissé, je contourne. Aussitôt : Farah Atassi ! Le nom de ce peintre belge me vient à l'esprit, mêmes lignes de fuite d'un local indéterminé, scène d'intérieur, un coin de salle (hall, réfectoire, dortoir, voire alcôve en renfoncement) garni d'objets plans qui créent une distorsion de la perspective, espace composé d'éléments géométriques entre figuration et abstraction, couleurs vives en matière épaisse ; une des toiles rappelle plus particulièrement les premières œuvres de Farah Atassi, aspect désolé de l'endroit, comme presque à l'abandon, je ne peux m'empêcher de signaler cette analogie à Claire, je le regrette illico.

— Excuse-moi, Claire, une vieille manie idiote. En aucun cas je n'insinue l'imitation ou la banalité. Quand je découvre un nouveau travail, je ne peux endiguer les images anciennes qui défilent devant moi, besoin impérieux et ridicule d'apparenter l'œuvre inconnue à des créations déjà rencontrées. Pourquoi ? Peut-être par nécessitée de former une communauté, une famille, ne pas laisser errer ces toiles orphelines sans attache, perdues dans la longue procession de l'histoire de l'art, en vérité je ne m'explique pas trop cette exigence maniaque. Classer, sérier, étiqueter : obsession de la pensée sauvage nous a appris Claude Lévi-Strauss. Ensuite, seulement, j'examine plus en détail et approfondis mon jugement à la recherche de singularité chez ma nouvelle découverte. Je comprends ce que peut avoir de désagréable ce travers de spectateur pour l'artiste concerné. Pas de panique, l'artiste ! Au-delà des similitudes, déjà chez toi je remarque des variantes personnelles, par exemple, par les fenêtres et autres ouvertures, tu nous donnes à voir ici et là un morceau de nature, le plus souvent absente, il me semble, chez Farah Atassi. Et quand j'aurai acquis une de tes toiles, je me fais fort de t'établir une longue liste des bonheurs personnels de tes envoûtants tableaux.

— Bon d'accord, tu me dis que je picore ailleurs, mais tu ne t'en sors pas trop mal, tu as essayé d'être gentil, merci. Olivier, ressers-lui un verre de cet excellent vin !

Dernière gorgée du Clos du Calvaire

— Merci, je vais aller bayer à la paresseuse le reste de la journée imprégné du bouquet de ce vin magique et environné de vives apparitions colorées nouvellement gravées dans ma mémoire. Avec vous, pas besoin de pétard !

*

Brume légère, les rayons obliques du soleil levant traversent le voile et viennent dorer le vert tendre flou des rangs de vignes dans la clarté diaphane, la journée sera belle.

Olivier est déjà là, je le vois fureter autour du Centre des Poches.

— La pêche a été bonne ?

— Peut-être, en tout cas les gendarmes n'ont pas tout ramassé, les mailles de leurs filets sont trop larges.

— Tu as lu le résumé de l'affaire que je t'ai envoyé par email ?

— Très clair, on sent le gars qui aime manier les mots. Ton topo m'a permis de me faire une première idée. Effectivement, trop de coïncidences, ce scénario a été préparé, le hasard n'a pas grand-chose à voir dans cette mort, un homicide pour le moins volontaire. Anaïs pour une fois a vu juste. Entrons !

— Impossible, il y a les scellés !

— Ne t'inquiète pas j'ai mes gants, ne touche à rien.

— Tu es fou et si les flics arrivent.

— Nous dirons que les scellés étaient déjà tombés.

— Je ne suis pas sûr qu'Anaïs Berleau te croie !

— Anaïs ne croit jamais personne. Reste dehors si tu veux, mais à portée de voix pour répondre à mes questions.

Effrayé mais curieux, je lui emboîte le pas. Rien ne semble avoir bougé, la table est toujours emplie des reliefs du dernier repas donné par Alban. Nombreuses bouteilles vides, odeur de moisi.

— Ben p'tit gars, sacré gueuleton, dit Olivier, si on en juge par les bouteilles descendues !

J'aperçois notamment un cadavre d'Ausone sur le flanc, sous le goulot, quelques traînées grenat tuilé parsemées de grains de dépôt maculent la nappe. Je tente d'imaginer le mets délicat compagnon d'un tel vin.

— Rappelle-moi qui assistait à ces agapes.

— J'ai relevé la liste, deux secondes, je sors mes notes. Il y avait Mickael et Lucienne Cordurin, les pacsés Pauline Lerichot et Marcel Mauloup, Éric Wanneau, Élise de Saint-Ange, la trésorière Laurence Pujon, Vincent Ropois et bien sûr Francis.

Il fouille et refouille, toute la salle y passe, ramasse ici et là une miette, un fragment, un débris, va dans le cagibi aussi, où sont tombées les chaises, je n'entre pas, lieu trop exigu, remue-ménage, bruit de chaises déplacées, long raffut, je crains qu'on ne nous entende de l'extérieur.

— Voilà j'ai tout ratissé, je crois avoir trouvé quelques indices concordants avec mes trouvailles de l'extérieur. Il faudra analyser tout ce fourbi, établir le lien entre ces éléments ou conclure à une simple construction de mon imagination. Je te tiendrai au courant. Alban Jarencourt était diabétique, n'est-ce pas ?

— Oui, insulino-dépendant, et cardiaque, infarctus il y a deux ans.

— OK, je crois que j'ai vu tout ce que je voulais. Sais-tu qui est resté le dernier avec Alban Jarencourt le soir du gueuleton.

— Non, mais on peut le savoir.

— Je crois déjà le savoir, probablement Francis, d'où sa garde à vue, Anaïs a dû suivre un raisonnement similaire au mien. Il faut absolument que je la voie.

— Après notre délit sur la scène de crime, ce sera sans moi.

— Je crains que non, la voilà !

— Que fais-tu là, Olivier ? Il me semble qu'il y avait des scellés ! Et vous Monsieur Boophi ? Eh oui, maintenant je connais tous les pseudos, souvent révélateurs. En tout cas cette intrusion illicite risque vous coûter cher.

— En quoi illicite, ma chère Anaïs, rouspète Olivier, la porte était ouverte, nous sommes entrés.

— Et tu comptes me faire avaler ce bobard ?

— Il faudra bien Anaïs puisque c'est la vérité ! Souvent les assassins reviennent sur le lieu de leur forfait, effacer un indice ou tout simplement ressentir une nouvelle fois le plaisir de la vengeance accomplie et libératrice. Cela disculpe d'ailleurs complètement Francis Marantes, puisqu'il est au dépôt.

— Il faudra trouver autre chose mon petit Olivier, démonstration foireuse, cesse de me prendre pour une gourde. Et d'abord que fabriques-tu ici avec ton acolyte ? Depuis lurette tu ne me traînes plus dans les jambes sur mes enquêtes, je te croyais retiré du métier. Tu es un bon gars, Olivier, mais un peu agaçant, casse-couilles même, tu en uses un peu trop librement avec la loi. Cette fois je ne passerai pas l'éponge. Allez, embarquez-moi ces deux zèbres !

— Mais enfin Boophi, dis-lui que la porte était ouverte, peut-être te croira-t-elle plus que moi. Oui, nous sommes venus enquêter, je suis employé par Francis Marantes que tu as mis un peu vite en garde à vue. J'ai découvert des choses intéressantes. Aurais-tu déjà oublié ? Il n'y a pas si longtemps, mon intervention dans l'affaire Mermoz t'a sauvé la mise, je ne t'ai pas entendue te plaindre.

— Je ne t'avais rien demandé ! Allez, montez dans le fourgon !

Dans la camionnette, nous ne mouftons pas, les gendarmes veillent, communication interdite.

Au commissariat, nous sommes séparés. La capitaine commence par Olivier. Mon tour, un quart d'heure plus tard. Olivier passe devant moi :

— Dis bien la vérité, lance-t-il ! Discret clin d'œil à la clé.

J'entre dans le bureau de la capitaine, elle compulse des documents, me laisse debout, un long moment. Le coup du pied de grue, le grill, m'alarmer, me faire perdre mes moyens. J'attends. De fait, de plus en plus tendu. Puis : « asseyez-vous, j'en ai pour quelques instants ».

— Bien, je suis à vous, je trouve qu'on se voit un peu trop ces derniers temps, mauvais point pour vous !

— Moi, en revanche, je suis toujours ravi de vous voir !

— Pas de ça avec moi, je vous prie, vous aggravez votre cas, je n'aime pas les marioles, tenez-le-vous pour dit !

— Compris, capitaine.

— Qu'êtes-vous venu chercher au Centre des Poches avec Monsieur Marrow ?

— Francis Marantes a engagé Olivier Marrow pour enquêter sur la mort d'Alban Jarencourt, Olivier m'a demandé de l'accompagner dans son travail pour lui faciliter le contact avec les autres Poches.

— Pourquoi êtes-vous entrés dans la maison malgré les scellés ?

— Au départ, je ne voulais pas pénétrer dans les lieux, mais Olivier m'a dit : « Regarde, les scellés ont sûrement été levés et la porte est ouverte, il n'y a plus d'interdiction ». Je l'ai suivi à l'intérieur.

— Qu'avez-vous fait dans la maison ?

— Moi rien, j'ai regardé œuvrer Olivier, on sent le professionnel, il a fureté partout sans hésitation. Il aurait trouvé quelques indices.

— Lesquels ?

— Je ne sais pas, il ne m'a rien dit, puis vous êtes arrivée. Il ne vous a rien révélé ?

— Peut-être, mais ça ne vous regarde pas. Je n'ai aucune preuve de la véracité de votre récit, par chance il recoupe en tout point celui de Monsieur Marrow. Vous êtes donc libre, mais je ne veux plus vous voir dans mes pattes.

— M'accordez-vous la liberté de rester en contact avec Olivier Marrow ?

— Oui, Olivier me l'a déjà demandé, je ne peux pas l'empêcher de travailler, mais soyez discrets et n'empiétez pas sur mes plates-bandes ou je vous coffre pour entrave à l'enquête.

— Soyez sans crainte capitaine, cet épisode me suffit, je ne vous importunerai plus, peut-être même refuserai-je de suivre Olivier.

— À votre gré, je ne peux que vous encourager à abandonner cette collaboration, ce serait une sage décision.

Sitôt sorti, je téléphone à Olivier.

— Oui je suis libre aussi, tu avais raison, Olivier, pourquoi se priver d'entrer dans les lieux.

— Bien sûr elle ne nous croit pas, mais Anaïs m'a toujours eu à la bonne. Fut un temps, elle a même essayé de me draguer, ma liaison avec Claire commençait, Anaïs a vite senti et admis à regret l'impossibilité d'une aventure, déception, un peu la gueule, elle m'a évité quelque mois, puis un jour, nouvelle rencontre lors d'une enquête, on s'est rabibochés, elle avait un nouveau mec, un flic parisien.

— En tout cas, elle aimerait bien que cesse notre complicité.

— Elle a toujours voulu me garder pour elle seule, ma belle rousse possessive.

— Que lui as-tu révélé de tes trouvailles ?

— Rien ! Elle l'a pris de haut, aucune souplesse, qu'elle se débrouille ! Dis-moi, y a-t-il un pêcheur à la ligne parmi les invités d'Alban ?

— Oui, Vincent Ropois.

— OK, pourrais-tu me le faire rencontrer ?

— Oui bien sûr. Quand ?

— Maintenant.

— Je vois s'il est disponible, je te rappelle.

Vincent Ropois nous attendait sur le pas de porte de sa maison, propriété en limite de Sologne.

— Bonjour Vincent, désolé de te déranger, mais mon ami Olivier Marrow, détective missionné par Francis pour le sortir du trou, aurait besoin de te poser quelques questions.

— Vous ne me dérangez aucunement, depuis ma retraite je ne vois plus grand monde dans ma campagne. Quand j'ai fini le tour du potager et ma promenade en forêt, je tourne en rond, il me reste la lecture. Entrez, ou peut-être préférez-vous apprécier la douceur du jardin. Au soleil on commence à sentir l'été.

Nous nous installons sous un dais devant une grande pelouse en lisière de forêt.

— Accepteriez-vous une bolée de cidre maison, cette boisson vous changera de la potion magique du Poche. Cela dit, ma cave regorge de bons vins !

— Merci, excellente proposition, le cidre, dit Olivier. Hormis vos promenades et la lecture, vous pratiquez aussi la pêche, n'est-ce pas ? Bonne façon de chasser la monotonie de la retraite d'un médecin généraliste débordé.

— Oui, je pêche, l'été surtout, je taquine un peu la truite comme on dit, mais déjà huit mois que je n'ai pas lancé une cuiller, je ne vais pas tarder.

— Cette nouvelle saison de pêche, est-ce l'occasion pour vous de recharger votre moulinet de fil neuf ?

— Non, mon dernier achat remonte à plus d'un an.

— Qu'employez-vous comme fil ?

— Un nylon ordinaire, du 40 centième Berkley acheté chez Décathlon. Pourquoi toutes ces questions ?

— Oh, juste la routine d'enquête, je dois voir tous les pêcheurs qui ont côtoyé Alban ces derniers jours. Pouvez-vous me montrer votre moulinet ?

— Le voici, je viens de le vérifier. Je compte faire l'ouverture dimanche.

Olivier l'examine et tâte le fil.

— À quelle heure quittez-vous la dernière soirée d'Alban ? Qui s'attardait encore avec lui ?

— Départ vers 23h30, il restait Élise de Saint-Ange, Éric Wanneau et Francis.

— Qui pourrait témoigner de votre retour à votre domicile ?

— Mon épouse, je l'ai reprise chez son amie Colette Fanville. Serais-je sur la liste des suspects ?

— Très bien ton cidre, on croque dans la pomme, dis-je, histoire de détendre l'atmosphère.

— Y en a dedans, dit-il en souriant !

— La capitaine suspecte tous les invités d'Alban, continue Olivier, l'œil agacé, interruption intempestive de ma part, il tient à mener l'interrogatoire à son terme d'un seul jet. Si l'amie de votre femme confirme vos déclarations, vous serez hors de cause.

— Pas trop commode, la gendarmette, dit Vincent ! Jamais contente de mes réponses ! Mais grande classe ! À sa décharge, j'ai été un peu vague sur mon heure d'arrivée chez l'amie de ma femme, j'ai un peu tourné autour du pot, je ne pouvais tout de même pas lui avouer que j'avais pris les petites routes où la maréchaussée ne prend jamais l'affût avec ses alcootests. Méfiance, après tout ce que j'avais avalé ce soir-là au repas d'Alban.

— Tous les invités vous paraissaient-ils en bons termes, sans agressivité, même après ces copieuses libations qui parfois déchaînent l'animosité de certains ?

— Pas le moindre emportement violent pendant la soirée, Alban avait placé ce dîner sous le signe de la fraternité, de l'amitié et de la réconciliation, il espérait effacer le souvenir de ses agissements déplacés récents et repartir sur des bases généreuses et harmonieuses dignes des Poches. Tout le monde a joué le jeu, pas d'esclandre ni bagarre, même Francis a évité les sujets qui fâchent : par exemple, rien sur Aïcha, ni sur la prochaine élection du président ou autres thèmes sensibles. Manège bien évidemment contraint et hypocrite.

— Connaissez-vous un autre pêcheur Poche, relation d'Alban Jarencourt ?

— Non, à mon grand regret, le Poche n'est pas très pêcheur.

— Monsieur Ropois, nous ne vous dérangerons pas plus longtemps, merci de votre collaboration.

Nous repartons.

— Le fait qu'il n'y ait qu'un pêcheur connu et mis hors de cause, m'agace un peu, me confie Olivier. Cette info facilite et complique à la fois mon enquête.

— Mais enfin, m'expliqueras-tu cette histoire de pêcheurs ?

— Trop tôt pour l'heure, je ne suis pas sûr que ma procédure débouche sur du solide. Et je n'aime pas passer pour un nul si mes investigations ne mènent à rien.

Comme nous montons dans la Volvo, le portable d'Olivier sonne.

— Bonjour Francis, heureux de t'entendre... Anaïs t'a relâché ?... tu es libre...

« J'arrête l'enquête ?... Je suis avec Boophi, nous continuons les recherches, je te vois ce soir.

— Il est blanchi ?

— Non pas exactement, il pense qu'il sera tout de même mis en examen. Nous continuons l'enquête. Fin du turbin pour aujourd'hui, demain je compte sur toi.

— D'accord, mais j'ai presque promis au capitaine de ne plus t'assister.

— T'inquiète, elle n'a pas cru cette promesse.

Il me dépose devant chez moi. Une chance, cet épisode s'est passé à l'insu de Marie, elle n'aime déjà pas trop les Poches, j'étais bon pour une nouvelle incitation à quitter la confrérie.

Repas terminé. Démangeaison d'agir, envie d'avancer dans l'enquête, de faire plaisir à Olivier par mon implication, la chasse aux indices m'excite, décision d'aller fouiner autour de la morgue glaner quelques infos auprès du légiste.

J'entre dans l'institut médico-légal, le garçon de salle me reçoit.

— Bonjour, que puis-je pour vous ?

— Mon ami Charly n'est pas dans les parages ? J'espérais lui donner le bonjour en passant.

— Il ne devrait pas tarder, il doit venir terminer un rapport. Voulez-vous l'attendre ?

— Merci, je vais me dégourdir les jambes dans les jardins, par ce temps c'est un plaisir.

— Je peux lui transmettre un message.

— Inutile, s'il tarde trop, je le verrai plus tard.

Je ne souhaite pas trop afficher une prétention urgente, pas question d'apparaître pressé et d'agacer Charly. J'ai du temps à perdre, je viens simplement saluer un ami. En vérité, il sera plus plausible à l'extérieur de tomber sur lui par hasard, attitude préférable pour quémander un tuyau plutôt confidentiel, interdit de divulgation.

Le garçon de salle avait raison, je le vois garer sa voiture. Tâcher de lui donner le change, composer un air innocent, rencontre de pure coïncidence.

— Salut Charly, la forme ?

— Qu'est-ce que tu fais dans le coin, il y a bien longtemps que je ne t'ai vu traîner tes guêtres dans les parages ?

— Je passais, quelqu'un à voir à l'hôpital. Je me suis dit : tiens, si j'allais saluer ce bon Charly !

— Oui mon con ! Et lui soutirer quelques détails sur l'autopsie d'Alban. Tu sais bien que je ne peux rien dire.

— Oui je sais, simplement pour aider Francis, la capitaine en a contre lui, je fais une enquête avec un détective engagé par Francis.

— Je suis au courant, Anaïs Berleau me l'a dit. Je crois qu'elle en pince encore pour le bel Olivier. Ordre de ne lui fournir aucun renseignement. Elle m'a tenu la jambe un quart d'heure sur Olivier, le revenant, qu'elle croyait disparu : « Je vais lui faire tirer la langue à ce petit crétin prétentieux, dit-elle. Il viendra me manger dans la main, à genoux, pour quelques miettes d'infos. Il ferait beau voir qu'il la ramène sous prétexte qu'il me serait venu en aide sur une affaire passée. Je sais très bien me débrouiller sans lui. Il a toujours eu tendance à se croire indispensable, je vais lui rabattre le caquet à ce lamentable jean-foutre, je vais le mettre minable, le mégalo ! ». Enfin tu vois le genre, et tout du même tonneau, elle en pince, la rousse, c'est couru !

« Pour ce qui te concerne, je serai bref. Tu connaissais Alban : diabétique au dernier degré, alors devine : coma par acido-cétose, tu n'as pas besoin d'en savoir plus. ».

— Merci Charly, tu es un vrai pote ! Cette mésaventure risque d'anéantir l'édifice des Poches. Nous devons disculper Francis au plus vite. Merci encore ! Il faudrait qu'on se revoie plus souvent.

— Si tu vas à la reconstitution, nous nous reverrons au moins une fois de plus, Anaïs Berleau tient absolument à ce que j'assiste à cette mascarade. Je me demande bien pourquoi. Il y aura tous les invités de la soirée du drame.

— J'en discuterai avec Olivier, je pense qu'il voudra y être lui aussi. À bientôt, fils.

CHAPITRE XII

Le lendemain, aux ordres, j'attends l'appel d'Olivier dès les premières heures.

— Quel programme ce matin, chef ?

— Mission du jour : réunir si possible tous les invités d'Alban, par exemple au cellier du Centre des Poches, aujourd'hui ou demain. Des retraités, c'est vite disponible, surtout quand il s'agit de sauver le patron. Peux-tu t'occuper de les contacter et d'arranger la rencontre, devant quelques belles bouteilles ? Moi, je file jusqu'à Nevers vérifier des éléments nouveaux, matinée bien occupée.

— Pas de problème, je mets la séance sur pied, je te rassemble le troupeau au plus tôt.

Peu avant midi, coup de téléphone d'Olivier.

— Les brebis se sont-elles montrées obéissantes ?

— Toutes présentes cet après-midi, Olivier, 14 heures dans le cellier des Poches, cela te va ?

— Parfait, j'y serai.

— As-tu fait bonne pêche de ton côté ?

— Le cas de le dire, je t'expliquerai, je crois que j'ai récolté du lourd.

Nous attendons Olivier dans la longère des Poches. Pauline Lerichot compagne de Marcel Mauloup, Lucienne

Cordurin et son mari Mickael, la trésorière Laurence Pujon, Éric Wanneau et Élise de Saint-Ange, le pêcheur Vincent Ropois, tous les invités d'Alban sont là, hormis Francis Marantes.

Débat déjà fort animé quand Olivier arrive au centre des Poches. Sur la table, deux bouteilles de sancerre vides encadrent une troisième bouteille aux trois-quarts bue. Même chez les Poches, plutôt aguerris, le sauvignon à partir d'un certain seuil délie quelque peu les langues. Mickael, comme d'ordinaire domine le concert, il rappelle à Pauline et Laurence les écarts de régime d'Alban :

— Je lui répétais toujours : « Tu creuses ta tombe avec tes dents ! ». Il me répondait : « Simple bienveillance à l'égard du fossoyeur, lui mâcher la tâche, il m'en sera reconnaissant. ». Il savait aussi être facétieux à ses heures.

Laurence et Pauline esquissent un pâle sourire entre deux sanglots en souvenir de leur ancien amant.

— Tu ne peux pas t'empêcher de dire des conneries, lui dit Marcel qui a entendu les commentaires de Mickael au milieu de son aparté avec Éric Wanneau. Un Marcel plutôt satisfait de couper court aux lamentations interminables d'Éric sur la perte d'un grand homme, héraut d'humanisme et de paix.

« Je ne sais pas qui creusera ta tombe, ni comment ? En tout cas, cinq pieds sous terre, peut-être finiras-tu enfin par fermer ta gueule ! ».

— Ça m'étonnerait, je serai incinéré !

Éclat de rire vainqueur !

Figée, la petite coterie ! Même Élise et Lucienne qui jacassaient devant l'évier, occupées à une vaisselle de verres oubliés depuis plusieurs jours, s'immobilisent et deviennent silencieuses. Un ange des sépulcres passe, puis reprennent l'essuyage des verres et leur caquetage.

— Bonjour à tous, dit Olivier. Je vois que le moment est à la concorde et aux grandes problématiques métaphysiques, j'aimerais compléter un peu le questionnement, si vous n'y voyez pas d'inconvénients. Notre ordonnateur de réunion vous l'a sûrement signalé, je suis détective, engagé par Francis Marantes, que d'ailleurs je ne vois pas.

— Francis n'a pas eu l'autorisation de s'éloigner de son domicile, dis-je. Anaïs le tient à l'œil.

— Et Nathalie Jarencourt, l'épouse du mort ?

— Elle n'était pas à la soirée, tu avais dit : les invités d'Alban.

Exact, mais voici une personne pourvue d'un solide mobile.

— Serions-nous tous suspects, s'étonne Marcel ?

— Pour la capitaine Berleau, assurément ! Bien que Francis soit le premier dans son collimateur.

— Bien ! Ces dames tout d'abord...

— Pourquoi « ces dames tout d'abord », grogne Mickael ? Du machisme à l'ancienne, la galanterie n'est plus de mise désormais, n'est-ce pas Mesdames ?

Éclat de rire, forcément.

— Ces dames d'abord, reprend Olivier ! Laquelle de vous quatre est partie la première de la soirée ?

— Moi, dit Laurence, j'avais promis à un vieil ami malade de passer, lui demander s'il n'avait besoin de rien. J'ai quitté les lieux vers 10 heures, j'étais chez lui à 10 heures et demie.

— Vérifiable, donc. Personne n'est parti avant vous ?

— Non.

— Ensuite ?

— Mickael et moi dit Lucienne, accompagnés de Pauline et Marcel, nous avons fait voiture commune. Vers onze heures.

— Parfait ! Et vous Madame de Saint-Ange ?

— Je suis partie avec Éric... Monsieur Wanneau... un peu avant minuit moins le quart, immédiatement après Vincent Ropois.

— Vous confirmez Monsieur Wanneau ?

— Tout est exact.

— Donc Alban est resté seul avec Francis. Pensez-vous qu'une querelle ait pu s'allumer entre eux après votre départ ? Les esprits s'étaient-ils échauffés ?

— Pas le moins du monde, continue Éric Wanneau, la soirée de réconciliation, puisque réconciliation il y avait, s'était très bien passée, comme le voulait Alban.

— Pourquoi à votre avis Francis est-il resté seul après vous ?

— Je pense qu'il voulait mettre au point avec Alban cette histoire de montée des marches et discuter de l'avenir d'Aïcha au sein des Poches.

— La conversation a pu s'envenimer sur ce dernier point plutôt épineux.

— Possible.

— Inévitable, même, intervient Marcel, ils ne pouvaient plus se sentir, impossible de se rabibocher aussi vite en une soirée. Ils s'engueulaient sur la majorité des sujets : de la doctrine Poche à la manière de préparer l'élection du prochain président, sans parler bien sûr du sort d'Aïcha. Alban voulait une ligne beaucoup plus dure de la philosophie Poche et surtout prendre la place de Francis, quant à Aïcha, il l'avait complètement effacée.

— Je te trouve très sévère vis-à-vis d'Alban, s'indigne Éric Wanneau. Reconnais que Francis est beaucoup trop indulgent envers les non-Poches opprimés qu'il voudrait sortir de l'ornière, ornière qu'ils ont souvent creusée eux-mêmes ou pour le moins dont ils ont largement facilité la formation. Les peuples portent souvent une part de responsabilité de leur mise sous le joug. Cette complaisance démissionnaire de notre chef pour ces peuples risque de conduire l'action Poche à la stérilité, naufrage dans une atmosphère très morose de surcroît, as-tu remarqué comme Francis devient triste, il rit de moins en moins. Depuis quelque temps, austère et abattu, il refusait tout compromis avec Alban qui, lui, était prêt à en rabattre devant l'inflexibilité de Francis, sauf, il est vrai, pour le cas Aïcha. Maintenant Francis a de bonnes raisons d'être triste.

— Éric est dans le vrai, dit Laurence, Alban a toujours essayé d'atténuer la discorde, il avait bien des défauts mais c'était un homme éminemment gentil.

— Bien au contraire, proteste Marcel, Alban a toujours semé la zizanie, et vous oubliez cette histoire d'hypnose plus ou moins truquée.

— Évidemment, toi Marcel, tu avais de bonnes raisons de ne pas aimer Alban, dit Éric.

— Pourquoi dis-tu ça ?

— Demande à ta femme, n'est-ce pas Pauline ?

— Mais je ne te permets pas ! Excuses immédiates à Pauline !

— Allons, ne commencez pas, dit Mickael, ne ressassez pas les histoires du passé.

— Le passé... quel passé ? Rien ne l'autorise à être grossier et à insulter ma femme. Allégations ordurières ! Démasquons plutôt le meurtrier d'Alban, l'avenir des Poches en dépend. Si nous perdions Francis, tout s'écroulerait.

— Non, se récrie Éric ! Naufrage nullement fatal. Nouvelle élection, nouveau président ! Les candidats ne manqueraient pas, je me mets sur la liste.

— Ça y est, Monsieur le Président Wanneau s'y voit déjà, dit Marcel !

— Si vous continuez ainsi, ce sera vite le désordre, et les Poches en effet disparaîtront, dit Mickael. N'enterrez pas Francis trop vite. Il reviendra pour remettre sur les rails le bel avenir humaniste des Poches et pour conduire dans la fraternité les hommes vers le bonheur.

— Tiens, voilà le socialiste qui se réveille, répond Éric ! Vision bien angélique et naïve.

— D'abord, je ne suis pas socialiste, j'aurais aimé l'être, statut plutôt gratifiant et confortable de nos jours, mais le catéchisme socialiste de redistribution égalitaire, fossoyeur du dynamisme ne me satisfait pas. Il conduit à tout coup une nation au déclin, la manne ne tombe pas du ciel d'un claquement de doigts. Restons solidaires des pauvres et des opprimés comme le préconise notre Manifeste, chacun a droit à une vie digne, mais évitons de dissuader l'entreprenant de prospérer en toute liberté. Imaginez que tous les hommes me ressemblent, paresse universelle, bonjour les dégâts, nation à la dérive.

— Sinistre hypothèse en effet, dit Éric. Mais finalement, nous sommes presque tous d'accord : tout, sauf les

« ismes » d'antan. Le collectivisme est mort, l'existentialisme est mort, Fidel Castro est mort, tout va bien, « l'homme ne sera plus tel qu'il se sera fait », sa nature profonde lovée au creux de son ADN est bien antérieure à son existence propre et bien peu amendable, volonté darwinienne de survie autocentrée, un loup inné. Qu'en dis-tu, Mickael ?

— Vous savez, en définitive, moi, la politique, ce que j'en dis... des histoires de grandes personnes plus ou moins hypocrites... La politique tient rarement compte de la nature humaine. Quoi qu'il en soit, j'aime mieux rigoler avec les potes. De toute façon je ne changerai pas le monde qui court à sa perte : réchauffement, guerres, épidémies, terrorisme, pauvres, grévistes, émigrés et autres gilets... vicissitudes incontrôlables ! Vive l'autruche !

Rire, évidemment.

— Alors, pourquoi as-tu rejoint les Poches, demande Marcel ? N'est-ce pas, comme nous y engage Francis, pour dessiller les yeux des opprimés et essayer de leur donner les clés pour échapper à leur sort déplorable ?

— Je suis venu chez les Poches, seulement pour être avec vous et rigoler un bon coup.

De fait, se remet à rire.

— Et vous Mesdames, on ne vous entend plus, êtes-vous prêtes, vous aussi, à sauver le monde et les nécessiteux persécutés, avec toute la douceur exigée par Francis, demande Éric ?

Pauline, l'amie de Marcel, lui répond :

— Nous ne sommes pas devenues muettes, mais comme toujours notre temps de parole est vite épuisé : premières interrogées, premières délaissées : « Ça suffit, Mesdames, assez causé, au tour des hommes, passons aux choses sérieuses ! ». Impossible de vous arrêter, vous étalez vos états d'âme de mâles sur des sujets que vous jugez de haute tenue, nous ne pouvons plus en placer une. En vérité, je crois que nous végétons dans le groupe des opprimés à défendre.

— Vous vous égarez, Madame la féministe, proteste Éric ! Chez les Poches égalité pour tous. Pas de mauvais esprit ma petite Pauline, surtout de ta part, les hommes, tu les as bien manipulés !

— Mais je vais finir par te la casser ta sale gueule, minable goujat ! Excuses immédiates à Pauline, ordonne Marcel !

— Olivier et moi restons interloqués. Nous observons ces démêlés avec une consternation amusée.

— Excusez-moi d'intervenir, dit Olivier, mais vous réglerez vos comptes plus tard, je suis surpris de l'animosité qui règne chez les Poches. Un crime génère toujours un climat lourd, essayez de vous ressaisir. Inutile de vous provoquer de la sorte. Pour ma part, je voulais juste récapituler la situation de chacun pour l'enquête.

— Vois-tu, Olivier, dit Mickael, il y a comme un hiatus entre la vie réelle des Poches et la conduite théorique que nous devrions observer, la bienveillance requise par notre Charte n'est souvent qu'un lointain fantasme inaccessible.

— Dommage ! Je vous avais rejoints en grande partie pour cette utopie, dit Olivier. En tout cas, tous ici, avez un alibi. Après la soirée, tous, vous êtes rentrés chez vous sans retour au Centre Poche. Vous confirmez ? Francis est resté en tête à tête avec Alban, donc le seul parmi vous à pouvoir échafauder un mauvais coup sans témoin : comme de l'enfermer après lui avoir volé les clés de la maison. Nous sommes bien d'accord ?

Ils opinent.

— Bien, je vous remercie, vous pouvez reprendre vos chicaneries. Tu me suis Boophi, nous n'avons pas fini.

Nous quittons le cellier et j'entends Mickael dire : « Je descends à la cave chercher une autre bouteille, j'ai la gorge sèche et je me sens tendu ».

— Nous avons encore le temps de passer chez Francis, me dit Olivier. Nous verrons s'il a digéré sa garde à vue. Nous ferons le point sur nos recherches.

Francis nous accueille. Traits tirés, nerveux, nous propose un siège, reste debout, fiévreux, tourne autour de nous. Chaos inhabituel, appartement méconnaissable, ordre rectiligne du design épuré anormalement perturbé, des habits traînent sur les chaises, reliquat d'omelette sur la table basse, journaux dépliés disséminés sur le sol.

— Que t'ont appris tous ces journaux, demande Olivier ?

— Rien ! Ni les journalistes, ni les flics ne donnent d'élucidation probante de la mort d'Alban.

— Et comme tu es la dernière personne à avoir vu Alban vivant, ajoute Olivier, Anaïs Berleau pense que tu as fait le coup.

— Quelqu'un a pu feindre de partir, attendre, et revenir enfermer Alban.

— Tous les convives ont un alibi en béton. Ne compte pas sur eux pour te sortir du bourbier, bien au contraire, trop heureux d'avoir un suspect sans alibi qui les tire d'embarras. Tous s'accordent sur un point, tu es le seul à avoir eu la possibilité d'exécuter ce mauvais coup. Ils suivent l'intuition d'Anaïs Berleau.

— Mais quand je suis parti, Alban était en pleine forme ! Il aura un peu traîné et oublié son injection d'insuline.

— Oui, et il se serait enfermé lui-même pour mourir en paix comme un vieil éléphant solitaire. Il n'était pas si pressé de nous quitter. Ce matin, Boophi a vu le légiste qui lui a donné la cause du décès. Alban est mort d'un coma acido-cétosique, je me suis documenté : un diabétique peut éventuellement y laisser sa peau s'il n'a pas une injection d'insuline dans un bref délai. Quelqu'un au courant de la santé d'Alban aura voulu le priver d'insuline après ce repas très copieux, coma fatal assuré, n'est-ce pas Boophi ?

— Exact ! Ce coma n'est pas toujours mortel, mais dans le cas d'Alban, cardiaque de surcroît, après ce dîner pantagruélique, risque majeur de décès. Un pari.

— Pourquoi n'êtes-vous pas partis ensemble ?

— Il désirait mettre à jour quelques fiches d'hypnose. Insomniaque notoire, souvent il terminait un travail le soir au Centre, il donnait aussi parfois des rendez-vous galants, le sofa est très confortable. J'ai pensé que c'était le cas ce soir-là, il n'avait vraiment pas l'air pressé de partir.

— Vous êtes-vous emportés ? Pas de dispute ?

— Non, rien de grave, quelques désaccords sur le cas Aïcha, mais pas d'engueulades sévères. Même plutôt enjoué, Alban, raison de mon hypothèse d'un rendez-vous amoureux.

— As-tu aperçu une voiture ou quelqu'un dans les parages au moment de ton départ ?

— Non, mais Alban a pu téléphoner que la voie était libre.

— Impossible, il n'avait pas son téléphone, il l'oublie régulièrement chez lui, et c'est là un point important, l'assassin devait le savoir. Quelqu'un a appelé sur ce portable peu avant la mort d'Alban, Nathalie a répondu que son mari était absent : « Comme à son habitude, il a oublié son mobile ». « L'ami », une voix étouffée, a coupé aussitôt. Une amante inconnue... ? Nous voilà avec un suspect supplémentaire éventuel.

« L'assassin a volontairement enfermé Alain, sachant qu'il ne pouvait joindre personne, une série d'indices concordent, à moins que tu ne l'aies enfermé par mégarde, Francis. Par réflexe, un tour de clé en partant. »

— Mais non, absolument pas ! Dis tout de suite que j'ai voulu le tuer ! Je n'ai pas sorti mes clés !

— Oui je sais, je te fais marcher !

— Sympa ! Dis-nous : ces indices ?

— Encore un peu tôt, je ne voudrais pas me tromper. Je saurai bientôt, encore quelques vérifications. Je te sortirai de là, Francis, si Anaïs veut bien admettre mes arguments. Sacré défi ! Tu es toujours son suspect principal, voire son seul suspect. Quand elle a une idée dans la tête...

— Elle va bien finir par comprendre que je suis innocent.

— Pas sûr, elle a de quoi t'envoyer aux assises, tout converge vers toi, tu es le coupable idéal.

— Merci de me remonter le moral.

— Je te sortirai de ce guêpier ! Tu redeviendras président pour le bonheur des Poches. Gros travail de reprise en mains en perspective, cette histoire laissera des traces. Je te fais confiance, tu y arriveras.

— Mon œuvre finale, je vais tout recadrer, j'ai beaucoup réfléchi pendant ma garde à vue, tout est prêt ici.

Un index déterminé frappe sa tempe.

— Je ne change rien à la philosophie des Poches, ni au Manifeste, tout cela a été mûri, position scellée, aucune raison d'y revenir. En revanche, le gouvernement des Poches va évoluer, dissidence interdite, Alban n'est plus : supprimées, les menées traîtresses ; prohibé, le lavage de cerveau des Poches ; aux enfers, les idées hérétiques opposées à mes préceptes de bienveillance ! Boophi, tu as essayé de m'alerter à propos de la dissidence de l'hypnotiseur, je n'ai pas su t'entendre. En réalité, sur le moment ta mise en garde m'a frappé : « Alban ne semble pas vouloir se conformer avec scrupule à la philosophie des Poches ». Tu vois je m'en souviens encore, mais avec le temps j'ai zappé, j'ai négligé ta prémonition.

— Pendant ma propre séance d'hypnose, dis-je, j'ai eu l'impression de me réveiller, je n'ai pas reconnu ta leçon altruiste, Alban traitait les non-Poches comme des ennemis à combattre, je ne comprenais plus rien. J'ai cru que j'avais rêvé, affabulation, songe d'une trahison, sorti de mon imaginaire embrumé. Où était la vérité ? Je n'ai pas osé semer la zizanie. Mais tout de même, intention de te mettre en garde sans apparaître comme un délateur incapable d'apporter l'ombre d'une preuve.

— En fait tu n'avais pas rêvé, ta demi-sortie d'hypnose a révélé la vérité, mais tu n'y as pas cru.

— Oui, le scénario a dû se dérouler ainsi, je n'ai pas osé rapporter cet épisode confus tant il me semblait incohérent, sorti de ma cervelle dérangée, peut-être en rébellion inconsciente et déplacée contre le magnétiseur.

— Ne te blâme pas, nous aurions sans doute réagi de la sorte. En tout cas, voilà la confirmation d'un esprit hostile, Alban n'hésitait pas à dénigrer les principes Poches pour au final, accéder à la présidence. Peut-être s'est-il suicidé pris de remords ou par crainte d'être découvert.

— Peu probable, dit Olivier, il n'avait pas besoin de s'enfermer et de toute façon il n'avait pas les clés sur lui. Par ailleurs, je ne le perçois pas suicidaire.

— Je ferai en sorte que ces trahisons ne se produisent plus. Dans un premier temps, suppression des séances d'hypnose, du reste notre hypnotiseur s'est absenté pour l'éternité, nous n'avons plus d'hypnotiseur. Nous organiserons à la place de ces séances toxiques des tables rondes où nous rappellerons sans cesse les principes de la philosophie Poche. Je serai présent à tous ces séminaires, chacun devra y participer régulièrement.

— Tu y passeras un temps fou, tu seras épuisé, dis-je.

— Peu importe, désormais personne ne détruira mon œuvre, je veillerai à tout !

— Tu vas y laisser ta peau !

— Il n'y a plus que les Poches qui me tiennent en vie.

— Il va d'abord falloir convaincre Berleau de ton innocence, modère Olivier.

— Mais enfin, je suis in-no-cent ! À toi de la convaincre Olivier. Moi maintenant, je me consacre entièrement aux Poches.

—Tu me fais peur, dit Olivier.

— Ne t'inquiète pas, je vais tous les faire filer doux mes petits Poches, le premier qui dérape et s'écarte de la ligne : viré !

— Je ne te reconnais plus, dis-je, toi si indulgent, si charitable, tu n'y arriveras pas.

— Que tu crois, cette affaire m'a guéri, régénéré. Tous m'obéiront au doigt et à l'œil. On a voulu me prendre pour une lavette bonasse : nouvelle emprise, soumission, tous aux ordres mes petits Poches indociles, l'ère de la désinvolture est terminée, tous suivront ma ligne, sans dévier, sinon sanction.

— OK, je te laisse à tes fantasmes, tu sors d'une garde à vue traumatisante, nous en recauserons plus tard.

— Quand tu voudras, ma détermination restera ferme.

— Entendu, conclut Olivier. On se revoit à la reconstitution.

— D'accord, cette sortie au Centre me fera le plus grand bien, depuis le temps que la Berleau me tient enfermé ici.

Nous partons, laissant Francis à ses nouveaux principes autocratiques.

— Il prend un biais contestable, me dit Olivier. Les membres n'accepteront jamais cette attitude despotique. Les Poches vont fuir à toutes jambes et s'éparpiller dans la nature comme une volée de gilets jaunes devant une charge de CRS.

— Cette métamorphose autoritaire ne sera que passagère, simple contrecoup de la garde à vue.

CHAPITRE XIII

Un tel carrousel de voitures, gendarmerie et magistrature, dans ses vignes, déconcerte l'ouvrier agricole au travail dans les rangs. Déploiement insolite. Pas très bon pour ses raisins tout ce tintouin. Bruit, gaz d'échappement, piétinements, que du mauvais pour le pinot. Devait être drôlement important le mort... ou les gars de l'administration n'ont rien à foutre de l'écologie... des écosystèmes comme ils disent à la ville. Et après ils viendront se plaindre de la présence de saletés toxiques dans le vin !

J'arrive au Centre avec Olivier. Nous nous dirigeons vers l'entrée, Anaïs nous barre la route :

— Non, pas vous, vous n'étiez pas à la soirée, restez dehors, nous traiterons votre incursion plus tard.

Elle s'éclipse à l'intérieur de la longère.

— Merde, je vais rater les enseignements de la séance, dit Olivier. Pas dramatique après tout, cette mascarade n'apportera rien, et Anaïs se déboutonnera plus volontiers quand elle sera seule avec nous deux.

La presque totalité du groupe avalée par la maison, disparaît.

Quatre pelés et un tondu restent dehors, trois gendarmes gardent les abords. Olivier contourne aussitôt le bâtiment, soupçon des agents, l'un d'eux le suit et lui demande où il va.

— Un petit tour dans la vigne, dit Olivier, par ce temps quasi estival quel plaisir d'aller humer la fleur de vigne réchauffée par le soleil, elle exhale un doux parfum acidulé, et dans cent jours, généreuse vendange de grains turgescents aromatiques.

— Le gendarme se tourne vers la vigne, n'aperçoit aucune fleur car trop minuscules, pense qu'il est tombé sur un cinglé et décline le dialogue. Il regagne le devant de la maison.

J'ai rejoint Olivier courbé vers les sarments, il semble en effet respirer les feuilles.

— Alors, ils embaument les vieux ceps ?

— Oui, ils dégagent l'odeur délicate habituelle de la période florale, mais ce con de flic n'y a pas cru. En vérité je suis revenu chercher d'éventuels indices additionnels.

Il écarte le jeune feuillage, pour inonder de soleil la zone à inspecter, il fouille ainsi quelques rangs sur une vingtaine de mètres.

— Qu'espères-tu trouver ?

— Une énième confirmation de mes hypothèses.

Par instant il disparaît sous la végétation puis reparaît un peu plus loin comme un nageur un temps sous l'eau. Cette fois il ne replonge pas et lève un bras vers moi, plutôt fiérot. Je le rejoins, il me montre un petit bout de fil plastique.

— Notre assassin a stationné ici, une fois de plus mes suppositions se vérifient. Regarde, la terre est meuble, nous avons une belle empreinte de chaussure, nous ferons un relevé, il n'y a pas eu de piétinement alentour, forte possibilité que ce soit une trace de notre criminel, il pouvait rester ici accroupi, complètement invisible de la maison.

Les premiers à s'être retirés de la soirée d'Alban commencent à sortir du Centre. Laurence, puis Mikael et Lucienne. Nous nous dirigeons vers eux.

— Alors, demande Olivier, comment ça se goupille là-dedans ?

— Tout ce cirque ne rime à rien, dit Mickael, il ne fera pas revenir Alban, ça ne permettra même pas de trouver l'assassin.

— De toute façon pour la capitaine, Francis est le seul coupable plausible, elle n'en démord pas, ajoute Laurence.

Maintenant tous sortent du Centre.

– Mesdames et Messieurs, je vous remercie, dit Anaïs Berleau, je vous libère, mais vous êtes tenus de rester dans la région. Messieurs Marrow et Lagrange, je suis à vous, si vous voulez bien me rejoindre.

Nous nous approchons de l'entrée où se tient Anaïs.

— Nous allons reprendre tous vos faits et gestes du matin où vous êtes entrés par effraction après arrachement des scellés, n'oubliez aucun détail.

— Pas d'effraction, rectifie Olivier, la porte était ouverte !

— Vous maintenez ce fait ?

— Oui !

— Et moi je suis la bisaïeule de Miss Monde ! Sans importance, continuons. Dis-moi, Olivier, as-tu avancé dans ton enquête ?

— Tu me tutoies de nouveau, Anaïs, ou est-ce un lapsus ? Et tu pourrais fort bien être Miss Univers !

— Ne commence pas Olivier, tu me simplifieras la tâche. As-tu de nouveaux indices, oui ou non ?

— Tu galères, n'est-ce pas ? Tu cries au secours ! « Je t'en prie mon petit Olivier, pourrais-tu me sauver la mise ? ».

— Tu m'agaces, Olivier, pas de coopération possible avec toi. Oui, il me manque quelques éléments de preuve pour mettre Francis définitivement en examen, mais ça ne saurait tarder. Si de ton côté tu as quelque chose, sois gentil de me le révéler.

— J'aime quand tu redeviens douce ma tendre Anaïs, mais hélas je n'ai rien de nouveau.

— Tu n'es qu'une brêle, je le savais ! Et sûrement une brêle hypocrite ! Entrons et refais tous tes gestes dans le détail sans en oublier. Monsieur Boophi, je compte sur vous, pour rectifier toutes ses erreurs. Sa Grandeur, Prince des détectives, s'estime de l'élite, c'est un imbécile mégalomane.

Olivier fait mine de fureter dans la maison, mais d'une façon beaucoup plus rapide et plus succincte que dans la réalité, à peine s'il regarde dans les coins, il ouvre brièvement la porte du cagibi et cesse sa reconstitution.

— Voilà, dit-il, à peu près ce que j'ai fait.

— Olivier, je te hais, tu n'es qu'un sombre crétin, un faux jeton néfaste ! Qu'est-ce que je t'ai fait pour que tu conduises de la sorte.

— Mais rien chère Anaïs, je te dis simplement la vérité. Tu t'emportes pour rien.

— J'aurais tellement aimé que nous restions bons amis.

— Mais ne sommes-nous pas bons amis ? En tout cas moi je t'ai toujours considérée comme une amie, je ne sais pas ce que tu t'es fourré dans la tête, tu es partie un beau jour, fâchée. Sans aucune explication.

— Ça suffit, jamais plus je ne te considérerai comme un partenaire fréquentable. Excusez-nous, Monsieur Boophi, Olivier est impossible. En tout cas tu as intérêt à apporter du précis rapidement, dans quelques jours ton client Francis Marantes sera mis en examen.

— Je vais faire mon possible, belle Anaïs, j'adore quand tu t'emportes, et j'aimerais tant te faire plaisir, te tirer du bourbier où tu sembles t'enliser.

— Rira bien qui rira le dernier, je vous salue.

Empourprée, demi-tour sec, démarche raide. Elle s'éloigne fâchée ou simulant de l'être.

Elle croise Francis qui vient vers nous.

— Vous êtes très mal parti, mon ami, votre pseudo-limier n'a aucun flair, il ne vous sauvera pas, mettez quelques pulls dans votre valise, les prisons sont encore fraîches au printemps. Et pas de salut dans la fuite, je vous colle Interpol aux fesses !

— Pourquoi m'en veut-elle à ce point, nous demande Francis ? Elle n'est pas objective. Elle n'a rien contre moi.

— Parce qu'elle est dans la panade, elle sait très bien que tu n'es pas coupable, mais elle n'a pas de suspect de rechange, elle s'énerve, trouve un bouc émissaire présentable, et râle contre sa propre impéritie, sa conduite habituelle dans l'adversité. Chère Anaïs... je l'adore.

— Elle me pourrit la vie, gémit Francis.

— Dans peu, tu seras blanchi.

— Si tu me sauves de cette chierie, tu ne le regretteras pas. Tiens, je te ferai vice-président !

— C'est trop d'honneur, merci de l'intention, mais je suis déjà tellement surbooké !

Arrive un minibus qui se gare devant le Centre. Une quinzaine de personnes en sort. Pour sûr, pas des Français. On reconnaît sur le champ une cohorte d'ailleurs, on ne sait pas toujours d'où ils débarquent, mais ce ne sont pas des pays. Cette fois j'opterais plutôt pour le genre Ricain : costauds, chemises et robes bariolées, cheveux courts pour les hommes, mise en plis permanente béton pour les femmes. Oui, des Américains, fort accent texan. Ils sont là, exubérants, tapageurs, déjà chez eux.

— Merde ! Je les avais oubliés, les Oncles Sam, dit Francis !

La petite bande s'égaie dans les vignes et pousse des « oh ! » et des « ah ! » au milieu des rangs.

— Bon, je vais m'en occuper, dit Francis. Les Poches vont conquérir l'Amérique !

Les Américains gambadent comme des cabris, Francis a toutes les peines du monde à les regrouper, il leur souhaite la bienvenue, les invite à rejoindre la grande salle du Centre rouverte au public et aussitôt débouche les premières bouteilles. Quelques mots en anglais, le reste traduit par l'interprète. Et déjà les rasades de sauvignon coulent dans les gosiers assoiffés des Yankees. D'autant plus expansifs et fervents, ces Américains, que les opérateurs de la télévision, en reportage pour la reconstitution, sont restés pour engranger des images de ce groupe exotique, excellent sujet pour les actualités régionales du soir. Enthousiasme et gaieté redoublent. Signalons que journalistes et caméramans ont été invités à partager le sauvignon. Jonction chaleureuse établie, Francis se lance dans un speech.

— Mes amis, merci de venir tempérer des heures sombres où l'un des nôtres nous a quittés, drame inexpliqué et inexplicable. Mais laissons cela, ce ne sont pas vos préoccupations. Je m'attacherai donc en priorité à vous exposer en quelques mots ce qu'est la confrérie des Poches et nos objectifs.

« Un soir de libations créatrices, j'ai fondé ce mouvement en réponse à une illumination soudaine : nous venions de porter en terre notre ami Léon Ciboire, doté d'une fantaisie organique singulière, son cerveau n'était qu'une poche, et nous, avec componction, pour nous remettre, nous remplissions de sancerre cette poche principale qu'est l'estomac : corrélation immédiate dans mon esprit entre les deux phénomènes cavitaires, j'ai aussitôt admis que nous étions un assemblage sophistiqué de poches fort complexes. Nous venions d'enterrer, sans le savoir, notre Poche Messie. Un prophète, qui sa vie durant a prôné le bien et le bonheur des peuples. J'éveillai mes amis à cette évidence, entre deux gorgées ils me comprirent aussitôt, conquis et enflammés par cette vérité nouvelle : nous avions notre envoyé providentiel. Une première cohorte de Poches se leva pour révéler et propager la bonne parole. »

« Nous nous appliquons depuis à suivre les préceptes de Poche Premier, notre phare rédempteur sur cette planète qui n'est que chaos funeste à ordonner. Et vous voici ! Son message n'était pas vain, parvenu à vos oreilles sensibles, il a piqué votre curiosité, au point d'entreprendre ce grand voyage vers nous, soyez-en remerciés, vous allez devenir nos premiers ambassadeurs de la grande Amérique.

Les applaudissements retentissent.

— Vous arrivez à point nommé pour relancer notre accomplissement qui ces derniers temps a subi une sorte d'involution due à la méprise de quelques déviationnistes.

Relâchement momentané qui sera vite corrigé en revenant à nos principes fondamentaux. Préceptes cardinaux que je vais vous rappeler brièvement pour définir au mieux les enjeux de notre mission :

« Pour vous éviter une perte de temps, je vous ai édité un fascicule où vous retrouverez l'historique millénaire des Poches. Récit qui au premier abord peut apparaître sans fondement, voire comme une facétie, il n'en est pas moins primordial pour comprendre l'âme Poche remontée du fond des temps. À cet historique, j'ai ajouté la Charte et le Manifeste des Poches. Je vous les distribuerai tout à l'heure. Je me bornerai ici à rappeler les grandes lignes de notre engagement.

« Mais reprenez donc un peu de cet excellent sauvignon sancerrois, l'ambroisie même du Poche. »

Et de leur resservir lui-même de belles rasades pour un accueil princier au royaume des Poches, baptême inoubliable.

La plupart commencent à être pour le moins grisés. Francis est désormais leur grand bienfaiteur Poche pour la vie.

— Voilà, tout le monde est servi ? Je reprends. Je dois vous dire en préambule que ces derniers temps, quelques brebis égarées ont un peu négligé le pacte Poche, déplorable situation, quelques remous, cela ne se reproduira plus. Aussi, j'engage tout candidat en initiation Poche à bien enregistrer mes paroles, synthèse indépassable de notre philosophie.

« Vous n'ignorez pas que nous envoyons des experts observateurs, formés par nos soins, très au fait de notre doctrine, sillonner le monde non-Poche. Sont notés : manquements aux règles démocratiques, injustices et autres persécutions qui privent éventuellement un peuple du bonheur qui lui est dû. Certes, nous ne sommes pas les seuls à déceler et révéler les violations de libertés, nous sommes les seuls à offrir une mutation profonde de l'humanité. Je me propose dans ce discours de présentation de vous exposer les principes de cette métamorphose, ma leçon vous semblera sans doute un peu didactique, il est nécessaire de bien vous imprégner de nos préceptes et de notre organisation systémique pour appréhender au mieux la réalité de la galaxie des Poches. »

« Donc, nos experts partent en tournée, enquêtent et reviennent rapport en « Poche » sur la société observée. Analyse en assemblée de la contribution de notre émissaire, discussion, et au final, si la communauté est jugée opprimée, propositions du Bureau sur les ajustements ou redressements nécessaires à réaliser dans cette société. Nous adressons enfin ces propositions à qui de droit : entre autres aux nouveaux Poches recrutés dans ces pays expertisés, parfois, si possible, au pouvoir politique en place, et aux instances supérieures de l'ONU. »

« Je conviens tout à fait de l'utopie apparente de notre action, mais rien ne se fait pour le salut de l'humanité qui ne soit d'abord utopique. Prenez notre Révolution de 1789, ou l'élaboration du texte des Droits de l'Homme, utopies interdites quelques années avant leur avènement. Descendants de cette révolution, nous sommes là pour parachever le travail. L'impossibilité supposée de cette croisade ne doit pas être un frein, mais au contraire un moteur. Si notre système peut apparaître trop idéaliste et même à certains comme loufoque, ce n'est pas un hasard, notre projet a été pensé, nous assumons, dessein délibéré. Une confrérie d'apparence fantasque, des adhérents Poches emplis de sauvignon, une charte farfelue, toutes ces attitudes ne sont pas involontaires, car nous sommes persuadés qu'en nous plaçant dans une optique fantaisiste, nos idées généreuses, venant d'une bande de joyeux drilles écervelés, s'incrusteront dans tous les esprits sans effaroucher. Pourquoi se méfier d'une bande de doux excentriques ? Ces notions petit à petit feront leur chemin chez les opprimés et leurs chefs pour aboutir à de nouvelles libertés. N'achoppez donc pas sur cet aspect burlesque, et même colportez-le, c'est notre Cheval de Troie. Voilà très succinctement une première approche du monde Poche et son ambition. »

« Je sais que vous désirez séjourner un temps parmi nous, nous vous adjoindrons un guide, spécialiste de la région et de la vie des Poches, vous pourrez lui poser toutes les questions nécessaires. En attendant, jouissez du Centre et de sa cave. Votre guide sera à votre disposition dès demain, ici à 9 heures. Je vous remercie et resservez-vous de notre grand vin de Sancerre. Imprégnez-vous de l'âme Poche, la métamorphose s'accomplira d'elle-même.

Applaudissements. Nous nous regardons avec Olivier, et pensons la même chose : le Francis a mis le paquet, placé haut le mouvement, et complètement oublié ses problèmes personnels. Assurément, les caméramans de la télévision régionale l'ont beaucoup stimulé, intervention filmée en intégralité, en revanche le secret du Cheval de Troie pourrait bien en être compromis.

*

L'autorisation d'inhumer avait enfin été donnée. Inhumer : façon de parler, Alban avait souhaité depuis toujours une crémation en grande simplicité, sans apparat, ni fleurs ni couronnes. Volontés respectées. Salle de cérémonie du crématorium néanmoins bondée. Alban était une figure régionale appréciée, rôle politique un temps, membre de multiples associations avant de se consacrer aux Poches. De la race des hommes qui aiment servir, parfois pour se servir, pas du tout le cas d'Alban, instrument dévoué qui ne se sentait exister qu'en se croyant utile : je sers donc je suis. Altruisme gratuit, vraiment ? Un petit témoignage de gratitude ne serait peut-être pas de refus, certificat du mérite d'une vie, preuve d'un passage honorable sur terre : sans reconnaissance, je ne suis rien. Don de soi plutôt populaire et estimé dans nos sociétés : vertu conservatrice ou progressiste ? Inclination plutôt homogène au sein de la population, trait davantage lié à la personnalité qu'à l'orientation politique. Cornac du congénère : penchant inné chez Alban ou établi par la leçon du clan ? En vérité, l'ADN doit tenir une bonne place dans ce comportement de berger qui donne sa vie pour le bien des brebis, disposition affermie, cela s'entend, par une culture familiale et sociétale injonctive. Au final, volonté impérieuse de montrer le chemin à l'autre.

Dans la salle du crématorium aujourd'hui, forte représentation Poche, bien sûr. Les veuves éplorées au premier rang, Nathalie, Pauline et Laurence rapprochées dans la peine. De part et d'autre et au deuxième rang, les membres de la famille, troisième rang occupé par le Bureau des Poches, plus on s'éloigne du cercueil, et moins on compte de figures de circonstance, et moins le noir strict cérémoniel domine, et même dans les derniers rangs quelques sourires difficilement contenus apparaissent sur des visages sereins. La tristesse n'est pas la même pour tous, certains pensent surtout à la collation d'après service funèbre, partagée parfois avec des amis d'autrefois perdus de vue qu'on a plaisir à retrouver.

Francis a été sollicité pour un bref discours, le temps est compté dans ces usines à atomiser les morts, débit élevé, rentabilité maximum. Tout est minuté et la ronde des corbillards déposant les futurs réduits en poussière ne ralentit jamais.

Musique de fond appropriée, Ave Maria de Gounod, encore que pour un mécréant... Alban n'avait rien requis de particulier, ne se souciant sans doute pas d'une fin si hâtive. Francis se place devant le cercueil, la musique s'éteint doucement.

« Chère Nathalie, chère Claire, cher Alexis, Mesdames, Messieurs, chers amis, je ne m'attendais pas à devoir prononcer un jour de façon si prématurée l'oraison funèbre de mon ami Alban ».

« Tu nous quittes, Alban, dans des circonstances étranges et bien sûr inattendues, toute ta vie, tu auras su nous surprendre, mais nous nous serions bien dispensés de ta dernière surprise. Je préférais de beaucoup quand tu me surprenais par tes prises de position parfois déroutantes pour moi. Pendant quarante ans — eh oui, un ami de quarante ans ! — nous avons collaboré à nombre de projets aussi divers qu'exaltants, pour finir en apothéose : l'avènement de la Galaxie des Poches. Jamais l'ombre d'un nuage pendant cette longue période, quelques anicroches ici où là, rien de grave, l'amitié nous a toujours protégés, elle effaçait ces infimes divergences. Ta grandeur d'âme nous manquera, mais plus sûrement encore ta présence fraternelle, toujours chaleureuse, et constructive. Ta vie était gouvernée par ton dévouement aux autres, bénévolats de toutes sortes, jusqu'à donner, ces derniers temps, une partie de tes nuits pour la bonne marche de notre communauté Poche. Les dossiers de tes hypnoses accaparaient tes jours et même tes nuits, rançon du succès de notre œuvre, seul tu ne pouvais plus satisfaire à l'excédent de demande. Nous devrons hélas cesser cette pratique des plus utiles par manque de successeur compétent, mais sois sans crainte, Alban, nous perpétuerons au sein des Poches ta pensée éminente irremplaçable. Je ne discourrai pas d'avantage sur tous les hauts faits humanistes de ton existence, je laisse ce soin à ton fils Alexis qui saura mieux que moi retracer ta vie foisonnante vouée au don de soi pour le bonheur des autres. Merci, Alban.

Alexis prend la parole. Le panégyrique continue, apologie habituelle en ces lieux où toute allusion critique serait malvenue, les griefs s'estompent, miracle funéraire. Enfance, scolarité, carrière, tableau élogieux complet. On écoute, admiratif, bâillonnant ces voix intérieures qui tentent d'insinuer sournoisement que la vérité est ailleurs, puis on somnole un moment, bercé par cette parabole mythique de bienheureux. On s'éveille, baigné de bonté et de miséricorde, chacun passe devant le cercueil, certains posent la main sur le bois, d'autres se signent, et tous nous nous retirons avant que le mort entre en fournaise, méthode assez peu écologique, dit-on.

Marie et moi présentons nos condoléances et nous nous esquivons, laissant la famille proche conduire l'urne du défunt au columbarium. Olivier nous imite. Francis ne veut pas se dérober, présence obligée, dit-il : « Mon absence froisserait. J'accompagnerai Alban jusqu'à sa dernière niche ».

« Mais attendez-moi au café du coin, j'ai quelques recommandations à vous faire pour l'organisation de ma défense ».

— Inutile, dit Olivier, tout est déjà ficelé, tout est dit.

— Est-ce que Berleau l'entendra de cette oreille ?

— Ficelé, te dis-je !

— OK, rendez-vous dès demain à l'assemblée exceptionnelle. À ne pas manquer ! Remise en ordre de la machinerie Poche. Nouveau cap pour notre navire à la dérive, tâche grisante mais extrêmement délicate. Je file !

CHAPITRE XIV

Foule sur la place du village, voitures en tous sens, enchevêtrées, à la recherche d'une place de parking, tous les occupants se dirigent vers la Salle dite « du Temps Libre », actualisation à peu de frais de l'ancienne salle des fêtes, connotation provinciale acceptée : conservatisme inconscient ou volonté délibérée de préserver le côté rural du bourg ? Quoi qu'il en soit, la plus vaste salle locale encore à même de recevoir une assemblée générale Poche.

J'ai cueilli Olivier au passage dans sa longère. Salut rapide à Claire, pas même le temps d'un coup d'œil à son travail récent, nous repartons. Claire, comme Marie, n'a pas encore adhéré à la confrérie Poche.

Francis, à l'entrée de la Salle du Temps Libre, détendu et jupitérien, accueille son monde, chacun s'incline. Le patron, le retour ! Matée la dissidence ! Allégeance renouvelée au chef légitime.

— Nous faisons le plein, nous dit-il, ravi !

Salle comble en effet, j'aperçois le groupe américain, à l'honneur au premier rang face à la ligne du Bureau. Olivier se dirige vers le fond de la salle, je le suis.

— D'ici, nous dominerons l'événement, me dit-il.

C'est l'instant que choisi Anaïs Berleau pour faire son entrée, escortée d'une flopée de sbires. Habillée d'une magnifique combinaison de combat rouge vif, tous les regards la suivent. Qui d'autre pourrait se permettre ce look, plutôt voyant, très sexy. Descente policière furtive ratée.

— Merde, dit Olivier, il y a un os ! Ne bouge pas, je reviens.

Francis, plongé dans ses notes, n'a encore rien vu, Lucienne, la secrétaire, le pousse du coude et lui montre d'un signe de tête la direction d'Anaïs qui s'avance vers les derniers rangs et arrive sur moi.

— Bonjour Capitaine, dis-je, seriez-vous depuis peu membre des Poches ?

— Sûrement pas ! Je ne veux rien avoir à faire avec votre bande d'illuminés.

— Alors, seriez-vous en intervention ? Je ne vois pas votre brassard.

— Pour l'instant non, en simple observation.

— Votre enquête progresse-t-elle ? Votre fameuse méthode, déduction-élimination-recoupement, a-t-elle porté ses fruits ?

— Certainement, elle a déterminé sans aucun doute le seul coupable possible, et vous savez très bien de qui il s'agit ! Arrestation probable imminente.

Francis s'est levé, figé devant sa chaise, regard fixé sur Anaïs.

Le silence se fait.

— Capitaine Berleau, lance-t-il, je n'ai pas souvenir que les Poches vous aient adressé une invitation, vous êtes ici dans une enceinte privée, je vous prie donc de vous retirer avec vos hommes, que nous puissions tenir notre assemblée.

Mouvement dans l'assistance, remous assourdi.

— Monsieur le Président, n'avez-vous pas signalé dans votre dernière interview à « La Voix », que cette assemblée extraordinaire était ouverte à toute personne intéressée par le monde Poche ? Je suis ici en curieuse captivée.

Olivier revient par une porte du fond et me fait signe de le rejoindre : « Effervescence anormale dehors, forces de police en nombre, bien trop importantes pour une simple arrestation de Francis. Manège encore plus intrigant : présence de la DGSI. Tu vois le grand type blond arrivé avec Anaïs, une barbouze de la DGSI, je l'ai rencontré il y a quelques années sur une affaire où la CIA, la DGSI et moi-même œuvrions de concert. Plus piquant encore : à l'écart, derrière le bâtiment, j'ai aperçu Ibrahim feindre une pose clope et discuter le bout de gras avec un agent de la Sécurité Intérieure ! ».

— Mesdames, Messieurs, nous avons la police en auditrice libre, continue Francis. Parfait, j'espère qu'elle ne perturbera pas ce lieu de réflexion ni notre quête constante de paix et de sagesse ? Capitaine, seriez-vous suivie par votre hiérarchie en cas de trouble pendant cette séance où nous tenterons d'établir de nouvelles règles dans l'intention de porter toujours plus haut le projet et l'essor de la confrérie Poche, vouée sans réserve à la défense des peuples opprimés ? En cas de turbulences intempestives, devrais-je en référer à mon ami Arnaud, le ministre bien connu ?

La parole de trop. Anaïs bondit. Une flamme. Incandescence du vêtement alliée au rouge de la colère, brasier vivant irréductible :

— Cessez vos provocations et menaces indignes, Président ! Vous n'êtes rien d'autre qu'une poupée de son boursoufflée d'arrogance, sans pouvoir, un pauvre gourou de secte sans envergure. Fin de la comédie. Je suis venue vous arrêter, le juge vous mettra en examen.

Elle enfile son brassard. Brouhaha, les Américains se regardent interloqués.

— Silence, hurle Anaïs, ou je fais évacuer la salle par les forces de police, arrestations pour entrave à l'action policière !

— Capitaine, s'écrie Olivier, au milieu du tumulte ! Permettez-moi d'intervenir.

— Bon point, Olivier, déjà tu ne me tutoies plus ! Mais je crains de ne pas m'en satisfaire pour geler l'intervention, ni d'avoir la patience cette fois d'écouter tes élucubrations.

— Vous auriez tort, Capitaine, écoutez mon interprétation des faits, ensuite agissez selon votre conscience, je sais que vous ne serez pas injuste, la matérialité des actes et les preuves dirigeront votre décision.

— Je t'écoute, Olivier, pas d'embrouilles, du bref et du clair, pas d'enfumage, sinon je t'embarque comme complice, assez de perte de temps dans cette affaire. Toutes vos petites manigances internes et autres subterfuges pour épargner ton client sont terminés, revenez sur terre parmi la justice des hommes, toutes vos simagrées Poches ne vous protégeront plus, le monde réel c'est ici et maintenant, le tangible c'est nous, la force publique ! Le procureur exige que l'affaire soit close aujourd'hui. Je t'écoute, tu n'as plus droit à l'erreur ni au plaidoyer ambigu, sois convaincant et vite !

Grand silence dans la salle, tous se tournent vers Olivier.

— Du concis, Capitaine. Tout d'abord, rappel de la scène de crime. Au Centre des Poches, un matin la femme de ménage découvre Alban Jarencourt décédé, allongé sur le sol. Toutes les issues verrouillées : porte principale, porte de derrière, barreaux aux fenêtres et au vasistas du cagibi dans lequel il est d'ailleurs impossible de pénétrer, des chaises renversées bloquent la porte de ce débarras. Impossible de sortir du Centre sans les clés. Or le trousseau d'Alban a été retrouvé dans son manteau pendu dans ce cagibi inaccessible.

— OK, tout le monde connaît ces faits, s'impatiente Anaïs !

— Patience, chère amie, ne sois pas si pressée, tu me remercieras, tu dois d'abord te pénétrer de chaque détail.

Anaïs Berleau exaspérée, besoin impulsif de raviver leurs disputes ordinaires si jubilatoires. Elle se contient.

— Dans les poches de son manteau, continue Olivier, se trouve aussi sa réserve d'insuline. Injection d'insuline irréalisable donc. Ni clés, ni insuline : impasse, Alban pris au piège, le légiste conclura à une mort consécutive à un coma diabétique. Alban ne pouvait pas non plus téléphoner, selon son habitude, portable oublié à son domicile, élément important à enregistrer. Certains ont incriminé la malchance, d'autres ont même pensé au suicide, toutes ces hypothèses ne tiennent pas la route. Anaïs, à juste titre, tu as très tôt rejeté la fatalité ou la déprime, seule une main malveillante avait sciemment organisé cette tragédie. Trop de coïncidences curieuses. Compliment pour ce coup de flair !

— Je n'ai que faire de tes compliments, apporte-moi du nouveau.

— Lors de ma visite des lieux...

— Délictuelle, je ne l'oublie pas.

— J'ai découvert que les chaises du cagibi ne s'étaient sans doute pas renversées par hasard, quelqu'un a pu délibérément les déséquilibrer. On aurait fait basculer la première chaise pliante pour entraîner les autres à sa suite. Une fois à terre, elles bloquaient l'entrée, l'étroitesse du cagibi ne permettait plus d'ouvrir la porte.

— Exact, dit Anaïs, nous avons dû passer une longue perche par le vasistas pour redresser les chaises et pouvoir enfin pénétrer dans le débarras. Cela dit, ton scénario me paraît un peu tiré par les cheveux, trop romanesque, mon cher Poirot.

— N'ironise pas, Anaïs, tu pourrais le regretter. J'ai retrouvé sur le dossier de la première chaise tombée un petit morceau de fil plastique noué.

— La belle affaire !

— Suite de mes observations à l'extérieur du bâtiment, vers le vasistas du cagibi, découverte d'un autre brin de fil plastique mais d'un diamètre plus fort et cependant presque invisible, d'ailleurs la maréchaussée ne l'avait pas repéré. Un peu plus loin dans les vignes, coïncidence pour le moins troublante, nouveau morceau du même fil, j'ai pensé à du fil de pêche, matériau inutile en viticulture. Et là, tu ne vas pas me croire, Anaïs,

— Probable, l'ami, si tu persistes dans tes divagations.

— Et voilà, elle ne me croit pas !

Quelques rires dans la salle.

— Et pourtant à cet instant, fulguration, j'ai tout compris, ne t'en déplaise, Anaïs : notre homme ou notre femme, a tiré de l'extérieur sur le dossier de la chaise avec un fil de pêche.

— Ébouriffant, tu comptes me convaincre avec tes bouts de ficelle ? Francis Marantes était sur place pour bloquer la porte du cagibi avec les chaises. Des preuves, l'ami !

— Montage facile, concerté avec minutie, fils quasi invisibles : un premier fil très court attaché au dossier de la chaise de tête, abouté à celui-ci, un second plus solide qui sort par le vasistas ; en tirant, la rangée de sièges s'écroule, puis de nouveau un coup sec, le fil le plus costaud résiste, le fil court moins solide cède, on rembobine le reste de gros fil. Système ingénieux discret dans ce réduit sombre, et qui laisse un minimum de trace, un seul résidu de fil sur le dossier qui pourra même être récupéré quelques jours plus tard selon l'évolution des événements.

— Élucubrations sans preuve ! Mon pauvre Olivier, fabulation sortie de ton imagination délirante, ton histoire ne tient pas la route. Des preuves ! Des preuves ! Conte à dormir debout cousu de fil imaginaire.

Olivier fait mine de ne rien entendre.

— L'assassin ferme d'abord à clé les portes du Centre, sans bruit, puis renverse les chaises du cagibi avec son dispositif en fil de pêche. Le lendemain, la rumeur révélera la réussite ou l'échec du procédé.

— Un vrai tour de passe-passe de prestidigitateur-illusionniste, dit Anaïs, est-il bien raisonnable de formuler de telles divagations ?

— Je me suis posé la même question, chère Anaïs, mais aucune autre piste à explorer, j'ai cherché parmi les pêcheurs Poches, il m'est vite apparu que le seul pêcheur de l'entourage d'Alban n'avait pas pu élaborer un tel système, obligation d'enquêter ailleurs. Je ne doutais pas que l'assassin fût un familier d'Alban : les clés, l'insuline, et même, souvenez-vous, le portable sans cesse oublié, Nathalie m'a confirmé un appel sur le téléphone d'Alban ce soir-là, une voix étouffée, communication vite coupée. Un familier, oui, qui voulait vérifier si Alban, comme de coutume, avait laissé son portable chez lui. Il suffira de rechercher le numéro d'appel, sauf si le criminel a pris soin d'utiliser un jetable, peut-être a-t-il omis cette précaution, tôt ou tard l'erreur guette l'assassin. Tous les familiers invités ce soir-là ont un alibi béton, même Francis Marantes, Anaïs.

— Et si Alban avait répondu ?

— Opération reportée, tout simplement.

— Canevas plutôt tarabiscoté, sorti tout droit de tes neurones en surchauffe.

— Les assassins débordent d'imagination. Et celui-ci particulièrement. Je me suis renseigné sur les fils de pêche, je les ai fait analyser, des fils très spéciaux, assez peu fréquents.

— Rétention d'indices et de preuves lors d'une enquête, ton karma déjà désastreux de cavalier seul ne s'améliore pas, lourds nuages noirs au-dessus du contrevenant, grince Anaïs.

— Tu m'aurais envoyé balader, avec mes fils « invisibles imaginaires ». J'ai pris mon bâton de pèlerin, visite à tous les marchands d'articles de pêche de la région, d'abord les plus proches et peu à peu les plus éloignés, fastidieux, je l'avoue, envie d'abandonner au moment même où un coup de téléphone à Nevers a récompensé ma persévérance, le fervent du brochet s'y croyait hors d'atteinte. Mon énième détaillant en asticots avait bien vendu ces deux sortes de fil à un type étrange qui en fait ne connaissait rien à la pêche, il pouvait l'affirmer. Je débarque chez lui dans l'heure, l'affaire l'a marqué, demande très inhabituelle : « Des fils presque invisibles et très solides, surtout un très résistant et un second un peu moins ». Tout concordait avec mon hypothèse. « Je lui ai trouvé ses deux fils, me dit-il, vente tout à fait occasionnelle, montage plutôt réservé à la pêche au gros en milieu marin, en tout cas, il ne connaissait rien à la pêche. ».

« Je lui demande de décrire la personne que j'identifie immédiatement, je lui montre une photo de groupe des Poches, il pointe sans hésiter la personne supposée.

— Qui est-ce, interroge Anaïs ? Francis Marantes, bien sûr !

— Pas exactement. Cette personne est parmi nous aujourd'hui. Je suis bluffé, je la surveille d'un œil depuis un moment, pas le moindre signe d'affolement, n'est-ce pas Hippolyte ?

— Qu'est-ce que je viens faire dans cette histoire ? Tout ça n'est qu'accusation sans preuve. Pourquoi aurais-je voulu du mal à Alban ?

— Parce qu'il a injurié la mémoire de votre père, et qu'il voulait se débarrasser de vous une fois élu président des Poches, et vous l'avez appris.

— Ce n'est pas une raison pour le tuer !

— Il faut croire que si !

« D'autre part vous avez laissé des empreintes de chaussures ce soir-là, à l'endroit où vous attendiez dans les vignes le bon moment pour faire basculer les chaises. J'ai pris un moulage de cette marque de pied et je l'ai protégée, elle est encore intacte ».

— Je n'ai jamais mis les pieds dans les vignes !

— Ne vous avisez pas de jeter les chaussures en question, une personne sûre attend devant chez vous que des agents assermentés perquisitionnent selon la loi. Note-le, Anaïs, je sais aussi usiner dans le légal.

— Une fois n'est pas coutume, mais je t'en remercie. De toute façon, il n'ira pas loin, je le place dès maintenant en garde à vue.

— Merci Anaïs, je connais ta probité, j'avais confiance en la rectitude de ton jugement. Au bout du compte Hippolyte Ciboire a monté une opération pleine d'impondérables, il courait à l'échec, mais malgré cette incertitude, son scénario hasardeux a réussi, si l'on peut dire.

— Parfaitement, une réussite, se met à crier Hippolyte ! Alban Jarencourt était une ordure, il voulait anéantir la philosophie bienveillante du Messie et par la même abattre le fils du Messie. Aïcha m'a révélé les paroles ignobles d'Alban à propos de mon père et sa volonté de m'éjecter des Poches, quand je l'ai ramenée de chez Quentin Melnard, le vigneron neveu d'Antoine Penufin. Elle était un peu ivre après la visite de cave chez Quentin, elle m'a déballé toutes les saletés que ce salaud d'Alban a débitées sur nous à une soirée bécasses, paraît-il, chez lui. Mais l'histoire est en marche, rien n'arrêtera le divin message de mon père. Je serai le premier martyr.

Les gendarmes passent les menottes à Hippolyte. La salle abasourdie reste silencieuse.

Anaïs se dirige vers nous.

— Merci Olivier. Tu m'as évité une belle boulette. Même si ça me fait mal aux burnes de l'avouer. Tes histoires de pêcheur, je trouvais ça farfelu... En définitive c'est ton côté funambule que j'aime, admiratrice jalouse.

— Car tu t'imagines vraiment rationnelle et sensée ?

— Ne commence pas à m'agacer, moi qui voulais vous inviter pour que vous prononciez mon absolution.

— Mesdames et Messieurs, reprend Francis très calme, maître de lui malgré l'explosion de joie qui doit l'envahir, Mesdames et Messieurs, chers amis Poches, après ce pénible intermède, je propose que nous reprenions la séance. Laissons partir la maréchaussée.

Anaïs se retourne aussitôt vers Francis.

— Monsieur le président, vous n'êtes pas encore sorti d'affaire, notre mission n'est pas terminée. Plainte du Procureur contre votre association pour dérive sectaire. Je prie donc tous les auditeurs de donner leurs coordonnées aux agents.

Huées dans la Maison du Temps Libre.

— Silence, ou je fais embarquer tout le monde !

Olivier et moi nous rapprochons d'Anaïs.

— Là, tu charries un chouïa ! Tu passes les limites, lui dit Olivier !

— Rien de mon fait. Un particulier a informé la Miviludes de l'existence d'une dérive sectaire dans votre confrérie, l'enquête suit son cours. Si cela dépendait de ma volonté, je laisserais votre clique d'ados attardés s'esbaudir à son aise. Vos enfantillages, je m'en bats les couilles.

— Quel syntagme, Capitaine, dis-je ! Imagé certes, mais je présume, plutôt chimérique.

— Mon cher Boophi, je ne suis pas ici pour recevoir une leçon de linguistique, je parle comme il me plaît, le langage de mes hommes, vous l'entendez vous-même, je pense. Et croyez bien à mes très humbles remerciements pour votre contribution dans l'affaire Jarencourt.

— Ne sois décontenancé, Boophi, me dit Olivier, c'est tout le charme d'Anaïs, alliance surprenante, un charretier parfois dans une silhouette de fée.

— Messieurs, assez perdu de temps en considérations d'ordre secondaire, sortez vos papiers, toi aussi, Olivier, mon chou.

Quand nous avons décliné notre identité, Anaïs bat le rappel des troupes et évacue la salle avec ses hommes.

— On se fait signe, chou chéri, dit-elle à Olivier.

Elle sort, entourées des gendarmes.

— Félicitations, Olivier, tu as le ticket avec Anaïs, dis-je ! Il faut bien l'avouer, tu lui as évité le pire. Très libérée du coup, la belle capitaine : la langue verte déconcerte un peu chez ce gracieux chaperon rouge. Sans doute sa manière d'encaisser le camouflet sans heurt, la verdeur escamote sa susceptibilité. Pas d'explosion de colère, fair-play apparent, façon de ménager son amour-propre.

— Dérobade temporaire, elle ne sait pas s'interdire nos querelles, son mode de communication préféré, surtout si à l'avenir je ne réponds pas à ses avances qui ne manqueront pas de ressurgir, une mante vorace insatiable. J'ignore où elle en est avec son nouveau mec, je crains qu'elle ne me lâche plus. Elle ira jusqu'à me relancer chez moi. Risque de rififi avec Claire.

— L'amour provoque parfois de ces déferlements agressifs par impossibilité de dire crûment sa passion, sorte de représailles de l'amoureuse blessée.

— Admettons, sans doute as-tu raison.

— Comme elle, je n'ai rien vu venir. Tu nous as tous surpris, avec ton Hippolyte. Je me demande en fin de compte si la cervelle d'Hippolyte n'a pas moins d'épaisseur que celle de son père ?

— Nous ne le saurons sans doute jamais, m'étonnerait qu'il accepte un scanner. C'est un timbré, c'est aussi un malin, peut-être doté d'une matière grise complète. Je ne sais pas comment la société des Poches va digérer ce traumatisme.

— À Francis de gérer au mieux le séisme.

À cet instant, magie télépathique, Francis décide de reprendre la parole après conciliabule avec les membres du Bureau.

— Je vous propose de continuer la séance, cette bourrasque ne doit pas empêcher la galaxie Poche de tourner. Même si notre confrérie n'est pas encore un monde parfait, pas question de baisser les bras, poursuivons notre action, nous ferons en sorte que de tels événements ne se reproduisent pas. Notre commandement était sans doute devenu laxiste, beaucoup s'écartaient de l'esprit Poche, errements sans rappel à l'ordre, aucun blâme. Resserrons les rangs, soyons plus solidaires, regroupons-nous autour des principes du Manifeste. Établissons des sanctions plus sévères pour le non-respect du dogme initial, même, ne craignons pas l'exclusion salutaire d'un renégat, par exemple après jugement d'un conseil disciplinaire élu. N'ayons plus peur d'une certaine rigueur, seule façon de conduire notre galaxie à son apogée vers des lendemains qui chantent.

« Évitons aussi désormais les rapports d'enquête sans bienveillance, j'en ai trop lu d'accusateurs et méprisants. À ce titre, je crois qu'il serait judicieux dans un premier temps d'axer nos missions plutôt sur des contrées aux mœurs et aux institutions proches des nôtres, je veux dire proches de notre société Poche, et non du système de la France qui, à bien des égards, pourrait revoir sa copie sur ses indignités vis-à-vis des citoyens, par exemple proposer des amendements à ses lubies liberticides devenues monnaie courante, telle l'interdiction de la publicité télévisuelle du vin pour ne citer qu'une liberté sans doute secondaire, mais qui nous est chère. Nous choisirions des pays peu fautifs à nos yeux, ainsi nos critiques seraient moins féroces et nos recommandations auraient une chance d'être entendues sinon obéies. En quelque sorte, nous nous referions la main sur des missions plus modestes. Plus tard, nous retâterions si possible de régimes plus âpres. N'y voyez pas un amollissement, juste du pragmatisme, l'expérience a démontré notre impuissance à infléchir la dureté de toute dictature et autres asservissements intolérables. Pour l'heure, restons utiles, sans ambitions démesurées.

« Pour tenir ces promesses, nous organiserons rapidement les élections d'un conseil disciplinaire et nous toiletterons le Manifeste. Dans cette attente, les membres du Bureau se chargeront de faire respecter la Charte et le Manifeste actuels. L'élection du président est reportée sine die, le temps que la situation troublée se stabilise. Vous avez ma parole, nous nous remettrons sur les bons rails, nous appliquerons strictement les textes dont je resterai le garant en tant que fondateur et premier guide de notre communauté.

« Je voudrais maintenant saluer la présence de nos amis d'outre-Atlantique. Ils n'ont pas hésité à parcourir des milliers de kilomètres pour venir découvrir le fabuleux monde des Poches. Qu'ils en soient remerciés. Je souhaite que les récents accidents de parcours n'ébranlent pas leur détermination et ne remettent pas en question leur ralliement à notre cause. Épousez notre monde, chers frères d'Amérique, et devenez nos zélateurs par-delà les mers. Je crois que nous pouvons les applaudir.

Belle volée d'applaudissements, ponctuée çà et là de « Make America Great Again ». Rires. Atmosphère à la détente.

— Attardons-nous encore sur quelques évocations heureuses, continue Francis, plutôt rares ces derniers temps. Certes non, je n'oublie pas ma disculpation, merci Olivier.

Je crois pouvoir affirmer que tu as sauvé le monde Poche. Toujours dans le domaine des choses positives, je vous confirme la sélection au Festival de Cannes du film d'Olga de Mogatt, « La Galaxie des Poches ». Grand honneur pour les Poches. Cet événement contribuera sans aucun doute à la gloire de notre communauté. Beaucoup d'entre vous ont participé au tournage, soyez fiers de votre figuration et pour certains de votre interprétation, j'ai visionné la plupart des rushs, je crois pouvoir affirmer que cette œuvre poétique autant que philosophique, une fois le montage achevé par la divine Olga, saura étendre notre crédit par le monde. Je n'ai pas vu Olga ce matin, je n'ai pas croisé sa frêle silhouette, toujours très discrète. Montre-toi, Olga, pionnière de notre renommée future !

Elle se lève, toute menue. Ovation spontanée.

— Vous avez raison de l'acclamer, nous lui devrons sans conteste une grande part de notre succès. Comme l'a écrit Balzac, un connaisseur en notoriété : « La plus immense des renommées est un bien que nulle puissance autre que le génie ne saurait créer. ». Merci Olga pour ton chef-d'œuvre. Nous allons étudier comment faire participer le maximum d'entre vous au Festival. Nos amis d'Amérique sont d'ores et déjà invités.

« Je crois que tout est dit. Ne considérez surtout pas ces remaniements comme une dérive autocratique arbitraire, simple reprise en main passagère, le temps d'assainir le marécage, de purifier les esprits corrompus, seule façon de sauver notre confrérie après sa première convulsion, obligation de se montrer plus ferme en ces jours critiques, je suis là pour tenir le cap, sans états d'âme, pour le bien de tous les Poches.

Nous nous regardons avec Olivier :

— Quel retournement, dis-je ! Notre doux Francis s'est métamorphosé en fauve, en tout cas il sait exploiter les crises pour affermir son pouvoir.

— Vraiment très surprenant, reprend Olivier, je ne l'aurais

pas cru capable d'une mutation aussi radicale en si peu de temps. À croire que les emmerdes sont de puissants mutagènes. Pour ma part, j'en ai assez entendu. Si nous partions ?

— Je suis assez d'accord, cet avatar autoritaire me fatigue.

Nous levons le camp, je capte encore quelques mots de Francis :

— J'aimerais bien connaître l'ordure qui a porté plainte pour dérive sectaire...

CHAPITRE XV

Une petite pluie chafouine inattendue embrume tout le val, juste pour importuner, histoire de coller à la situation du moment qui en toute logique devrait être heureuse en ce jour de dénouement plutôt favorable, qui en vérité se retrouve morose sous un ciel menaçant pour les Poches. Aujourd'hui le monde Poche aurait dû s'éveiller apaisé par un matin ensoleillé, et c'est ce crachin grisâtre qui nous accompagne.

— On s'offre une bière au « Café de l'Église », dit Olivier ?

Vieux troquet dans son jus, tout est d'époque, même la patronne, bistrot de campagne des années cinquante. Comptoir, verres et même publicités, toujours en place depuis des décennies. Des chaises Thonet, devenues des classiques, en bois brun thermoformé, très vintages, fashion. Je repère immédiatement une plaque émaillée publicitaire Saint-Raphaël, caricature de deux garçons de café stylisés, créés en 1959 par le génial Charles Loupot. Téléportation instantanée vers l'enfance, bouffée nostalgique.

— On tourne un film ici, dit Olivier ? Un vrai décor d'après-guerre.

Olivier est beaucoup trop jeune pour être submergé par un flot nostalgique dans cet environnement. Quant à moi, cette reviviscence du passé m'emplit d'une béatitude holographique fugitive, état de douce mélancolie pas nécessairement triste et même plutôt jubilatoire en la circonstance.

La centenaire, fossilisée dans sa blouse grise à carreaux, nous sert des Kronenbourg dans de vieux verres Pils nullement anachroniques dans le tableau.

— Mes beaux Messieurs, c'est-y que vous faites partie de l'engeance qu'a envahi le Foyer Rural ce matin, il y a lurette que j'avions point vu si grosse flopée d'ânes.

Elle repart à petits pas.

— Il faudra revenir ici, dit Olivier, fascinant, je pressens un lieu tendance pour les Poches, il sera vite réputé, the place to be. La vieille tenancière est magique, et toute sa cervelle. Elle ne déraille pas du tout. On ne peut en dire autant d'Hippolyte, il a débloqué plein pot, le couillon, et même se pose la question de son intégrité cérébrale en l'absence de scanner. Dommage, je l'aimais bien Hippolyte. Au début j'ai eu du mal à me faire à l'idée de sa culpabilité, mais impossible de refuser les faits. Je m'en félicite tout de même pour Francis, oublions ses dernières élucubrations, elles lui ont sans doute été dictées par les turbulences d'après absolution. Il s'est senti fort, sans plus d'entraves, alors il donne libre cours à sa rancœur et à son envie de revanche. Ses fantasmes refoulés, enfin libérés, déferlent sans la réserve d'usage. Une nuit de réflexion effacera cette volonté de représailles, soufflé retombé, il reviendra sur ses propos dictatoriaux, en effet discutables.

— Si tu le dis. Il m'a pourtant donné l'impression d'un chef bien ancré dans ses arbitrages, je ne le sens pas changer d'avis si vite, un têtu vindicatif, le père Francis, je l'ai toujours connu ainsi, bienveillant mais pugnace en vengeance quand il a été humilié. Pour en revenir à l'enquête et à Hippolyte, tu as vite éliminé la culpabilité des invités, n'est-ce pas ? Sans me le dire, petit vicelard.

— Oui, ils avaient tous un solide alibi, même Francis sans le savoir. J'ai appris de Marcel Mauloup que Francis, avant le meurtre, lui avait prêté ses clés du Centre, Marcel avait un document à récupérer là-bas. Il a omis de lui rendre ces fameuses clés. J'ai alors demandé à Francis de me confier ses clés du Centre Poche, quelque chose à vérifier sur les lieux, lui dis-je. Il va les chercher à leur place habituelle, ne les trouve pas, étonnement profond sur son visage, il réfléchit, sa perplexité ne fait aucun doute, il se souvient soudain du prêt à Marcel. J'ai su immédiatement que Francis n'avait pas de clés du Centre la nuit de la mort d'Alban. Alibi assez facile à démonter pour qui n'a pas vu le visage de Francis à ce moment, je n'ai rien signalé à Anaïs.

— Dommage ! Une capitaine moins cabocharde aurait pu éviter à Francis une garde à vue... Son acharnement contre lui et la menace d'une mise en examen ont changé l'homme, devenu plus ombrageux et inflexible, il tiendra son plan de redressement, volonté de liquider une bonne fois les agissements d'Alban, il sait que beaucoup de Poches ont été corrompus par l'hypnose. Sûr de lui, il ne lâchera pas. Il se sent invincible. Lui qui en réalité n'a jamais vraiment dirigé le moindre collectif, même en tant que chef des Poches, tout au plus conseillait-il quelques axes optionnels. Et là, à l'instant, il vient de savourer le plaisir de l'autorité, le virus ne le quittera pas, despote en devenir, évolution inattendue chez cet être ci-devant paisible et joyeux.

— Oui, plus on t'abandonne de pouvoir, plus tu te sers, grisant sans doute ?

— Un revirement qui ne m'enchante pas plus que ça, dis-je.

— Entièrement d'accord, savoir si ses excès entraîneront la confrérie à sa perte ? Autre danger : cette histoire de secte, Ibrahim ne me paraît pas blanc-bleu dans ce pastis, il pointerait bien à la DGSI, le gazier. Aïcha sera contente de l'apprendre. Je ne crois pas qu'elle brûlait d'une aventure avec une taupe. Petite enquête nécessaire, j'en référerai à Francis. Remous en vue autour de cette nouvelle affaire.

« Voilà le congrès qui sort du Temps Libre. Cassons-nous avant les réprobations pour fuite malvenue. »

Je rentre chez moi, dans mon nid d'aigle, comme j'aime à dire par manque d'imagination, mon repaire au dernier étage d'un immeuble sur les hauteurs de la ville. Marie me demande si Francis a été arrêté. Je rends compte : l'élucidation magistrale d'Olivier, la chute d'Hippolyte, les métamorphoses de Francis et, enfin, mention de la plainte pour dérive sectaire.

— Je te l'ai dit, me répond-elle, tu t'es acoquiné avec une bande de branquignols ivrognes, je n'aimerais pas être assimilée à ces barjos.

— Justement, voilà l'origine même de ma sympathie. De doux dingues, je les ai suivis. Et ces barjos vont sans doute te proposer une invitation au Festival de Cannes.

— Mon téléphone vibre sur ma cuisse :

— Pourquoi n'êtes-vous pas restés jusqu'à la fin, rouspète Francis d'entrée de jeu sans autres salamalecs ?

— Olivier avait très soif après sa longue déclaration, tu peux le comprendre et ne pas lui en vouloir.

— Bien sûr, mais j'aurais aimé le remercier. Et puis il y a toujours à boire chez les Poches. Venez chez moi demain pour le café. Je compte sur vous.

— Il raccroche sans plus d'explications. Signifier sa contrariété, il sait faire désormais.

Sur le toit terrasse, les tasses à café en Gien bleu, taches outremer perdues dans l'immensité du ciel, posées là sur une table basse blanche très graphique, produisent en vérité un bel effet sous le soleil printanier révélateur de leur délicatesse, un peu de kitsch espiègle dans l'épure. Elles nous attendaient, Francis nous précède avec la cafetière. Plutôt détendu, joyeux même. Nous avions pris la décision avec Olivier de nous présenter ensemble, éviter au premier arrivé d'essuyer l'aigreur de Francis.

— Bizarre, je vous sens un peu crispés, nous dit-il, moqueur. J'en sais la raison. Excuse-moi, Boophi, pour le coup de fil bougon d'hier soir, j'étais encore en état de grande excitation après l'assemblée générale riche d'émotions. Mettez-vous à ma place : la taule ou la liberté.

Nous nous asseyons face aux deux tours de la cathédrale qui émergent au-dessus des faîtages d'ardoises.

— Aujourd'hui, j'ai repris mes esprits. Déjà loin et digérés, les événements étranges et angoissants des derniers jours. Je ne retiens que le positif : mon nouveau rôle renforcé au sein des Poches.

Coup d'œil en coin d'Olivier.

— Mais avant tout, Olivier, je voulais te remercier chaleureusement, sans toi, je serais sans doute à me morfondre dans une cellule. Toi aussi, Boophi, sois béni, à aucun moment tu n'as douté de mon innocence.

Il se lève, disparaît et revient, une bouteille dans chaque main.

Pour vous ! Ne t'inquiète pas Olivier, envoie-moi ta note d'honoraires. Ces deux « Côte de Nuits », juste pour marquer le coup. À l'époque, Bernard Arnault n'avait pas encore mis la main sur le Clos des Lambrays.

Je lis l'étiquette, Clos des Lambrays 2009. Excellente année.

— Ce vin peut encore attendre une dizaine d'années avant d'avoir révélé toutes ses nuances de sous-bois, de truffe, d'épices ou encore de violette. Vous pouvez aussi le boire dès maintenant, il atteint l'apogée.

— Merci Francis, je n'attendais aucune gratification, lui dis-je, mais celle-ci ne se refuse pas. Tu nous vois satisfaits de ta position affermie à la tête des Poches après ce séisme. Lourde tâche à venir, crois-tu pouvoir assumer cette charge, le programme proposé nous apparaît plutôt rude à conduire, ne pourrais-tu pas envisager quelque allègement ? Par exemple, est-ce bien nécessaire de créer un conseil disciplinaire qui sera des plus périlleux à gérer ?

— Mon cher ami, je te trouve bien alarmiste quant à ma vigueur et mon élan nouveau. Depuis hier je me sens revivre, plus rien n'arrêtera mon projet, personne ne ruinera l'œuvre de ma vie, je veux un monde Poche plus propre et bienveillant, j'emploierai tous les moyens et j'irai au bout de mes intentions, tout se déroulera comme annoncé. Les insoumis et autres comploteurs quitteront les Poches. Et crois-moi, j'ai suffisamment d'enthousiasme pour tenir le coup. En tout cas merci de t'inquiéter de mon équilibre physiologique. Mes forces sont intactes.

— Tu m'en vois ravi.

— Sois rassuré, tout va bien, d'ailleurs je vais être obligé de vous abandonner, réunion au Centre dès cette après-midi avec le Bureau pour établir l'agenda des réformes et réfléchir au relookage du Manifeste. On se revoit très vite. Restez si vous voulez, profitez de la terrasse et du soleil.

— Mais je voulais t'entretenir du problème de la dérive sectaire, dit Olivier.

— Plus tard, Olivier, répond-il en se levant. Canular idiot qui se réglera et s'éteindra de lui-même !

— Une telle issue me paraît peu probable.

— OK, viens m'en parler au Centre dans trois heures, je lèverai la séance. D'ailleurs les trois veuves Nathalie, Laurence et Pauline, veulent aussi me voir, je ferai audience commune. Elles ont un projet, me semble-t-il, quasi pharaonique à la mémoire d'Alban, « le seul vrai premier martyr de la cause Poche », disent-elles. Erection de quelque chose comme une stèle, je crois, à l'entrée du Centre des Poches. Je crois aussi savoir que dans un noble élan, elles auraient convoqué Aïcha pour lui arracher, sinon son plein accord, du moins une sorte de permission d'exécuter ce plan. Du sport en perspective !

Il s'éclipse sans attendre la réponse d'Olivier.

— Quelle frite, notre président, ironise et s'inquiète à la fois Olivier !

— Oui, très gaillard notre champion de la gérontocratie, impossible de le fléchir. Je t'accompagne au Centre, Olivier, pas question de rater cette audience. Promesse de confrontations mémorables.

La grosse berline Mercedes S d'Alban nous précède de quelques instants et se gare juste devant nous à la porte du Centre, quelques voitures déjà stationnées, les trois veuves sortent de la limousine et entrent sans attendre d'un pas décidé dans la maison. Nous les suivons.

— Bienvenue à tous, lance Francis. Quelques instants encore, nous terminons.

« OK, Lucienne, tu t'occupes des invitations en salle, et toi Éric, tu vérifies le nombre de chambres et de lits retenus dans la résidence de vacances à Cannes. Je lève la séance.

Le bureau s'ébroue, certains viennent nous saluer, d'autres en manque de nicotine s'esquivent vite au-dehors.

— Je suis à vous dans deux minutes, dit Francis.

— Aïcha n'est pas là, s'étonne Nathalie ?

— Non, elle va arriver, elle est toujours un peu en retard, assure Francis.

Mickael passe avec une bouteille et des verres.

— Un p'tit godet de sancerre ? Ne perdons pas les bonnes habitudes ! Il faut refaire les niveaux et remettre la bécane en route après une interruption un peu longue.

Et de rire haut et fort, il a déjà remis la bécane en marche.

— Bien, Mesdames, prenez place et exposez-moi vos souhaits, propose Francis. Olivier et toi Boophi, puisque te voilà, accompagnez-nous autour de la table.

— L'absence d'Aïcha me contrarie, dit Nathalie.

— Commençons, ça la fera venir, dit Francis.

Les membres du Bureau entrent et sortent et jacassent.

— Un peu de silence Mesdames et Messieurs du Bureau, asseyez-vous ou sortez, ne perturbez pas l'audience, rouscaille le président !

Nathalie prend la parole.

— Nous pensons qu'il est impératif de marquer le souvenir d'Alban par un témoignage fort.

À cet instant surgit Aïcha, accompagnée d'Ibrahim. Excuses, brefs saluts et embrassades.

— Prenez ces deux chaises libres, ordonne Francis, nous commençons juste. Nathalie, je t'en prie...

— Nous envisageons donc un beau projet : une stèle de granit ou une sculpture en bronze avec une inscription honorant les mérites d'Alban. Nous proposons de l'ériger à l'entrée du Centre. Aïcha, nous avons pris la liberté de te convier pour avoir ton avis sur l'hommage à rendre à Alban, nous désirons un acte fort, tes idées seront les bienvenues, nous voulons t'associer à cette célébration, car, somme toute, sans lui tu ne serais pas devenue un membre important des Poches ; oublions les petites discordes bien naturelles entre deux esprits trempés et étincelants.

— Votre compliment, même diplomatique, me va droit au cœur, mais vous me prenez un peu de court, de toute façon j'imagine que la décision est déjà prise, dit-elle, sondant Francis du regard.

— Absolument pas ! C'est un projet de Nathalie, Laurence et Pauline que je découvre.

— Personne ne s'y opposera, continue Aïcha, je ne vois pas de quel droit j'empêcherais ce projet, même si notre relation s'était passablement détériorée sur la fin, juste avant l'horreur. Je ne sais pas s'il mérite cet honneur de la part des Poches après ses agissements, mais faites comme vous l'entendez, je me plierai à vos décisions, paix à son âme.

Déception, la sagesse d'Aïcha nous prive d'une belle empoignade, j'espérais un pugilat dans l'arène, simple conciliation sur tapis vert. Tant mieux, en vérité. Il n'y a qu'Olivier et moi pour regretter l'absence de l'altercation annoncée.

— Je ne voudrais pas paraître regardant et parcimonieux des deniers Poches, dit Francis, petit détail, le financement ?

— Nous prenons tout à notre charge, dit Nathalie, enfin surtout Laurence.

— Très bien, pas d'obstacle sur le principe, proposez-nous quelques esquisses, le Bureau fera connaître sa décision. Merci Mesdames, requête enregistrée. Nous allons passer au sujet suivant.

— Je vous prie de m'excuser, dit Ibrahim, l'appel du tabac, besoin de sortir. Tu viens avec moi Aïcha ?

— Non je ne fume pas, tu le sais. Je voudrais profiter de ma présence pour me tenir au courant de l'actualité des Poches.

Ibrahim, une blonde déjà aux lèvres, briquet en main, quitte la pièce avec Nathalie et Pauline. Laurence, membre du Bureau, reste à la table.

— Je suis enchanté de ta présence, Aïcha, dit Francis, je constate que l'avenir des Poches compte encore pour toi, j'ai une proposition à te faire.

— Oui, je me suis attachée à vous, maintenant je sais que je resterai parmi les Poches, non parce qu'Alban n'est plus, mais je me sens bien dans cette nouvelle famille, moi, la quasi-orpheline de ma vraie famille, le clan patriarcal est plutôt enclin à me rejeter en raison de mes habitudes de liberté, de mes idées agnostiques, ou de mon soutien aux migrants que mes frères considèrent comme des envahisseurs déloyaux.

— Je n'irais pas jusqu'à avouer que je me félicite de tes épreuves, mais tout de même, elles me facilitent la tâche : serais-tu d'accord pour entrer au Bureau des Poches et devenir porte-parole et attachée de presse de notre mouvement ? Tu as démontré un savoir-faire très maîtrisé dans ce domaine. Du fait de la forte augmentation du nombre d'affiliés et de notre participation au Festival de Cannes, nous avons besoin de tes compétences. Poste rémunéré bien sûr, la trésorerie est au beau fixe avec tous ces adhérents. Prends le temps, réfléchis à cette proposition, et soumets-nous ta décision.

— Bien vrai ? Surprise ! Belle surprise. Je n'ai pas de job en ce moment, je crois que je vais accepter. Je vous donne ma réponse demain.

— Pas d'urgence, Aïcha. Ta première réaction en tout cas me réjouit. Passons à la question suivante, Olivier tu voulais m'entretenir de la dérive sectaire, je t'écoute.

— Un mot avant, l'interrompt Mickael, je voudrais des précisions sur le conseil disciplinaire dont tu nous parlais tout à l'heure à la réunion du Bureau.

— Je t'arrête immédiatement, Mickael, le chapitre est clos, question résolue, je n'ai pas à y revenir, nous en avons discuté, j'ai arbitré, n'en parlons plus, tu reliras le compte-rendu. À l'avenir, ne m'interromps plus pour ce genre d'intervention superfétatoire et impertinente.

— Ah ! Ah ! Ah !

Mickael, à son habitude, à peine vexé, nous gratifie de son rire, teinté de jaune peut-être.

— Le grand sachem a parlé, je ferme ma gueule.

— Bonne idée !... Olivier, je t'écoute.

— Je suis un peu gêné de prendre la parole devant Aïcha, mais peut-être est-ce mieux qu'elle sache. Tu seras peut-être troublée par ce que tu vas entendre.

— Je reste, dit Aïcha.

— Le jour de l'arrestation d'Hippolyte, pendant l'assemblée générale extraordinaire, au moment de l'arrivée d'Anaïs Berleau, j'ai reconnu à ses côtés, un type entré avec elle, une barbouze rencontrée lors de mes activités d'antan, un membre de la Direction Générale de la Sécurité Intérieure, la DGSI. Souviens-toi Boophi, je suis sorti, je voulais en avoir le cœur net, inspection des troupes stationnées devant la Salle du Temps Libre, là, j'ai aperçu, un peu à l'écart, à demi caché, Ibrahim qui feignait une pause clope, en discussion avec un autre agent de la DGSI que j'ai parfaitement identifié. Etrange, tout de même. J'ai mené enquête : Ibrahim fait partie de la DGSI. Info par un canal non communicable, je me ferais flinguer à vue, tuyau fiable, preuves irréfutables, Ibrahim est sans doute missionné chez les Poches par la DGSI.

— Sale petit hypocrite, s'exclame Aïcha, il va m'entendre. Moi qui lui accordais une confiance sans bornes.

— Encore sous réserve, il serait même à l'origine de la plainte contre les Poches pour dérive sectaire.

— Je vais le broyer, aboie Francis.

Vaudeville bien réglé, retour d'Ibrahim, tout sourire, air naïf, nos mines soucieuses, tout de même, l'étonnent.

— Prend un siège Ibrahim, prends... Prête, sans me troubler, l'oreille à mon discours, déclame Aïcha : hypocrite, petit corniaud, moi je te faisais confiance, sale barbouze, judas, cafard... Idiot.

Elle tape du poing sur la table et pleure.

— Aïcha a raison, continue Francis. Salaud, bâtard, charogne...

Et Aïcha, entre ses larmes:

— Tu ne m'as rien dit, pourquoi ? Ces simagrées pendant des semaines, comment as-tu pu, oui tu pues, saleté ! Je comprends maintenant toutes tes questions insidieuses sur ma vie, tu m'espionnais fumier. Mais moi je t'aime ignoble crétin.

Ibrahim sort de sa stupeur.

— Moi aussi je t'aime. J'étais piégé. Mission de surveillance. Tu as attiré la curiosité de la sécurité intérieure. Tes activités auprès des migrants, tes critiques permanentes du pouvoir, et même ton entrée chez les Poches : ils ont vu en toi une djihadiste souterraine qui voulait donner le change en adhérant à cette espèce de faction. Je devais faire un rapport sur tes agissements. Rapport très favorable, je t'ai blanchie.

— Pourquoi ne m'avoir rien dit.

— Impossible de révéler à qui que ce soit ma mission. Viré sur le champ. Je suis patriote, je tiens à servir. Impossible de te mêler à mon manège. Combien de fois ai-je voulu disparaître ? Chaque jour, je me disais : demain, je pars. Mais comment vivre sans toi ?

— Et la dérive sectaire, dit Francis ? Qui sers-tu dans cette histoire ? Tu mériterais qu'on t'écrase la gueule sale espion.

— Comme mon rapport disculpait Aïcha, j'ai conçu cette parade, d'ailleurs très crédible, pour leur donner du grain à moudre. Votre doctrine et votre organisation prêtent à équivoque, la qualification de secte n'est pas usurpée.

— Sors immédiatement, avant qu'on ne te démolisse !

— Non ! crie Aïcha.

— Alors, viens avec moi, ne reste pas avec ces cinglés !

— Elle tente de se lever, vacille et s'évanouit.

Ibrahim veut intervenir, deux costauds le prennent sous les aisselles et l'évacuent dehors.

On s'occupe d'Aïcha. Elle reprend ses esprits.

Brusque fracas à l'entrée. Retour de flamme imprévu, Anaïs entre en bourrasque, porte enfoncée, feu fulgurant, flamboiement soudain dans le Centre, Poches sidérés et pétrifiés, processus Pompéi.

— Que personne ne sorte, contrôle de gendarmerie, mandat de perquisition, hurle Anaïs Berleau !

Derrière elle, Ibrahim pointe le nez.

— Vous ne vous quittez plus, les deux, ironise Francis !

— N'écoute pas ces boniments, chou chéri, des craques de roquet, dit-elle à Olivier. Il n'y a évidemment rien entre Ibrahim et moi.

— Tout de même, par son petit nom, liaison en bonne voie, observe Olivier, pince-sans-rire.

— Rien entre nous, te dis-je ! Viens m'embrasser, chou chéri.

— Cesse de m'appeler chou chéri !

— T'inquiète, tous connaissent notre passé, chou chéri.

Quelques flics en civil entrent à leur tour et commencent à fouiner dans la pièce.

Ibrahim s'est rapproché d'Aïcha allongée sur le canapé où je lui donne les premiers soins, je l'entends lui dire : « Je vous sauverai tous, mais reste avec moi, je t'aimerai, je te protégerai, je t'obéirai, je te suivrai partout, même chez les Poches si tu le désires, je reviendrai parmi vous. Crois-moi, j'étais vraiment piégé, débile mais piégé. J'aurais dû te faire confiance et envoyer balader la centrale et les services. Pardonne-moi ».

— Saisissez tous les ordinateurs des membres du Bureau, précise Anaïs ! Monsieur le président, auriez-vous la bonté de me donner le vôtre, pour vérification de la comptabilité.

— Vous passez les bornes, capitaine, vous ne trouverez rien de compromettant, et la comptabilité de la maison Poche est sur le PC de Laurence Pujon, notre trésorière, vos sbires l'ont déjà confisqué.

— Restez correct, Président, vous frisez l'outrage.

— Vous, capitaine, vous vous complaisez dans l'erreur et l'outrance.

— Continuez, aggravez votre cas, ces messieurs, agents de renseignements, pourront témoigner, je ne crois pas qu'ils se seraient déplacés pour rien, Monsieur le marchand de soupe, gourou spoliateur sans scrupules.

— La bienséance ne vous étouffe pas non plus, capitaine Berleau, cette injure m'offense et me dévaste.

— Je l'espère bien, Président, car voyez-vous, sinistre malfaisant, vous vous êtes laissé aller à la plus odieuse dérive sectaire, vous portez un grave préjudice à nombre d'infortunés en les dépossédant de leur liberté de penser, vous les maintenez en état de sujétion psychologique par suppression de leur libre arbitre et vous les escroquez en leur faisant cracher leurs économies au bassinet. Alors, ne me parlez plus de décence !

— Cette indignité vous déshonore, capitaine. Auriez-vous médité une basse vengeance, ulcérée par quelque camouflet ?

— On garde le contact, chou chéri, dit-elle, ignorant Francis tout soudain. Je te dois une gratification à ma façon, chou chéri. Les gratifications de certaines femmes sont inoubliables... Ne t'éternise pas dans cette tribu de dingues.

— Messieurs, je vous laisse terminer les saisies, rapport à la gendarmerie dans deux heures.

Une demi-heure plus tard, enfin, gendarmes et barbouzes vident les lieux avec leurs caisses de saisies.

— Elle ne l'emportera pas au paradis, la rouquine, elle s'en repentira, hurle Francis ! À genoux, qu'elle implorera mon pardon, vêtue de cilice, cendre sur la tête et string de chasteté cadenassé ! Elle va morfler la rouillée !

— Et toi, Mickael, au lieu de rigoler bêtement, tu ferais mieux de penser à contacter la billetterie du festival.

« Lucienne, n'oublie pas de te mettre en rapport avec le protocole pour savoir combien ils accepteront de personnes en définitive à la montée des marches, il faut absolument qu'ils prennent le groupe demandé.

— Mais Francis, je n'ai plus d'ordinateur, je n'ai plus la « liste tapis rouge » !

— Monsieur le Président, Lucienne ! Nous ne sommes pas à une beuverie de kermesse flamande mais en séance du Bureau des Poches. Tu te débrouilles, je veux ces réponses demain, tu n'es plus une gamine.

« Et puis ras le bol, vous me fatiguez tous, je ne suis pas secondé, démerdez-vous, je me casse, je ne peux pas tout faire !

CHAPITRE XVI

Dans le hall du Carlton, des petits groupes de pingouins en smoking jouent aux barons blasés, désinvoltes devant les robes colorées de ces dames. Les voitures officielles du Festival doivent venir nous prendre pour nous déposer au pied des Marches. Quelques festivalières Poches en mal de tenue d'apparat s'attardent encore dans les chambres du palace où, pour la soirée, leur est proposé le prêt de quelques modèles de grands couturiers. Marie est parmi elles, lurette qu'elle n'a pas enfilé et encore moins acquis ce genre de robe princesse. La voici qui reparaît dans le hall, vêtue d'un nuage de mousseline safran, magnifique robe longue évasée, elle a renoncé aux épaules nues, choix d'un col rond et de manches trois-quarts, sans aucun doute pour ne pas dévoiler une minceur qu'elle considère comme une injure de l'âge, mais qui lui garde sa silhouette de vingt ans, resplendissante, ma divine. N'ont qu'à bien se tenir, les stars ! Prenez garde, ce soir, jeunes célébrités de tout calibre, Marie va éclipser grave !

— Ne me regarde pas comme ça, quelque chose cloche, s'inquiète Marie ?

— Non je suis épaté par ton charme et ta beauté.

— Ne te fous pas de moi. C'est vrai, je me sens très bien dans cette robe.

— Quel couturier ?

— Je ne sais plus trop, Chanel ou Valentino ? Chanel, il me semble, j'ai essayé toute une kyrielle de toilettes à tomber.

— Non ! Pas elle, râle Francis venu saluer Marie ! Elle ne va pas nous harceler aujourd'hui ! Excusez-moi, Marie, rassurez-vous, je ne parle pas de vous. Elle ne va tout de même pas monter les marches avec nous, la Berleau ! Qu'est-ce qu'elle mijote encore ? Personne ne l'a conviée, cette folle. Je vais lui dire deux mots. Ibrahim est là aussi, c'est une conspiration !

En effet, je repère Anaïs à demi cachée derrière une des grandes colonnes blanches du hall, quant à Ibrahim, à côté d'Anaïs Berleau, il émerge à peine d'une énorme gerbe de lys posée sur une console. Ils se font discrets, les deux. Cela dit, la capitaine ne risque pas de passer inaperçue tout de vert citron habillée, robe qui s'accorde au mieux avec sa chevelue flamboyante, contraste de couleurs de subtile recherche.

Francis s'éloigne, attiré par l'éclat du fanal de la gendarmerie. En curieux, Marie et moi le suivons. J'ai une chronique à consigner.

— Capitaine, vous ne manquez pas de culot de venir nous importuner un jour pareil. Ne croyez-vous pas qu'il serait plus décent de nous foutre la paix.

— Qu'imaginez-vous, Président, je ne suis pas là pour les Poches, je suis une cinéphile, j'ai tout de même une info importante pour votre clan, je...

— Président, clame Marcel Mauloup, d'une voix suraiguë qu'il ne maîtrise plus, accouru en sautillant, éperdu, il coupe net Anaïs. La tuile ! Le dirigeant du syndicat des vins de Sancerre a disparu des listes, Poche interdit d'accès aux marches, le mec fait vilain !

— C'est ton boulot, Marcel, ne me bassine pas avec ces conneries, j'ai mieux à faire.

— OK, je m'y colle, je vais le faire passer pour l'opérateur absent, celui-ci aurait chopé une espèce de grippe bizarre arrivée de Chine, un virus inconnu. D'autre part, je dois t'avertir qu'un journaliste pose des questions insidieuses sur notre confrérie, encore une attaque pour dénigrer les Poches.

— Où est-il, ce connard, que je lui règle son compte ?

— Là-bas, il cuisine Lucienne. Un vrai sale con, que des questions sur la dérive sectaire.

— Justement, s'immisce Anaïs Berleau, je voulais vous entretenir à ce sujet.

— Anaïs ça suffit, tu m'as assez emmerdé, je te prie de décamper.

— Mais enfin, écoutez-moi, cher Francis ! La plainte pour dérive sectaire est retirée, l'affaire s'éteint, vous ne serez plus poursuivi.

— Alors, pourquoi l'autre corniaud de journaliste vient me chercher des poux ?

Il se dirige vers l'échotier venimeux. Une ébauche de cortège se forme et accompagne le président.

— Lucienne, stop ! Ne réponds pas à cet enfoiré ! Je m'en occupe. Que voulez-vous savoir, jeune fouille-merde ? Je suis le président des Poches, demandez-moi.

— Je ne vous ai pas agressé, Monsieur le Président, restez courtois. Militeriez-vous contre la liberté de la presse ? Je me présente : Georges Chasot, des « Spicilèges du Cinéma ». J'invitais Madame à me dire d'où émanaient les plaintes pour dérive sectaire contre les Poches ? De votre propre équipe, ou de l'extérieur ?

— Vous n'avez rien d'autre à foutre dans votre vie de journaleux ? Apprenez, cher pisse-copie, qu'aucune plainte de ce genre n'existe, je vous prie donc de quitter les lieux illico avant que je ne vous boute moi-même hors d'ici, à coups de pompe dans le fion ! Les membres Poches auront ordre de ne plus vous répondre. Dehors, crapule !

Francis m'aperçoit.

— Outre tenir mes troupes dans le droit chemin, il me faut aussi désherber sur les bas-côtés envahis de chiendent.

On nous fait signe d'avancer vers la sortie. La file de voitures noires vient nous prendre juste sous le porche mythique du Carlton où tant de stars ont cligné des yeux devant les flashes. Le chasseur nous ouvre la portière d'une vaste limousine, rien que pour nous deux, Marie et moi. Les photographes mitraillent, lumière vive continue, on ne sait jamais, ne pas rater une diva mystérieuse. Notre quart d'heure de célébrité. Être le centre du monde. Fausses stars, d'accord, nous ne sommes pas dupes, mais l'expérience fascine et divertit beaucoup le profane. Cinq minutes de gloire, le pied, griserie ; cinquante ans, bonjour les dégâts ! J'imagine, sans doute à tort, la liberté perdue, les moindres gestes guettés, sorte de réclusion dorée, dit-on. Allez savoir !

Trois cents mètres d'illusion entre deux haies de badauds.

Regroupement au pied des marches du Palais, avant la montée. Alentour, cohue de curieux et de fans du septième art, certains perchés sur des escabeaux cadenassés aux barrières de protection. Ne rien perdre du show.

La voiture de Francis nous suit immédiatement. À peine extrait du fauteuil de son carrosse, il est happé par le reporter de Canal+ qui a visiblement bien révisé son trombinoscope : sans hésiter, il oriente son micro vers le président. Francis, fier et flatté, répond longuement aux questions du journaliste.

Limousine suivante : Anaïs Berleau et Ibrahim. Présence surprenante, tour de passe-passe à leur façon, intention évidente d'escalader le mythe écarlate avec le président, sans son approbation. Anaïs s'avance vers nous.

— Votre alter ego, Olivier, vous aurait-il abandonné, me demande-t-elle, je ne l'ai pas encore aperçu, il n'a pas d'ennuis au moins ?

— Tout va bien, ne vous inquiétez pas, il a simplement refusé l'invitation, il a préféré reprendre brosses, pinceaux et couleurs aux côtés de Claire, il l'avait un peu délaissée ces derniers temps.

— Dommage, je me faisais une fête de le revoir, il n'est pas tout à fait étranger à mon envie de festival. Je croyais le retrouver ici au bas des marches. Déception. Robe magnifique, dit-elle à Marie !

— On me l'a prêtée, lâche Marie pour toute réponse.

Assurément, leurs deux robes en jettent. Côte à côte, le vert et le safran : éblouissante conjonction, triomphe assuré, Mesdames !

Remous dans la foule, cris plus accentués. Dernière voiture. Olga de Mogatt, la réalisatrice de « La Galaxie des Poches » apparaît, aux côtés du producteur. Le narrateur du poème galactique complète le trio vedette, seul acteur professionnel du film, un Poche tout de même.

Aussitôt, le journaliste de Canal délaisse Francis et se précipite sur Olga, il lui tend le micro :

— Votre troisième documentaire. Vous attendiez-vous à cette reconnaissance ?

Sa réponse se perd dans le brouhaha. Encore trois ou quatre questions bateau du même tonneau, suivies de quelques lieux communs de la cinéaste, avant le haut fait : l'ascension.

Francis nous a rejoints.

— Mais enfin Anaïs, comment te retrouves-tu encore parmi nous, je n'ai pas le souvenir que ton nom figure sur nos listes ?

— Flic, a parfois ses avantages, passe-droits ici et là, cette fois d'ailleurs, je le dois à Ibrahim. Vous pouvez du reste le remercier vivement, non pas de vous avoir gratifiés de ma présence, mais d'avoir œuvré pour vous, lui seul est l'initiateur de l'extinction de la plainte. Sans lui, un tas de mouchards grouilleraient à la ronde. Tu vois Francis, ne jamais juger trop vite l'emmerdeur patenté, certains savent se racheter et redevenir dignes d'estime ! Je vous laisse, je dois rejoindre Ibrahim.

— Eh bien, elle ne perd pas de temps, nous dit Francis : pas d'Olivier, aussi sec descente en piqué sur le bel Ibrahim. Il faudra que je lui parle à cet olibrius aux manières cachottières.

Très enjoué, Francis. Merci Cannes.

Ibrahim, lui, de toute évidence a fait le voyage pour renouer avec Aïcha. Déjà à ses côtés, le tourtereau. Sans trop s'aventurer en conjectures improbables, il s'attendait aujourd'hui à la cueillir en douceur dans l'enceinte du festival. De fait, elle est bien là, auprès de lui maintenant, ici où toute folie est légitime tant l'atmosphère légère, si particulière à Cannes, dissipe les rancunes et inhibe la moindre envie d'animosité, elle a l'air de bien l'accueillir, en tout cas elle ne le repousse pas.

Sollicité par une sorte de cicérone protocolaire, notre petit cortège s'ébranle sur le tapis rouge, poussé entre deux tribunes de photographes, quelques dizaines triées sur le volet, tous en smoking, envoyés des magazines à gros tirage. Mitraille aveuglante, rebelote. Violente mais brève. Menu fretin, interdiction pour nous de monopoliser longtemps le plateau, aiguillonnés par notre cornac péremptoire, nous débarrassons le plancher, nous ne sommes guère que des figurants. Éric Wanneau s'en moque, il s'attarde, son jour de gloire — ne fait-il pas partie d'une troupe de théâtre amateur ! Prend des poses, revient en arrière et exécute, tel un valseur, de nombreuses volte-face entre les rangées des reporters. Le maître de cérémonie veille, bon berger, il vient chercher la brebis égarée et la contraint à nous suivre. Place aux V.I.P. pour la séance photo, la réalisatrice, le producteur et l'acteur principal, un créneau plus long leur est accordé.

Nous, la piétaille, commençons la montée proprement dite, toujours pressés par l'huissier inflexible, il a son horaire à tenir. Quelques marches jusqu'à un palier, à peine le temps d'un demi-tour entre les deux volées, histoire de savourer l'instant et d'apercevoir la foule dense de la Croisette, ordre d'accélérer le mouvement. En haut des vingt-quatre marches, petite pause, tout de même. Nous voyons — ébauche de jalousie à la clé pour certains — le président du festival Pierre Lescure et Thierry Frémaux délégué général descendre à mi-pente saluer les trois sommités du film, Olga, le producteur et l'acteur. Court entretien, puis les trois privilégiés nous rejoignent. Francis, survolté par l'aventure, se tourne alors vers la foule et ne peut se retenir de lever les bras au ciel en signe de victoire. Là, je ne sais ce qui incite Nathalie à glisser quelques mots à l'oreille de Francis et à lui tendre un bout de papier. Il lit. Insensible tout à coup au caractère pétillant du décor, colère dévastatrice immédiate.

— Charognes ! Raclures ! Bourriques nuisibles ! Qui a pondu cette merde ?

Il me tend la feuille.

« Texte pour la stèle d'Alban Jarencourt.

« À notre regretté Alban Jarencourt, fondateur de la Confrérie des Poches. Sans toi, Alban, rien ne serait, tu as fait naître notre règne des limbes de l'Univers. Accoucheur des âmes Poches, tu étais notre phare, notre guide, notre ami bien aimé. Martyr de notre idéal, tu nous as conduites vers l'espérance d'un monde meilleur. Nous, femmes Poches, ferons vivre et porterons toujours au plus haut ta parole. Nous t'aimons. Tu nous manqueras, maître vénéré. ».

— Chiennes, vocifère Francis ! Quel torchon ! Manœuvre scélérate ! Vaine et ignoble tentative, juste avant la projection, pour couillonner le président sans défense dans un moment d'euphorie. Elles ne m'auront pas les trois veuves, leur pitoyable apologie ne passera pas. Elles vont dérouiller, les mégères ! Conseil de discipline dès le retour, éjections tous azimuts ! Elles ne feront pas la pluie et le beau temps chez les Poches, elles ne prendront pas les commandes. Non, Francis n'est pas mort. Mise au pas, Mesdames, pas question de se déculotter devant des insoumises. Qui est le vrai fondateur ? Qui montre le chemin ? Qui est le patron ? Le monde des Poches ne tombera pas aux mains d'une bande de harpies assoiffées de pouvoir !

— Allons, Francis, dit Mickael, pas d'esclandre aujourd'hui, c'est la fête. Différend minime à régler plus tard. Les trois veuves sont sans malice, de braves petites chiennes, des toutous à sa mémère, tu leur renverras la baballe demain.

Il rit, persuadé d'apaiser l'humeur du président.

— Toi, le comique de service, ce n'est pas le moment de la ramener, tu vas gicler avec les veuves ! Sur ce point, Alban avait raison. Grand ménage, on verra qui est le maître !

Il parle de plus en plus fort. Pauline et Laurence ont parfaitement entendu.

Le gendarme protocolaire nous pousse à l'intérieur du Grand Auditorium.

Applaudissements de la salle à notre entrée, un peu prématurés avant la projection, ça fait toujours plaisir, souhaitons qu'il n'y ait pas trop de sifflets ou de sièges vides à la fin.

Au tiers du parterre, deux rangs nous sont réservés, chaque siège étiqueté d'un nom, mission de Lucienne avec l'équipe technique du Palais. Chacun se conforme à l'arbitrage de Lucienne, hormis Anaïs, ajoutée en bout de rang à la dernière minute, caprice opiniâtre d'être à côté d'Ibrahim qui lui s'était d'ailleurs installé d'autorité auprès d'Aïcha, chassant le voisin prévu. Enfin, tout le monde casé. Je me retrouve entre Marie et Lucienne, l'organisatrice.

Francis, un rang devant, un peu décalé sur ma gauche, s'adresse à Éric Wanneau, grands gestes, il n'a pas l'air calmé. Lucienne, qui n'a pas dû suivre l'épisode stèle, tout à sa charge de placeuse, me demande :

— Francis est-il contrarié ? Sa place ne lui convient-elle pas ?

— Petit problème d'ego, aucun rapport avec le festival, ta responsabilité n'est pas engagée, je t'expliquerai.

En définitive, je me demande pourquoi Francis a pété les plombs. Un être si doux auparavant, inconcevable métamorphose. Lui qui prônait la bienveillance. L'homme serait-il incapable de constance généreuse, incapable d'accéder à une société harmonieuse durable ? Même la confrérie Poche animée des meilleures intentions explose en vol, échec lamentable de l'entente entre ses membres, preuve additionnelle d'une utopie. Dans une tribu, demandez l'impossible, demandez la concorde.

Francis, n'accepte plus la contradiction, le chef ne veut voir qu'une tête, la bienveillance l'a déserté. « Pardonnons-nous réciproquement nos sottises. », prêchait le sage de Ferney, Francis ne veut plus absoudre le frère en dissonance. En lui, maintenant, le loup transparaît, la condition animale pointe le nez, lui qui naguère nous chantait Emmanuel Kant : « Le ciel étoilé au-dessus de moi et la loi morale en moi. ». Devise qui aurait dû figurer en exergue du Manifeste des Poches. Comme tout homme, le Poche a une forte propension à se satisfaire seulement du « ciel étoilé », image symbolique du monde sensible « animal », et à négliger « la loi morale » de l'être libre et responsable.

Premières notes du Carnaval des Animaux, très à propos, prélude au lever de rideau, les lumières s'éteignent. Je sais déjà que je quitterai sous peu la galaxie des Poches, retour au pays, les caprices et les effets du hasard n'y sont pas pires que dans la cosmogonie à la dérive créée par Francis. En vérité, aux âmes de bonne volonté, rien n'empêche la manifestation d'une concorde fraternelle dans la confrérie des humains ordinaires.

Table des matières

Structures éditoriales du groupe L'Harmattan

L'Harmattan Italie
Via degli Artisti, 15
10124 Torino
harmattan.italia@gmail.com

L'Harmattan Hongrie
Kossuth l. u. 14-16.
1053 Budapest
harmattan@harmattan.hu

L'Harmattan Sénégal
10 VDN en face Mermoz
BP 45034 Dakar-Fann
senharmattan@gmail.com

L'Harmattan Cameroun
TSINGA/FECAFOOT
BP 11486 Yaoundé
inkoukam@gmail.com

L'Harmattan Burkina Faso
Achille Somé – tengnule@hotmail.fr

L'Harmattan Guinée
Almamya, rue KA 028 OKB Agency
BP 3470 Conakry
harmattanguinee@yahoo.fr

L'Harmattan RDC
185, avenue Nyangwe
Commune de Lingwala – Kinshasa
matangilamusadila@yahoo.fr

L'Harmattan Congo
67, boulevard Denis-Sassou-N'Guesso
BP 2874 Brazzaville
harmattan.congo@yahoo.fr

L'Harmattan Mali
ACI 2000 - Immeuble Mgr Jean Marie Cisse
Bureau 10
BP 145 Bamako-Mali
mali@harmattan.fr

L'Harmattan Togo
Djidjole – Lomé
Maison Amela
face EPP BATOME
ddamela@aol.com

L'Harmattan Côte d'Ivoire
Résidence Karl – Cité des Arts
Abidjan-Cocody
03 BP 1588 Abidjan
espace_harmattan.ci@hotmail.fr

Nos librairies en France

Librairie internationale
16, rue des Écoles
75005 Paris
librairie.internationale@harmattan.fr
01 40 46 79 11
www.librairieharmattan.com

Librairie des savoirs
21, rue des Écoles
75005 Paris
librairie.sh@harmattan.fr
01 46 34 13 71
www.librairieharmattansh.com

Librairie Le Lucernaire
53, rue Notre-Dame-des-Champs
75006 Paris
librairie@lucernaire.fr
01 42 22 67 13

Achevé d'imprimer par Corlet Numérique - 14110 Condé-sur-Noireau
N° d'Imprimeur :173226 - Septembre 2021 - Imprimé en France